新訳 ジュリアス・シーザー

シェイクスピア
河合祥一郎＝訳

角川文庫
23701

The Tragedy of Julius Caesar
by William Shakespeare

From
The first Folio, 1623

Translated by Dr. Shoichiro Kawai
Published in Japan by
KADOKAWA CORPORATION

目次

凡例

・一六二三年出版のフォーリオ版（Fと表記）を底本として訳出した。

・先行訳各種、大場建治による大修館シェイクスピア双書（一九八九）や対訳・注解研究社シェイクスピア選集6『ジューリアス・シーザー』（二〇〇五）ほか、以下の諸版も参照した。

Marvin Spevack, ed., *Julius Caesar*, The New Cambridge Shakespeare, revised edn (Cambridge: Cambridge University Press, 2017).
David Daniell, ed., *Julius Caesar*, The Arden Shakespeare, Third Series (London: Thomson Learning, 2000).
Arthur Humphreys, ed., *Julius Caesar*, The Oxford Shakespeare (Oxford: Oxford University Press, 1984).
G. R. Hibbard, ed., *Julius Caesar*, The New Penguin Shakespeare (Harmondsworth: Penguin Books, 1967).
T. S. Dorsch, ed., *Julius Caesar*, The Arden Shakespeare, Second Series (London: Methuen, 1955).
H. Howard Furness, Jr., ed., *The Tragedie of Iulius Caesar*, A New Variorum Edition of Shakespeare (Philadelphia: J. B. Lippincott, 1913).

・〔　〕で示した箇所は、原典にない語句を補ったところである。

新訳　ジュリアス・シーザー

登場人物一覧（訳者作成。英語表記で統一し、カッコ内にラテン語名を示した）

ジュリアス・シーザー（ラテン語名ガイウス・ユリウス・カエサル、紀元前一〇〇～紀元前四四年）

共和制ローマ末期の政治家。法務官《プラエトル》ののちアシア属州総督を務めた同姓同名の父（大カエサル）の一人息子として生まれた。

彼が若かりし頃、ローマは政治的に不安定で、父の義兄である英雄ガイアス・マリアス（ガイウス・マリウス）と執政官ルーシアス・コーネリアス・スラ（ルキウス・コルネリウス・スッラ、のちに独裁官）が対立していた。スラに睨《にら》まれたシーザーはアシア属州に逃れていたが、紀元前七八年にスラが没するとローマへ帰還し、紀元前七一年に軍団司令官、紀元前六九年に財務官と出世街道《クルスス・ホノルム》を歩み始め、紀元前六〇年に「インペラトル」の名誉称号を与えられ、高官位である執政官《コンスル》（任期一年）に立候補し、翌年初めて執政官に選ばれた。シーザーは、オリエントを平定して強大な軍事力を有するポンペイ将軍（グナエウス・ポンペイウス・マグナス、シーザーより六歳年上）、スラ派の重鎮で経済界の覇者マーカス・クラッサス（マルクス・リキニウス・クラッスス、シーザーより十五歳ほど年上）と共に第一回三頭政治を始めた。

しかし、ポンペイの四人目の妻となったシーザーの娘ジュリア（ユリア）が紀元前五四年に産褥《さんじょく》で死亡し、翌年クラッサスがカルラエの戦いで戦死すると、三頭政治は崩壊した。自らの手で著した『ガリア戦記』（紀元前五八〜五一年）にあるとおり、ガリア（現フランス、ベルギー、スイス等）を征服して勢力を得たシーザーは、ポンペイと同等の軍事力を有することになり、これを警戒した元老院はポンペイ派と結託し、紀元前五〇年、シーザーに軍を解散してローマに戻るように命じた。

紀元前四九年一月七日、元老院はシーザーに元老院最終勧告（セナトゥス・コンスルトゥム・ウルティムム）を発したが、命令どおりに軍隊を手放して執政官の地位もないままローマに戻るのは政治的失脚を意味すると考えたシーザーは、同年一月十二日早朝「賽（さい）は投げられた」（*Alea jacta est*）という台詞（せりふ）と共に将兵四千五百人を率いてルビコン川を越えてローマに入り、ローマ内戦となった。ポンペイはローマを脱出、ギリシャへ、エジプトへと逃げたが、紀元前四八年九月二十八日、ポンペイの五十八歳の誕生日の前日に、エジプトのペルシウム港でエジプト軍の刺客により殺された。ファラオ（王）のプトレマイオス十三世はポンペイの首をシーザーに与えることでエジプトからの撤退を求めたが、シーザーはこれを拒絶。紀元前四七年のナイル川の戦いでエジプト軍を打ち破ったシーザーは、王の姉クレオパトラ七世とその弟プトレマイオス十四世の共同統治を裁定した。

この頃、黒海南岸のポントス王ファルナケス二世がローマ領へ侵攻し、シーザーは紀元前四七年八月のゼラの戦いでポントス軍に勝利した。このとき、シーザーはローマにいた腹心のガイウス・マティウスに「来た、見た、勝った」（*Veni, vidi, vici*）と報告したと伝えられている。紀元前四六年夏、シーザーはローマに凱旋（がいせん）し、元老院に干渉されない独裁官に就任。翌年一月一日よりユリウス暦を施行。紀元前四五年三月のムンダ（ヒスパニオア）の戦いでポンペイの息子たちを倒して元老院派（ポンペイ派）に勝利したことにより、ローマ内戦は事実上終結した。シェイクスピアの劇は、この時点より始まる。すなわちムンダの戦いより凱旋したシーザーをローマ市民が歓迎する様子が冒頭で描かれ、そのあと、以下の事件が続く。紀元前四四年二月十五日、ルペルカリア祭でアントニーがシーザーに月桂冠を捧げ、シーザーがそれを押し返すと、市民たちが歓声をあげる。紀元前四四年三月十五日、シーザー暗殺。紀元前四三年十一月、アントニー、レピダス、オクテイヴィアス・シーザーによる第二次三頭政治開始。紀元前四二年十月三日と二十三日の二回に亘るフィリッピの戦いで、ブルータスとキャシアスが倒れる。

マーカス・ブルータス（マルクス・ユニウス・ブルトゥス、紀元前八五～紀元前四二年）本作の主人公。幼くして父を失い、シーザーに育てられた。元老院議員。紀元前四四年に、執政官に次ぐ役職である法務官（首都プラエトル）就任。ストア派の信奉者。伝説的執政官ルーシアス・ジュニアス・ブルータス（ルキウス・ユニウス・ブルトゥス）――シェイクスピアが詩「ルークリースの凌辱」で描いたように、貴族コラタインの妻ルークリース（ルクレーティア）をローマ王子タークィン（セクストゥス・タルクィニウス）が凌辱した事件を契機に、王族を追放して共和政ローマを確立したもう一人の「ブルータス」――の末裔。恩人であるシーザーを共和政ローマのために「殺すべきか、殺さざるべきか」と逡巡するその思考は、シェイクスピアが続いて執筆した『ハムレット』でさらなる展開を見せる。

マーク・アントニー（マルクス・アントニウス、紀元前八三～紀元前三〇年）シーザーの部下。護民官、騎兵長官等を歴任し、シーザー暗殺時には執政官。シーザー死後の三執政官の一人。

シェイクスピアの『アントニーとクレオパトラ』では、クレオパトラとの恋とその最期が描かれる。

マーカス・イーミリアス・レピダス（マルクス・アエミリウス・レピドゥス、紀元前八九〜紀元前一三年）紀元前四六年、シーザーと共に執政官就任。シーザー死後の三執政官の一人。『アントニーとクレオパトラ』の登場人物でもある。

オクテイヴィアス・シーザー（ガイウス・オクタウィウス・トゥリヌス、のちにカエサル・アウグストゥス、紀元前六三〜一四年）母方の大叔父（おおおじ）に当たるシーザーの遺言書に「養子とし、後継者とする」と記載され、シーザーの後継者として、アントニーやレピダスと共に三頭政治を行った。オクタウィアヌス（かつてオクタウィウスだった者）という名前で呼ばれることもある。『アントニーとクレオパトラ』の登場人物でもある。

カイアス・キャシアス（ガイウス・カッシウス・ロンギヌス、紀元前八六頃〜紀元前四二年）シーザー暗殺の首謀者。元老院議員。紀元前四四年に法務官（外国人係プラエトル）就任。

キャスカ（プブリウス・セルウィリウス・カスカ・ロンギヌス、紀元前四二年頃没）シーザー暗殺の一味。護民官。歴史家プルタルコスの僅（わず）かな記述からシェイクスピアが造形した人物。

ディーシャス・ブルータス（デキムス・ユニウス・ブルトゥス・アルビヌス、紀元前八五頃〜紀元前四三年）シーザー暗殺の一味。ブルータスの従兄弟（いとこ）。執政官格の指揮権を持っていた。

シナ（ルキウス・コルネリウス・キンナ、紀元前一〇〇頃〜紀元前四四年頃）シーザー暗殺の一味。シーザーの最初の妻コーネリア（コルネリア）の兄。紀元前四四年には法務官（プラエトル）。

メテラス・シンバー（ルキウス・トゥリウス・キンバー、紀元前四二年没）シーザー暗殺の一味。

元老院議員。当初はシーザーの強力な支持者だった。

カイアス・トレボーニアス（ガイウス・トレボニウス、紀元前四三年没）　シーザー暗殺の一味。財務官、護民官を経て、紀元前四五年に補充執政官に選出された。

カイアス・リゲーリアス（クウィントス・リガリウス、生没年不詳）　シーザー暗殺の一味。内乱時にシーザーに対する謀叛人とされたが、シセロー（キケロ）の弁護により赦免されていた。

シセロー（マルクス・トゥッリウス・キケロ、紀元前一〇六～紀元前四三年）　元老院議員。哲学者・弁論家・政治家。シーザー暗殺には加担しなかったが、暗殺者らを支持した。紀元前六六年に法務官、紀元前六三年に執政官。執政官在任中に起きたカティリナ一派による国家転覆未遂事件を防ぎ、首謀者を死刑に処し、元老院から「祖国の父」の称号を得た。シーザー暗殺直後、マーク・アントニー弾劾演説を行うが、味方だったはずのオクテイヴィアス・シーザーがアントニーと手を組み、第二回三頭政治が成立したために失脚。アントニーの強い求めにオクテイヴィアスが応じたため、死刑名簿に記載され、マケドニア属州へ逃れたものの、アントニーの刺客により暗殺された。

パブリアス（不詳）　元老院議員。紀元前四三年にブルータスの釈放を求めた元老院議員パブリアス・シリシアス・コロナをもとにシェイクスピアが創作した人物か。

ポピリアス・リーナ（ポピリウス・ラエナス、生没年不詳）　元老院議員。

カルパーニア（カルプルニア、紀元前七六頃～？）　シーザーの妻。紀元前五八年に執政官を務めたルーシアス・シーゾニナス（ルキウス・カルプルニウス・ピソ・カエソニヌス）の娘。シーザーとのあいだに子はなく、シーザーには先妻が二、三人いた。

ポーシャ（ポルキア、紀元前七六頃〜四三年）ブルータスの妻。小ケイトー（マルクス・ポルキウス・カト・ウティケンシス）の娘。マーカス・ビビュラス（マルクス・カルプルニウス・ビブルス）の寡婦。後述のケイトーの姉。

マララス（ガイウス・エピディウス・マルルス、紀元前四四年頃）護民官。

フレイヴィアス（ルキウス・カエセティウス・フラウィウス、紀元前四四年頃）護民官。

アーテミドーラス（アルテミドロス）クニドスの修辞学教師。歴史上のアルテミドロスは二世紀に活躍し、『夢判断の書』や『鳥占い』など予言の書を著した。シェイクスピアによる時代錯誤。

シナ（カイウス・ヘルウィウス・キンナ、紀元前四四年三月二十日没）詩人。娘スマーナの父への愛を謳（うた）う物語詩「ズマーナ」で知られる。同名の政治家とまちがわれて大衆に殺された。

ルシリアス（ルキリウス）ブルータスとキャシアスの軍の将校。詳細不詳。

ティティニアス（ティティニアス）ブルータスとキャシアスの軍の将校。詳細不詳。

メッサーラ（マルクス・ウァレリウス・メッサーラ・コルウィヌス、紀元前六四〜八年頃）ブルータスとキャシアスの軍の将校。執政官メッサーラ・ニゲルの子。小シセローやホラティウスと共にアテネに留学。紀元前三一年に補充執政官。フィリッピの戦い後はオクテイヴィアスを支持する。

ケイトー（マルクス・ポルキウス・カト、紀元前七三頃〜紀元前四二年）ブルータスとキャシアスの軍の軍人。大ケイトーの曾孫（ひまご）である小ケイトー（マルクス・ポルキウス・カト・ウティケンシス、紀元前九五〜紀元前四六年頃）とその妻アティリアの長男。ブルータスに嫁いだポーシャの弟。父・小ケイトーの母リヴィア（リウィア）が先夫とのあいだに儲けた娘（セルウィリア・カエピオニス）がブルータスの母であるため、ブルータスは小ケイトーの甥に当たる。父・小ケイトーは紀元前四六年タプススの海戦でシーザーに負けて、自害した。シーザーは息子のケイトーを赦したが、ケイトーはブルータスやキャシアス側につき、フィリッピで戦死。享年三十一。

ヴォラムニアス（プブリウス・ヴォルムニウス、生没年不詳）　ブルータスの友人。史実ではブルータスと共にストア派哲学を学んだ友人。フィリッピの戦いに同行し、彼がブルータスの最期を記した記録が歴史家プルタルコスの「ブルータスの生涯」で利用されている。

ストレイトー（ストラトン）　ブルータスの友人、部下。ギリシャの修辞学者。

クライタス（クレイトス）　ブルータスの部下。

クローディオ　ブルータスの部下。シェイクスピアの創造した人物。

ヴァラス　ブルータスの部下。シェイクスピアの創造した人物。

ダーデニアス（ダルダヌス）　ブルータスの部下。

ルーシアス　ブルータスの従者。プルタルコスに言及なし。

ピンダラス（ピンダルス）　解放奴隷で、キャシアスの召し使い。

その他、占い師、詩人、元老院議員たち、大工、靴直し、市民たち、兵士たち、従者たち

場面　ローマ、後に戦場としてサルディス、フィリッピ。

第一幕　第一場※1

〔護民官〕フレイヴィアスとマララス※2登場。何人かの庶民たちが舞台に広がる。

フレイヴィアス　おい！　家へ帰れ、さぼりやがって、家へ帰れ※3。
今日は休日か？　え？　知ってるだろ、
職人の分際で、商売を示す仕事着も着ないで
平日ほっつき歩いちゃならんということは※4？
おい、おまえの商売は何だ？

大工　へえ、旦那（だんな）、大工です。

マララス　革のエプロンと物差しはどうした？
何だってそんな晴れ着を着ている？
で、お宅※5の仕事は何かね？

靴直し　いやあ、旦那、名誉ある職人衆の前じゃお恥ずかしい、けちな繕（つくろ）い屋でして。

マララス　だから何の商売だ？　ちゃんと答えろ。

※1　底本となるF（フォーリオ）には冒頭に「第一幕第一場」とあるのみで、場所や時の記載はないが、ローマの街頭が舞台であり、時は紀元前四四年二月十五日。

※2　本書巻末掲載の「シーザーの生涯」六一に記述のある実在の護民官たち。

※3　弱強五歩格の韻文で始まっているが、平民らは散文で話す。

※4　エリザベス朝のイングランドでは衣服の規則が厳しかった。その慣習が古代ローマに当てはめられている。

※5　前後では「おまえ」(thou) と呼びかけているのに、ここで「お宅」(you) と呼び方を変えているのは、晴れ着を着た靴直しをからかうためか。

靴直し　そのう、旦那、やましい商売じゃありません。痛んだくつぅを直すんで[※1]。

マララス　何の商売かと訊（き）いているんだ。この野郎、何の商売だ。

靴直し　いや、そんなにつっかからないでくださいよ。旦那のつっかけなら直して差し上げますから[※2]。

マララス　どういうことだ？　俺を直すだと、生意気なやつめ。

靴直し　ですから、旦那の靴を直すってことで。

マララス　貴様、靴直し[※3]か？

靴直し　はい、旦那。錐（きり）一本できりりと暮らしてまさあ。ほかの職人の仕事に手出しもしなきゃ、女にも手は出しません。道具を出して突っ込むことはあっても[※4]。いやなに、ほんとのところ、古い靴が事切れて履けない靴になりそうってときに、そのはかない命を縫って履けるように[※5]してやる外科医でして。牛革をお履きになるちゃんとした方ならどなた様もあっしらの手仕事の上をお歩きで。

フレイヴィアス　だが、どうして今日は店にいないんだ？　なんだってこいつらを連れて通りに出ている？

靴直し　こいつらの靴をすり減らして、あっしの仕事を増やすためでして。いえ、ほんとのところ、シーザー様をお迎えして、その

※1　mender of bad soles　悪い靴底を直す者。soles が souls（魂）と掛詞になっており、マララスは「悪い魂を直す者」と受け取った。

※2　原文は out（食って掛かる／靴に穴があく）の二つの意味で遊んでいる。

※3　a cobbler（靴直し）には「へまをやる人」もあるので、マララスの誤解が続いた。

※4　but withal　「とは言え」の意味だが、withal には with all / with awl（錐でもって）の意味が重ねられている。「錐」には、「男性性器」の意味がある。

※5　原文は re-cover（靴に革を再び張る）recover（健康を回復させる）の二つの意味で遊んでいる。

凱旋(がいせん)をお祝いしに行くんでさ。※6

マララス　何で祝う？　やつがどんな戦利品を持ち帰ってくる？
金になる捕虜がやつの戦車(チャリオット)※7の飾りとなって、
ローマまでぞろぞろ付いて来たりしたか？
馬鹿野郎、おまえらの頭は石か木か。何て鈍感だ！
ああ、この非情で冷酷なローマ市民ども。
ポンペイ将軍※8を忘れたのか。おまえら、しょっちゅう、
壁や城壁に登り、塔や窓に群がり、そう、
乳飲み子を抱えて煙突の天辺(てっぺん)にまで
登っていって、そこで一日じゅう
いつまでもじっと待っていたじゃないか、
偉大なるポンペイ将軍がローマに凱旋するのを。
そして、その戦車が見えようものなら、
おまえら、一斉に歓声をあげたじゃないか。
そのどよめきがティベリス川※9の
うつろな岸辺に響き渡り、川が
土手の下で震えていたじゃないか。
それを今度は何だ、晴れ着を着込むのか。
今度は何だ、仕事を休んで祝うのか。

※6　紀元前四五年三月ムンダの戦いでポンペイの息子たちを倒して元老院派に勝利したのを祝おうという意味。
※7　戦闘用一人乗り馬車。高額な身代金を支払わせるべく捕らえた捕虜たちを凱旋のチャリオットに結びつけて登場する様子は、クリストファー・マーロウ作『タンバレイン大王』でも描かれる。
※8　強大な軍事力を有してシーザーと共に三頭政治を行った将軍。6ページ以降の記述を参照のこと。
※9　ローマ市街を流れる川。「ティベリス」はラテン語名。現在はイタリア語 Tevere に基づきテヴェレ川と呼ばれている。「うつろな」とは、水流で岸がえぐられているため。

今度は何だ、※1ポンペイ将軍の血族を倒して
勝利したやつの道に花を撒(ま)こうというのか？
失(う)せろ！※2
家に帰って、跪(ひざまず)いて神々に祈るんだな、
こんな恩知らずな真似をして、何卒
疫病の天罰を下されませんようにと。

フレイヴィアス　散った、散った、同胞諸君。そして、
罪滅ぼしに、仲間の貧乏人を集めて、
ティベリスの川岸に並んで川に涙を
流してこい。川底近い浅い流れが
溢(あふ)れて土手の天辺に達するまで。

庶民一同退場。

どうだ、下劣なあいつらも反省したらしい。
恥じ入って黙って消えたじゃないか。
君はそっちの議事堂(キャピトル)※3のほうへ行ってくれ。
俺はこっちへ行く。シーザーの像に
飾りがついていたら、ひっぺがすんだ。

マララス　そんなことをして大丈夫か？
今日はルペルカリアの祭り※4だぞ。

※1　And do you now という表現が三度繰り返される修辞的強調。
※2　一拍（弱強が一回）の短い行。後に四拍分の間が入る。
※3　Capitol　ノース訳ではカピトリヌスの丘（Capitolino）を指す語として用いられているが、その丘にあるジュピター（ユピテル）の神殿を指す。史実では、元老院議事堂は改修中で、ポンペイ劇場に附属する集会場が臨時議事堂として使用され、そこから暗殺者らは血塗れの剣を手にカピトリヌスの丘へ向かう。しかし、シェイクスピアは本作でも『ハムレット』でもCapitolでシーザー暗殺があったとしており、「議事堂」の訳語を当てる伝統がある。

フレイヴィアス　かまうものか。シーザーの栄誉を称える石像なんてあってはならんのだ。俺はあちこち見まわって、通りから下々の連中を追い払う。君も、やつらがたむろしてたらそうしてくれ。やつらは、シーザーの翼からどんどん群がり生える羽根だ。今のうちに抜いておけば、やつもそう高くは飛べまい。[※5]放っておいたら、人の目の届かぬ高みへ舞い上がり、俺たちみんなを奴隷の恐怖に突き落とすぞ。

一同退場。

〔第一幕　第二場[※6]〕

シーザー、競走に出場する用意のできたアントニー、カルパーニア、[※7]ポーシャ、ディーシャス、シセロー、ブルータス、キャシアス、キャスカ、占い師登場。そのあとから、マララスとフレイヴィアス登場。

シーザー　カルパーニア。

キャスカ　静かに！　シーザーが話すぞ。

※4　二月十五日に古代ローマで祝われていた繁栄祈願の祭り。シーザーの凱旋は前年十月なので、時間的飛躍がある。ローマ建国の兄弟ロムルスとレムスに乳を与えた狼の洞穴の前で、ルペルキ（狼の兄弟）と呼ばれる裸の若者たちが走る祭り。歴史家ユニアヌス・ユスティヌスの主張する牧神ルペルクスなるものはなかったとされる。
※5　シーザーを鷲や鷹に、群衆をその羽根に譬える隠喩。
※6　Fにはこの場割りはない。直前のフレイヴィアスの台詞が二行連句で締めくくられないことからも、場面が連続することがわかる。場所は「街路」から「広場」へと変わる。
※7　シーザーの妻。

シーザー　カルパーニア。[※1]

カルパーニア　ここにおります。

シーザー　アントーニオ[※2]が走ってきたら、
　その真ん前に立つんだぞ。アントーニオ。

アントニー　はい、シーザー。

シーザー　走るのに夢中になってカルパーニアに
　触れるのを忘れるな。昔から言われているのだ。
　この聖なる競走で触れられた女は、
　不妊が治るとな。[※3]

アントニー　忘れません。
　シーザーが「こうしろ」と言えば、それはなされます。

シーザー　始めろ。儀式は手抜かりなく行え。

〔音楽〕

占い師　シーザー。シーザー！

シーザー　おや。誰だ？[※4]

キャスカ　音をたてるな。みんな静かにしろ！

シーザー　群衆の中から私に呼びかけたのは誰だ？
　音楽よりも鋭い舌で「シーザー！」と
　叫ぶのが聞こえた。話せ。シーザーは聞こう。

占い師　用心なさい、三月十五日[※5]に。

※1・直前の二つの台詞とあわさって弱強五歩格の一行を成すシェアード・ライン。ここでは一行が三分割されている。二分割であればハーフラインとも呼ぶ。間髪を容れずに続けて読む。

※2　劇中シーザーは四度「アントーニオ」とイタリア語風に呼ぶ（そのうち一度はキャスカの伝聞）。愛情表現か。

※3　ルペルカリア祭では、山羊の皮で腰を覆った裸の男性――ルペルキLuperci――が鞭を持って走りまわり、この鞭で打たれた女性は安産ができると言われていた。

※4　Caesar!　Ha? Who calls?　前の行と合わせて二拍半を刻む。後に二拍半分の間。

シーザー　何者だ、あれは？

ブルータス　占い師です。三月十五日に用心せよと。

シーザー　ここに連れてこい。顔を見てやろう。

キャシアス　おい、出て来い。シーザーの前に立て※6。

シーザー　何を言っていた？　もう一度言ってみろ。

占い師　用心なさい、三月十五日に※7。

シーザー　こいつは夢を見ているんだ。放っておけ。行くぞ。

　ラッパ吹奏※8。ブルータスとキャシアス以外全員退場。

キャシアス　競走を観に行くか？

ブルータス　やめておく。

キャシアス　　なあ、行こうぜ※9。

ブルータス　楽しむ気分じゃない。私には
アントニーのような活発な気質(きしつ)※10はない。
君が観たいなら止めはしないよ、キャシアス。
ここで別れよう※11。

キャシアス　ブルータス、最近、君の様子を見ていると、
かつて俺に対して示してくれた優しさも
愛情も君の目から感じ取れなくなった。

※5　the Ides of March（三月の中日）

※6　この行の直後に占い師がシーザーの前に立つまでの間があるのであろう。

※7　弱強三拍の短い行。弱強二拍分の間をあけてからシーザーは次の台詞を言う。

※8　行進、退場などを告げる合図。

※9　アーデン2版に従って、ここをハーフラインとする。合わせて三拍。ブルータスはここで二拍分沈黙してから次の台詞を言う。

※10　quick spirit　「快活で素早く動く、反応がいい」という意味のほかに「気まぐれで激しやすい」の意味もある。沈着冷静なブルータスとは正反対。

※11　短い行。後に弱強三拍半分の間がある。

君を愛する友人に対して、あまりにも
つれない、よそよそしい態度じゃないか。[※1]

ブルータス　キャシアス。
誤解するな。この顔に覆(おお)いが下りているとしたら、
それはこの憂い顔をひたすら自分自身に
向けているからなのだ。確かに私は、このところ、
折り合いのつかぬいろいろな気持ちに悩んでいる。
それは私自身の問題だが、そのせいで
ひょっとすると態度が悪くなったかもしれない。
だが、だからと言って、大切な友人に――キャシアス、
君もその一人だが――嫌な思い[※2]をさせたくない。
哀れなブルータスが自分自身と戦って
他人(ひと)への思いやりを忘れてしまった――
それだけのことだと思ってほしい。

キャシアス　それならブルータス、俺は君の気持ち[※3]を誤解していた。
それゆえ、俺はこの胸に秘めた重大な考えを――
名誉ある計画を――君に打ち明けずにきたのだ。
なあ、ブルータス、君は自分の顔が見えるか。

ブルータス　いや、キャシアス、目には己(おのれ)は見えぬ。[※4]

※1　直訳すると「君を愛している君の友に対して、君はあまりにも頑固であまりにもよそよそしい手綱を締めている」。乗馬の隠喩。

※2　grieved　「悲しむ」ではなくvexed（困惑する、嫌な思いをする）の意味。

※3　passion　現代英語の「激情」ではなく、より一般的な「気持ち」(feelings) を指す。キャシアスの誤解とは、ブルータスがキャシアスへの友情をなくしたと思ったということであろう。

※4　ジョン・デイヴィスの詩「汝を知れ」（一五九九）にも「目は世界を見るが己を見ない」とある。『トロイラスとクレシダ』第三幕第三場でも同じことが語られる。

何かほかのものに自分を映さないかぎり。

キャシアス　そのとおり。[※5]

だから残念なのだよ、ブルータス。
君の隠れた価値をその目に映し出し、
君が自分の姿[※6]を見られるような
そんな鏡がないことがね。この耳で聞いたことだが、
ローマの最も偉い貴族たちの多くは、
（不滅のシーザーを例外として）現代の軛（くびき）の下、
不平不満を抱えながら、ブルータスの噂をし、
気高いブルータスに目があったらと願っている。

ブルータス　どんな危険に私を導こうというのだ、キャシアス。
私の中にないものを私の中に
探させようとするとは？

キャシアス　そのことで、[※7] ブルータス、よく聞いてほしい。
自分で自分を見るには、鏡に映すのが一番だから、
俺が君の鏡となって、僭越（せんえつ）ながら見せてやろうじゃないか、
君自身が知らない君自身をね。
俺を警戒することはない、気高いブルータス。
俺はみんなの笑い者じゃないし、

※5　'Tis just　弱強一拍の短い行。後に四拍分の間。キャシアスがブルータスを説得しようとする前のサスペンスに満ちた間。

※6　原語は shadow

※7　Therefore「それゆえに」と解釈し、キャシアスはブルータスの三行の台詞を無視して、自分の理屈を続けているとする説もあるが、「その点について」と解釈して、ブルータスの台詞に応えていると考えるべきか。アーデン3版が指摘するとおり、直前のブルータスの最終行が弱強三拍半の短い行であり、後に一拍半分の思わせぶりな間が入っているので、キャシアスがブルータスの台詞を無視して続けているとは考え難い。

新しく友だと名乗る相手に見境なく安っぽい友情を
むやみに誓うような男でもなければ、
人にこびへつらって、べたべたしておきながら、
陰で悪口を言うようなやつでも、あるいは
宴会の席で誰彼かまわず友人だと
断言する男でもない。もしそうなら、
それなら俺を危険なやつだと思うがいい。

　ファンファーレ。歓声。

ブルータス　あの歓声は何だ。まさかシーザーを
王に選ぼうというのじゃあるまいな。

キャシアス　まさかと言うからには、
そうなってほしくないと考えているんだな。

ブルータス　そうなってほしくないさ、キャシアス。
シーザーを愛してはいるがね。※1　でも、なぜ君は
私をここに引き留める？　何が言いたい？
世の中のためになることであれば、
この片目に名誉を、もう一方の目に死を突きつけろ。
両方とも同じように見据えてやる。※2

※1　シーザーは、父親のいないブルータスにとって父親のような存在であった。

※2　And I will look on both indifferently　最後の副詞は「同じように」(equally) の意味。「気にせずに」と解釈し、both を death と校訂する版もあったが、テクストを改変する必要はない。名誉と死を同等に扱うと言いながら、死よりも名誉を重んじると言うのは論理矛盾に思えるかもしれないが、要するに、死に際しても平然と名誉を見据えていようということであろう。

※3　let the gods so speed me as…　直訳すれば「as 以下であるようにそのように神々が私に繁栄をもたらしますよう」という祈願。

というのも、神々のご加護を得て言うが[※3]、
私は死を恐れるよりも、名誉をこそ愛するからだ。

キャシアス　君にその美徳があることはわかっている、
ブルータス、俺に君の顔[※4]がわかるようにね。
そう、名誉[※5]こそ、俺が話したいことだ。
君やほかの人がこの人生をどう思っているかは
知らないが、俺に限って言えば、
俺は、自分と同じ人間を恐れながら
生きるような人生はまっぴらだ。俺は
シーザーと同じように自由な生まれ[※6]で、君もそうだ。
俺たちは、やつと同じように物を食い、
同じように寒さに耐える。何の変わりもありはしない。
かつてこんなことがあった。風の吹きすさぶ寒い日、
荒れたティベリス川が岸に波打っていたとき、
シーザーが俺に言ったんだ、「キャシアス、おまえ、
この荒れ狂う川に、俺と一緒に飛び込んで
向こう岸まで泳ぎ切る度胸があるか？[※7]」
言われたとたん、俺は服を着たまま飛び込んで、
「ついてこい」と命じてやった。やつも続いて飛び込んだ。

※4　your outward favour　「外面に現れる顔の特徴」という意味。

※5　ブルータスにとっての名誉（honour）は「心の気高さ、道義心」（integrity）を意味するが、キャシアスにとっては「評判、面目、名声」を意味している。キャシアスのシーザーに対する個人的な妬みにはプルタルコスも言及している。

※6　古代ローマには奴隷制があり、自由人だったローマ市民はその権利を享受していた。

※7　水泳の名手だったシーザーが勇気を見せるために海に飛び込んだという話は歴史家スエトニウスも語るが、彼が溺れかかったという話はシェイクスピアの創作である。

うなりをあげる激流に抗って、俺たちは
逞しい筋肉で波をかきわけかきわけ、
負けるものかとがむしゃらに頑張ったが、
目的地点に達する前にシーザーが叫んだのだ、
「助けてくれ、キャシアス、溺れる！」と。
俺は、我らが偉大なる先祖アイネイアース※1が
トロイの炎の中から、老いた父アンキーセスを
肩に担いで助け出したように、疲れきった
シーザーをティベリスの荒波から助けたのだ。
そんな男が今や神様だ。そしてキャシアスは
哀れな男になり下がり、シーザーが何気なく
頷こうものなら、身を屈めねばならぬ。
スペインにいたときに、やつが熱病に罹り、
発作を起こしたのを見たことがあるが、ぶるぶる震えていた。
この目で見た、あの神様が震えていたんだ。
その臆病な唇から、軍旗を捨てるように血の気が失せて※2、
世界を震え上がらせるあの目から
光が消えていた。この耳でやつがうめくのを聞いた。
そう、ローマ全市民の注意を求め、その言葉を

※1　神話上の人物。トロイ（トロイア）戦争のトロイ側の武将。母は愛の女神アプロディーテー。トロイが陥落すると、父アンキーセスを背負って脱出し、後にローマ建国の祖となったとされる。『ヘンリー六世』第二部第五幕第二場でも「アイネイアースが父アンキーセスを背負ったように」という表現がある。

※2　colourには「色」のほかに「軍旗」の意味もあり、軍旗を棄てて逃げる臆病な兵士の暗喩となっている。

※3　Alas　この語を引用符で括ってシーザーの言った言葉とする版もあるが、Fに引用符はない。

※4　詳細は不明。「ブルータスの生涯」四三にはキャシアスの

書き取らせるべく命じるあの舌が言ったのだ。
ああ、[※3]「何か飲み物をくれ、ティティニアス[※4]」と。
まるで気分が悪くなった小娘のように。神々よ、
まったく驚いたものだ、あのような意気地のない弱虫が
かくも壮大な世界の手綱を握って、
勝利の棕櫚の栄冠を独り占めするとは。

　歓声。ファンファーレ。

ブルータス　また歓声が![※5]
あの喝采からすると、シーザーに
新たなる栄誉が与えられたな。

キャシアス　まったく、この狭い世界を股にかけて聳え立つ
巨人コロッサス[※6]さながらじゃないか。我々小者は、
その巨大な股の下をくぐって、きょろきょろと、
自分が収まるみじめな墓穴を探している。
人間とは、自分の運命を時に自分で決めるものだ。
我々が下っ端であるのは、ブルータスよ、
運命のせいじゃない。自分のせいだ[※7]。
ブルータスとシーザー。その「シーザー」に何がある?

親友としか記されていない人物。本作では、第四幕第二場、第五幕第三場にも登場する。

※5　三拍の短い行。後に二拍分の間がある。

※6　エーゲ海南東部のロードス島に建てられた太陽神ヘーリオス（アポロン）を象った巨像。港の入り口を跨いで立ち、世界の七不思議の一つとされた。

※7　人間の自由意思によって自らの運命は変えられるというルネサンスの時代思想。『オセロー』のイアーゴーや『リア王』のエドマンドも同じことを言う。キャシアスは、自らの策略を以て高潔な主人公を思い通りに操ろうとする点でイアーゴーに似る。34ページのキャシアスの独白を参照のこと。

なぜその名前のほうが君の名よりも多く呼ばれる？
並べて書いてみろ。君の名だって立派なものだ。
口にしてみろ。同じようによい響きだ。
秤(はかり)にかけてみろ。同じ重さだ。呪文(じゅもん)にしてみろ。
「シーザー」の名で精霊が呼び出せるなら「ブルータス」
の名でも呼び出せよう。ありとあらゆる神の御名(みな)にかけて、
一体我らがシーザーは、何を食ってあんなに
どでかくなったんだ？ 何て情けない時代だ！
ローマよ、おまえは高貴な血筋を失ってしまった！
たった一人の男しか名声を博さなかった時代なんて、
あの大洪水※1以来、今までにあっただろうか。
これまでローマについて語った誰が、
その広大な国に一人しか人間がいないなどと言った？
まったくローマが〝広い国〟だとはよくも言ったものだ。
たった一人の男しかいない〝ひどい国〟なのに※2。
ああ、君も俺も、父たちから聞かされたはずだ。
かつてブルータスという男※3がおり、ローマに
王が君臨するのを許すくらいなら、永遠に
呪われた悪魔に君臨させるほうがましだと思ったと。

※1　ギリシャ神話に於ける「デウカリオーンの洪水」と呼ばれる、神ゼウスが人類を滅ぼすために起こした洪水のこと。ゼウスはリュカーオーン家の不信心に怒り、人類を全滅させようとしたが、デウカリオーンは、父親プロメテウスから警告を受け、方舟に食料を積み込み、妻ピューラーと共に難を逃れ、人類の祖となった。キリスト教に於けるノアの方舟の逸話に類似する。

※2　原文にはRomeとroomが同じ発音であることに基づく言葉遊びがある。

※3　紀元前五〇九年にローマ最後の王タルクィニウス・スペルブスを追放して共和政ローマを打ち立てたルキウス・ユニウス・ブル

ブルータス　君が私を愛してくれていることは疑っていない。
君が私にさせようとしていることも、察しが付く。
そのこと、そして今の時勢について私がどう考えているかは、
いずれまた話すことにしよう。今のところは、
君の友情を当てにして言うのだが、これ以上
せっつくのはやめてくれ。君の言ったことは
考えておく。君が言い足りないことには、いずれ
きちんと耳を貸す。そして、話を聴いて
返答するに相応(ふさわ)しい機会を見つけようじゃないか。
それまでは、気高い友よ、この言葉を嚙(か)みしめてくれ。
ブルータスは、今の時勢が我々に課そうとする
かくも厳しい条件下でローマの息子と
名乗るくらいなら、どこか田舎でひっそりと
暮らしたほうがましだとな。

キャシアス　よかった。※4
俺の柔(やわ)な言葉がそれほど君の心を打ったとは、
ブルータスから火花が散ることもあるのだな。※5

シーザーとその一行登場。

トゥスのこと。シェイクスピアが「ルークリースの凌辱」で描いたブルータスであり、本作のブルータスの先祖。8ページ参照。

※4　Fではキャシアスの台詞は二行で印刷されているが、文頭のI am gladの後に改行を入れて、直前のブルータスの最終行とハーフラインを形成するアーデン2・3版、オックスフォード版の校訂に従う。これによりキャシアスの最終行は二拍半となり、後にシーザーらの登場を迎える二拍半分の間が入る。このシーザー登場には、音楽が奏されない。

※5　火打石の譬え。冷静沈着なブルータスの心を打って、火（情熱）を出させようとするキャシアス。

ブルータス　競技が終わって、シーザーが戻ってくる。
キャシアス　通りかかるとき、キャスカの袖を引いてみろ。※1
いつもの皮肉な調子で教えてくれるだろう、
今日、何か特別なことがあったかどうか。
ブルータス　そうしよう。だが、見ろ、キャシアス。
シーザーの額に怒りの炎が燃えている。
周りの連中は叱られたかのようだ。
カルパーニアの頰は蒼褪め、シセローの
真っ赤に燃えた目は、まるで議事堂で
元老院議員たちから反駁されたときに
見せた怒りの表情さながらだ。
キャシアス　何があったのか、キャスカが教えてくれるだろう。
シーザー　アントーニオ。※2
アントニー　シーザー。
シーザー　俺の周りには太った男だけを置け。※3
髪をきれいになでつけ、夜はよく眠るやつをな。
あそこにいるキャシアスは痩せて飢えた顔つきだ。
あいつは考えすぎる。ああいう連中は危険だ。
アントニー　恐れることはありません、シーザー。危険なものですか、

※1　古代ローマの衣装であるトーガに袖はない。初演が時代考証を無視してエリザベス朝の衣装で上演した、いわば当時に於ける「現代劇上演」だったことを物語る。ほかにも外套（30ページ注1）、帽子（＝ナイトキャップ、31ページ）、胴着（38ページ注1）などエリザベス朝の衣装への言及がある。
※2　Fの読み。18ページ注2参照。
　アーデン2版と同様、ここをハーフラインとし、アントニーの即答後に二拍分の間があると解釈する。
※3　当時の四体液説では、痩せた者は黄胆汁が多い胆汁質で短気であるのに対し、太った人は粘液質で性格がおおらかとされていた。

名誉あるローマ人で、いいやつです。

シーザー　もっと太っていてほしいな！　なに、恐れているのではない。
だがシーザーたる者が恐れるべき相手がいるとすれば、
何を措(お)いてもまず、あのがりがりのキャシアスほど
避けるべき者はいない。あいつは本をよく読む。
観察力に優(すぐ)れ、人間の行為を奥底まで
見抜いてしまう。芝居を愛さない。※4
アントニー、おまえは芝居好きなのにな。音楽も嫌う。※5
めったに微笑(ほほえ)まず、笑うにしても、まるで
何かに微笑んでしまった己(おのれ)の心を蔑(さげす)むような、
自嘲(じちょう)気味のせせら笑いをする。
ああいった連中は、自分よりも偉大な人物を見ると、
決して心穏(おだ)やかでいられない。
だから、極めて危険なのだ。
俺が言うのは、何が怖いかではなく、
何を恐れるべきかだ。俺は常にシーザーなのだから。
右側に来てくれ。こちらの耳は聞こえない。※6
そして、やつのことをどう思うか正直に教えてくれ。

シーザーのこの発言は、巻末に掲載した「シーザーの生涯」六二、「ブルータスの生涯」八、「アントニウスの生涯」一一に基づく。「訳者あとがき」参照。

※4　エリザベス朝に於いて演劇を目の敵にしたのはピューリタンだった。シェイクスピアは『十二夜』で、真面目で厳格なマルヴォーリオをピューリタンのようだとしている。

※5　エリザベス朝時代、音楽は宇宙の調和と関連すると看做されていた。『ヴェニスの商人』のベルモントの丘の場にも「音楽を愛さない者は謀叛や陰謀に向いている」という趣旨の台詞がある。

※6　シーザーの片耳が聞こえないとは、シェイクスピアの創作。

ラッパ吹奏。

シーザーとその一行退場。

キャスカ 俺の服を引っ張ったな。何か話でもあるのか。※1

ブルータス そうだ、キャスカ、今日何があったのか教えてくれ。なぜシーザーはあんな難しい顔をしていた？

キャスカ 君は、さっき一緒にいなかったのか？

ブルータス 一緒だったら、何があったとは聞かないよ、キャスカ。

キャスカ なに、王冠が捧げられたんだ。そして、捧げられたときシーザーはこういうふうに手の甲で払いのけたので、みんな歓声をあげたんだ。

ブルータス 二度目の歓声は？

キャスカ なに、それも同じだ。

キャシアス 三度声があがったが、最後のは何だ？

キャスカ なに、それも同じだ。

ブルータス 王冠が三度捧げられたということか。

キャスカ そうさ。三度払いのけられた。だんだんゆっくりとな。そして払いのけられるたびに、わが正直な隣人諸君はやんやの大喝采さ。

キャシアス 誰が王冠を捧げたんだ？

キャスカ なに、アントニーさ。

※1 原文は「外套(cloak)を引っ張った」。28ページ注1参照。キャスカは散文で話す。

ブルータス　詳しく教えてくれ、キャスカ。
キャスカ　あんなの話すくらいなら、首をくくられたほうがましだな。ばかばかしくって。見ちゃいられなかった。マーク・アントニーがやつに王冠を捧げた――いや、王冠じゃない。よくある月桂冠さ――で、さっきも言ったように、シーザーは一旦それを払いのけた。だけど、どうもそいつを受け取りたくてたまらなかったように俺には見えたね。それから、二度目に捧げられて、また払いのけた。だけど、どうもぎゅっとつかみたくてたまらなそうだったね。それから、三度目に捧げられ、またもや払いのけた。そして、やつが拒絶するたびに、野次馬どもが叫ぶわ、ひび割れた手を叩くわ、汗臭い帽子を投げ上げるわ、シーザーが王冠を拒絶したぞってんで臭い息で大騒ぎしやがるもんで、シーザーはほとんど息もできなくなって卒倒してぶっ倒れちまった。こっちは笑うこともできなかったよ。口をあけたら、汚い空気を吸っちまいそうだったからな。
キャシアス　待て。シーザーが気絶したって？
キャスカ　広場で倒れちまったよ。口から泡吹いて、ものも言えずに。
ブルータス　ありそうなことだ。そういう持病があるから。
キャシアス　いや、病気なのはシーザーじゃない。君と俺、そしてキャスカ、俺たちが倒れることになるんだぞ。
キャスカ　何が言いたいんだかわからんが、とにかくシーザーは倒れた。ボロをまとった連中が、気に入りゃ拍手し、気に入らなきゃ野次るさまは、まるで芝居小屋で役者に声をかけてるみたいだったぜ、ほんと。

ブルータス　息を吹き返したとき、シーザーは何と言った？

キャスカ　それがさ、ぶっ倒れる前、王冠を拒んだのを平民どもが喜んだのを見てとって、こうして胸をはだけると、「この喉を掻き切ってくれ」ときたもんだ。俺がそこらの職人だったら、言葉どおりにひと思いにやってやったんだが。でなきゃ、あのごろつき連中と一緒にゃ、地獄堕ちになったほうがましだ。ともかく、やつはぶっ倒れた。息を吹き返して言ったことにゃ、「自分が何かまちがったことをしたり言ったりしたなら、どうか賢明なる皆さん、それは病気のせいと思っていただきたい」だとよ。俺の近くにいた三、四人の女が「まあ、お可哀想に」と叫んで、心から赦してやってたね。だけど、あんなやつら、どうだっていい。シーザーに自分のおふくろを押し倒されても、やっぱり心から赦すんだろうよ。

ブルータス　そのあと、あんな難しい顔をして立ち去ったわけか。

キャスカ　ああ。

キャシアス　シセローは何か言ってたか？

キャスカ　うん、ギリシャ語を話してた。

キャシアス　何て言ってた？

キャスカ　おい、こう言ってたなんて嘘をついたら、君の顔をまともに見られなくなる。だけど、わかったやつらは互いにほくそえんで、首振ってたよ。だけど、俺にとってはギリシャ語だ。チンプンカンプンだ。そうだ、ほかにもニュースがあるぜ。マララスとフレイヴィアスが、シーザーの像から布飾りをひっぺがした咎で黙らされた。じゃあな。ほかにも馬鹿なことがあったが、思い出す気にもならん。

キャシアス　今晩、食事を一緒にどうだ、キャスカ？

キャスカ　いや、先約があってね。

キャシアス　明日の昼食は？

キャスカ　いいよ。俺がまだ生きてて、君の気が変わらず、メシが食うに値するならな。

キャシアス　よし。待ってるぞ。

キャスカ　わかった。さよなら、お二人さん。

退場。

ブルータス　何てぶっきらぼうな男になったものだ！※1
学校時代は、冴えた男だったのに。

キャシアス　今だって冴えてるさ、大胆で
気高い仕事をやってやろうというときは。
あのやさぐれた態度は見せかけだ。
あの粗雑さは、やつの智慧にかけるソースであり、
おかげでこっちは食欲をそそられ、やつの言葉の意味が
もっと深く味わえる。

ブルータス　　　　なるほどそうか。※2
今日はここで失礼する。
明日、私と話がしたいのであれば、
私のほうから君の家に行こう。あるいは、

※1　場面は再び韻文に戻る。

※2　And so it is.　アーデン3版と同様に、ハーフラインと解釈する。人の奥底を見抜くキャシアスの巧みさに気づいたことを示唆する台詞。「今日はここで失礼する」は弱強三拍の短い台詞であり、直後の二拍分の間は、相手を動かそうとするキャシアスと、それを警戒するブルータスとのあいだの緊張を感じさせる。

うちに来てくれるなら、待っている。

キャシアス 行くよ。それまで、天下の情勢をよく考えていてくれ。

ブルータス退場。

なるほど、ブルータス、君は気高い。だが、
純金と同じく、その高潔なる気質を本来の形から
歪（ゆが）めることもできそうだ。※1 だからこそ、
高潔の士は高潔の士とのみ交わるべきなのだ。
どんなに意志堅固な者でも誘惑には抗（あらが）えないのだから。
シーザーは俺を疎（うと）んじ、ブルータスを愛している。
仮に俺がブルータスで、ブルータスがキャシアスなら、
俺ならやすやすと心を動かされたりするものか。※2 今晩、
いろんな筆跡を使い分けて、あいつの窓から
手紙を投げ込んでやろう、いろんな市民から
来たと思わせるんだ。どの手紙にも、ローマは
ブルータスの名声を高く評価していると書いて、
シーザーに野心があるとそれとなく仄（ほの）めかす。そのあとは、
シーザー、せいぜいしがみついていろ、その地位に。〔☆〕
振るい落としてやる。でないと、なるぞ、ひどい時代に。〔☆〕※3

退場。

※1 metal（金属）とmettle（気質）の掛詞。錬金術の隠喩。

※2 He should not humour me. このHeをブルータスととれば、「ブルータスは自分のような策士でないからこそ心を動かされるのであり、俺だったらそうやすやすと手玉に取られない」と解釈できる。その場合、二行前のシーザーへの言及の意味は何かという疑問が残る。一方Heをシーザーととり、「たとえ愛されている立場にあっても、シーザーの思惑通りには動かない」とも解釈できる。

※3 sureとendureが押韻して二行連句となっている。本書では脚韻をすべて訳出し、同じ韻に記号を付した。

〔第一幕　第三場〕

雷鳴と稲妻。[※4]　キャスカとシセロー登場。

シセロー　やあ、キャスカ、シーザーを家へ送ってきたのか。[※5]
なぜ息を切らし、目をむいている？

キャスカ　大地がまるで柔(やわ)なもののように揺れたというのに
君は平気なのか？　ああ、シセロー、俺だって、
ごつごつした樫(かし)の木が、吹きつける暴風で倒れるような
嵐を見たことはある。野望に満ちた海が
暗澹(あんたん)たる黒雲と張り合うように盛り上がり、[※6]
大荒れに泡立つのを見たことだってある。
だが、今夜になるまで、一度もないぞ、
炎を降らせる嵐に遭(あ)ったことは。
天に内乱が起こったか、さもなくば、
神々に対してあまりに不遜(ふそん)なこの世界を
破滅させようと、神々がお怒りなのだ。

※4　太鼓を鳴らして鉄の球を転がし、花火を用いて効果を出した。

※5　前場は二月十五日だが、ここからはシーザー暗殺の日（三月十五日）の前夜のはず。シェイクスピアはあえて場面を連続させることで、一気に物語を進める。時計が刻む客観的時間（クロノス）ではなく主観的時間（カイロス）――どきどきする時間はあっという間に過ぎる――を利用するのがシェイクスピアの手法。前場でのキャスカの「先約」は、シーザーとの会食を示唆する。

※6　荒れた海が空と一つになるイメージは『冬物語』第三幕第三場、『テンペスト』第一幕第二場、第五幕第一場参照。

シセロー　もっと驚くようなことを見たわけじゃないのか？

キャスカ　ある奴隷が――君もよく知ってるやつだ――
左手を上げると、火がついて燃え上がった。※1
二十本の松明（たいまつ）を合わせたかのように。だが、そいつ、
熱がったりしない。やけどもしていないんだ。
それに――あのとき以来、こうして剣を抜いたままだが――
議事堂へ向かう道でライオンに出くわした。
俺をぎろりとにらんで、そのまま何もせずに
むっつりと通り過ぎていった。それから、
百人ほどの女どもがひしと身を寄せ合って、
恐怖のあまり形相（ぎょうそう）を変えて、こう誓うんだ。
火だるまになった人たちが町をうろついていると。
昨日は、夜の鳥であるフクロウが、※2
真昼間だというのに広場に下りたって、
ホーホーキーキー喚（わめ）いていた。こんな前兆が
次々と起きているというのに、まさか「それには
理由がある。当たり前のことだ」などとは言えまい。
どう見たって、こいつはわが国に
何かが起きる前兆としか思えない。※3

※1　これらの話は本書巻末の「シーザーの生涯」六三にある。ただし、ライオンの話はシェイクスピアの創作。エリザベス朝当時、ロンドン塔にライオンが飼われていたことへの言及ではないかという説もある。

※2　夜の鳥と呼ばれたフクロウには、黒い鴉同様、不吉なイメージがあった。

※3　『ハムレット』第一幕第一場のホレイシオの台詞「これは、わが国に異変が起こる前兆ではないだろうか」参照。『マクベス』第二幕第四場、『リア王』第一幕第二場、『オセロー』第五幕第二場でも天変地異が禍の前兆として言及される。人間という小宇宙（ミクロコスモス）が大自然

シセロー　確かに、おかしな時代になった。
だが、人間は、物事の意味を自分勝手に解釈し、
その本来の意味がまったくわかっていないこともある。
シーザーは明日、議事堂へ来るだろうか。

キャスカ　来るよ。アントーニオ※4に命じてたからな。
明日行くと君に伝えるようにと。

シセロー　ではおやすみ、キャスカ。こんな悪天候では、
出歩かぬほうがいい。

キャスカ　さようなら、シセロー。

シセロー退場。

キャシアス登場。

キャシアス　誰だ？

キャスカ　ローマ人だ。

キャシアス　キャスカだな、その声は。※5

キャスカ　耳がいいな。キャシアス、何て夜だ！

キャシアス　正直者には、とても気持ちの良い夜さ。※6

キャスカ　こんなに天が怒るなんて、誰も思わなかったな。

キャシアス　この地に罪が溢（あふ）れていると知る者はそう思ったさ。

という大宇宙（マクロコスモス）と呼応しているとする新プラトン主義の発想に基づく。

※4　Fの読み。アントーニアスと直してしまう現代版もあるが、18ページ注2、28ページ注2参照。

※5　この劇が初演されたグローブ座は屋根のない劇場であり、自然光のもとで上演されていたため、台詞と演技によってのみ暗闇がイメージされた。舞台を本当に暗くできたのは、一六〇八年に室内劇場ブラックフライアーズを使用し始めて以降のこととなる。

※6　キャシアスは、この悪天候によって表明された天の怒りの矛先はシーザーに向かっていると考えて興奮している。

この俺は、さっきまで町を歩きまわって、
この危険な夜に身をさらけ出し、
こうして、キャスカ、このとおり胸をはだけて、※1
落雷に向けて裸の胸を差し出した。
そして、青い稲妻が天の胸をギザギザに
引き裂いたとき、俺はその閃光の
真っ只中に躍り出たのだ。

キャスカ　なぜそんな天を試すような真似をした？
最強の神々が前兆として、こんな恐ろしい
伝令をよこして我らを驚嘆せしめるとき、
人間としては怯え震えるしかないだろう？

キャシアス　鈍感だな、キャスカ。君には
ローマ人にあるはずの命の火花がない、
あるいは眠らせている。青い顔をして目を瞠り、
恐怖をまとって呆然と、なぜに神々は
こんなにもお怒りなのかと見つめるだけだ。
その真の原因を考えてみようとしないのか――
なぜかくも炎が上がり、なぜかくも霊がさまよい、※2
なぜ鳥や獣が異様な振る舞いをし、

※1　unbraced　エリザベス朝の胴着（doublet）の紐をほどいて脱ぐことを示唆する語。32ページで「胸をはだけ」と言うときは「胴着を脱いで」（ope his doublet）と言っている。28ページ注1参照。

※2　『ハムレット』第一幕第一場Q版に「偉大なるシーザーが倒れる直前……死者どもが、墓から抜け出し、喚き声をあげて通りをさまよったという。流星は火を噴き、あたり一面、血の露がおり、陽の光は異変をきたし……真っ暗になったそうだ」とある。

※3　Fooles を fool と読み替えて「老人が馬鹿な真似をし」とする解釈があったが、今では採用されていない。

なぜ老人や阿呆(あほう)や子供が将来を見透かし、※3
なぜ常軌を逸したことばかり起こって、
自然の本来の働きがおぞましく変わったのか、
それを考えればわかるはずだ、天が
こうしたものに霊気※4を吹き込んで
自然ならざる現状に対して恐怖と共に
警告を発しているのだと。※5
そこでだ、キャスカ、俺は挙げることができる、
この恐ろしい夜に匹敵する男の名を。
そいつは雷(いかずち)を落とし、墓をあばいて叫ぶのだ、※6
議事堂の中でライオンのように——
一人の人間としては、君や俺より
強いわけでもないのに、とんでもなく膨(ふく)れ上がり、
恐ろしいものとなった、この不思議な出来事のように。

キャスカ　シーザーのことだろう。ちがうか、キャシアス？

キャシアス　誰であろうとかまわん。※7なにしろ、ローマ人は
先祖と同じ立派な体を持ちながら
悲しいかな、父たちの精神は死に果て、
母たちの気概に支配されている。女々しいじゃないか、

※4　spirits　sprights と同じ一音節。
※5　弱強三拍の短い行。ここまで一気に勢い込んで話し、二拍分の間を設ける。いよいよ話の本質に触れようとするキャシアスの思い入れの間であろう。
※6　シーザーがこんなことをしたとする文献はない。『テンペスト』第五幕第一場では、プロスペローが魔法で雷鳴を落とし、墓に命じて死者たちを吐き出させたと語る。超人的な力の発露のイメージ。
※7　キャシアスはキャスカが味方につくのかシーザー側なのかを警戒して、あえてシーザーの名を口にしない。キャスカはシーザーと会食し、シーザーを家まで送ってきた人物である。

こんな軛（くびき）にかけられて我慢しているなんて。

キャスカ　確かに、明日、元老院議員たちは
シーザーを王にするつもりらしい。
そしたらやつは、ここイタリアを除く
全国津々浦々で王権を発揮することになる。※1

キャシアス　そうなったら、この短剣のお出ましだ。※2
キャシアスを奴隷の縛め（いまし）から解くのはキャシアスだ。
そうすることで神々は、弱き者を強き者に変え、
そうすることで神々は、暴君をお倒しになる。
どんな石造りの塔も、堅牢（けんろう）堅固な壁も、
空気も通さぬ※3地下牢（ちかろう）も、強力な鉄の鎖も、
この強靭（きょうじん）なる精神を抑え込む※4ことはできぬ。
命は、こんな世俗の鉄格子にうんざりすれば、
自らを解き放つ力を持たぬはずがないのだ。
俺が知っていることを、世の中の人すべてに知らしめよう、
今耐えているこんな暴政など、いつでも
好きなときに、払いのけられると。

雷鳴が続く。

※1　巻末の「シーザーの生涯」六四にあるとおり、元老院は「シーザーをローマ帝国とイタリア外の全属州の王であると宣言し、海でも陸でもあらゆるところで王冠を戴いてもらおうとしていた」。
※2　自害を示唆している。ジュリエットの「この剣がそうはさせない」（『ロミオとジュリエット』第四幕第三場）参照。
※3　airless　『オックスフォード英語辞典』（OED）の初例。
※4　retentive　「抑え込む」の定義ではOEDでここが初例。
※5　cancel his captivity　「束縛を断ち切る」と「命を絶つ」の二重の意味。「キャンセル」は法律用語で、前行にある「奴隷」（bond-

キャスカ　　　　　　そのとおりだ。
どんな奴隷にも、自らの手で囚われの命を
解き放※5つことができるようにな。
キャシアス　そうであれば、なぜシーザーを暴君にさせておく？
哀れなやつだ、あいつだって、ローマ人が羊に
なり下がっていると思わなければ狼にはなるまい。
ローマ人が雌鹿でなければ、やつもライオンにはならぬ。
急いで火を燃え盛らせようという者は、まず
弱い藁しべから燃やすものだ。何たるボロだ、ローマは、
何たるゴミ、何たるお屑だ、自ら卑しい
焚きつけとなって、シーザーのような下劣なものを
煌々と照らし出すとは？　だが、ああ、悲しみのあまり、
つい我を忘れてしまった。こんなことを話した相手は
奴隷の身に甘んじようという男かもしれぬ。だとすれば
漏らしてしまった言葉の責任をとらねばなるまい。※6だが、
俺は武装している。※7危険など物の数ではない。
キャスカ　君が話した相手はキャスカだ、にやついた
告げ口野郎じゃない。さあ、この手を取れ。
この苦難の世直しをするために手を結ぼうじゃないか。

man）の bond（証文）の縁語。「死ぬ」の意味で「命の証文を取り消す」という表現は『マクベス』第三幕第二場「引きちぎるのだ、あいつの命の証文を」のほか、『リチャード三世』第四幕第四場、『シンベリン』第五幕第四場にもある。
※6　キャスカがシーザー側なら、シーザーを下劣と呼んだ今の言葉を告げ口され、キャシアスの身が危うくなる。39ページ注7にあるように、キャシアスはこれまで慎重に言葉を選んで話し、キャスカに探りを入れてきた。
※7　I am arm'd　抜き身の剣を持つキャスカ同様、キャシアスも帯剣している。「覚悟はできている」と解釈する説もある。

俺も足をつっこむ以上は、誰よりも
大きな歩幅を見せてやる。

キャシアス　では、俺たちは仲間だ。[※1]
実はな、キャスカ、もうすでに
ローマ人の中でも特に高潔な何人かを
説得して、この危険にして名誉ある企(たくら)みに
参加してもらうことになっているんだ。
今頃はポンペイ劇場の回廊[※2]で待っているはずだ。
何しろ、ほら、この恐ろしい夜だ。
街は静まり返り、出歩く者などいやしない。
空の様子も、まるで我らが行おうとしている
仕事さながら、血腥(ちなまぐさ)く、燃え立つように
おぞましい様相をしている。

シナ登場。

キャスカ　隠れろ。誰か急ぎ足でやって来る。

キャシアス　シナだ。歩き方でわかる。味方だ。
シナ、そんなに急いでどこへ行く？

シナ　君を捜してた。そりゃ誰だ？　メテラス・シンバー[※3]か？

※1　There's a bargain made. 陰謀の盟約が結ばれたという意味。

※2　史実では、シーザー暗殺が行われた場所。巻末の「シーザーの生涯」六六の訳注及び「ブルータスの生涯」一四参照のこと。シェイクスピアは暗殺の場を回廊（ポルチコ）から議事堂に変更した。

※3　「シーザーの生涯」六六ではティリウス・シンバーとなっているが、これをアミヨが「メテラス・シンバー」と誤訳。ノース訳がそれを踏襲した。ノース訳の「ブルータスの生涯」一七では原典どおりティリウス・シンバーとなっている。

※4　ポンペイ劇場の回廊で一味がキャシアスを待っているはずで

キャシアス　いや、キャスカだ。こっちの企みに
加わってもらった。みんな待っているか※4、シナ？

シナ　そりゃあいい。なんてひどい夜だ！
不思議な光景を見たと言う仲間もいる。

キャシアス　みんな待っているのか？　答えてくれ※5。

シナ　　　　　　　　　　　　待ってるさ。
ああ、キャシアス、もし君に——※6
高潔なブルータスを味方につけることができたなら——

キャシアス　まあ落ち着け。シナ、この紙を持って、
法務官の椅子の上に置いて来い。ブルータスが
見つけるように。そして、こいつを
やつの窓から投げ込め。こいつは蠟（ろう）で、
大ブルータス※7の像に貼り付けろ※8。全部済んだら、
ポンペイ劇場の回廊へ来い。そこにいるから。
ディーシャス・ブルータスとトレボーニアスも来ているな？

シナ　メテラス・シンバー以外全員いる。あいつは
君を君んちへ捜しに行ったんだ。じゃあ、行くよ。
言われたとおり、この紙をばらまいてくる。

キャシアス　終わったら、ポンペイ劇場に来るんだぞ。

はあるが、キャシアスは予定どおり事が進んでいるか心配で緊張している。だが、シナはこの質問に答えない。

※5　シナがキャシアスの問いに即答しないため、キャシアスは苛立つ。これにシナがぶっきらぼうな返事をすることについて、アーデン3版は陰謀者たちのあいだの緊張感が示されていると指摘する。

※6　弱強三拍の短い行。弱強二拍分の間によって、ブルータスへの強い思いが表明される。その興奮を感じて、キャシアスは「まあ落ち着け」と呼びかける。

※7　26ページ注3参照。

※8　プルタルコスでは、キャシアスの指示に拠らず、一味がそれぞれに行う。

シナ退場。

来い、キャスカ、君と俺は、夜明け前に
ブルータスを家に訪ねよう。もう大方
こっちの味方になっている。あとひと押しで
すっかり味方についてくれるだろう。

キャスカ　ああ、あの人はみんなの希望の星だ。
俺たちがやれば罪と思えることでも、
あの人の箔（はく）がつけば、金を生む錬金術[※1]のように
美徳と功績に変えてくれるだろう。

キャシアス　あの人のことも、その価値も、どれほど
必要とされているかもうまく言い表したな。行こう。
もう真夜中を過ぎた。[※2]夜明け前に
あの人の目を覚まさせて、味方につけなければ。[※3]

二人退場。

※1　卑金属を黄金に変える「賢者の石」（フィロソファーズ・ストーン）の生成を目指す秘教的な化学研究。十六～七世紀に真剣に研究されていた。キャスカが自分たちを「卑しい気質＝卑金属」(base mettle / metal) であると認めている点と、実際に卑金属が黄金に変わることはありえなかった点に於いて、この台詞は皮肉となる。

※2　政治的な覚醒を促すという意味もある。

※3　二行連句で締めくくられていないので、次の場面へ継続する感じが強い。ここで時刻への言及もあり、キャシアスが次の場面で夜明け前に登場するので場面は連続している。35ページ注5参照。

第二幕〔第一場〕

ブルータスが自宅の庭[※4]に登場。

ブルータス　どうした、ルーシアス、[※5]おい！
どれほど夜明けが近いのか、星の動きで見当を
つけることもできぬ[※6]。ルーシアス、聞こえんのか！
ああまでぐっすり眠りこけてみたいもんだ。
おい、ルーシアス、どうした？　起きろ！　ルーシアス！

ルーシアス登場。

ルーシアス　お呼びですか、旦那様（だんなさま）？
ブルータス　書斎に明かり[※7]をつけてくれ、ルーシアス。
ついたら、呼びに来い。
ルーシアス　かしこまりました。

退場。

ブルータス　死んでもらうしかない[※8]。個人的には

※4　場所を示したシェイクスピアには珍しいト書き。のちにこの場に登場した仲間たちが空を見上げて語り合うので戸外の設定としたのであろうが、エリザベス朝の舞台は基本的に「何もない空間」であり、舞台上に庭を表す装置が置かれるわけではない。
※5　シェイクスピアが作り出した少年の召し使い。ブルータスからboyと呼ばれている。
※6　前ページの注3に記したとおり、場面は前場から続いており、荒れ模様の空では星が見えないと述べていると解釈すべきであろう。
※7　taper　蠟燭。
※8　ハムレット風に悩んで思索に耽るブルータスの独白がここから始まる。

あの男を蹴落（けお）とす理由は何もないが、
世の中のためだ。王位につきたがっているのだ。
そうしたらどう性格が変わるか。それが問題だ。
毒蛇をおびき出すのは、うららかな陽の光。[※1]
だから用心して歩かねばならぬ。王冠を与えて毒蛇に[※2]！
となると、毒の牙（きば）をくれてやることになる。
いつでも好きなときに悪さをしかねない。
偉大なる者が道を誤るのは、権力から
思いやり[※3]がなくなったときだ。シーザーについて
正直に言えば、彼が理性を失って
感情に走ったためしなどかつて知らぬ。だが、
謙虚さが幼き野心の梯子（はしご）となるのも知れたこと。
登ろうとする者は、それに顔を向けるが、
いったん頂点に達してしまうと、
梯子には背を向けて、雲を見つめ、
そこまで登ってくるために踏みつけてきた
段を蔑（さげす）むのだ。シーザーもそうなるやもしれぬ。
ならば、阻止せねばならない。そう訴えようにも、
今の彼では、その根拠[※4]となるものが何もない。

※1　よいものが邪悪なものを呼び出すという諺的表現。

※2　Crown him that　この that は「毒蛇のように危険なものとなるように」と解釈するアーデン3版やオックスフォード版の説を採った。ニコラス・ロウは that は Crown him という概念を示し、ブルータスの思考を示すと考え、追随するアーデン2版は「彼に王冠を与える——そこだ！」のように読む。

※3　remorse　これは compassion（同情、憐れみ）の意味であると解釈されている。

※4　原語の quarrel は「敵対する（文句を言う）根拠、理由」を意味する。シーザーが暴君となるという結果は現状から帰結しない。

だから、こう言い表そう。今の彼が増長すれば、
これこれの暴虐に及ぶであろう。
ゆえに、彼を蛇の卵と看做(みな)し、（卵から孵(かえ)ったら、
その本性を発揮し、悪さをするものと考えて）
卵のうちに殺してしまうのだ。

ルーシアス登場。

ルーシアス　お部屋に明かりを灯(とも)しました[※5]。
火打石を見つけようと窓辺を手探りしていましたら[※6]、
この手紙がありました。ご覧のとおり封がされています。
昨夜休む前には、なかったはずなのですが。

手紙を渡す[※7]。

ブルータス　また休みなさい。まだ夜は明けぬ。
明ければ、三月十五日[※8]ではなかったかな？

ルーシアス　わかりません[※9]。

ブルータス　暦(こよみ)を見てきてくれ。

ルーシアス　はい。

退場。

※5　ルーシアスが明かりを灯した部屋にブルータスはこの場面で入ることはない。光明から遠ざかったままのブルータスというのは象徴的かもしれない。

※6　Searching the window for a flint, シェイクスピアでは珍しい分詞構文の例。

※7　Gives him the Letter　三人称単数現在で書かれているのは、台本に書かれる役者への指示とちがって文学的であるため、シェイクスピアが書いたのではないとする説もある。

※8　Fでは「一日」(first) となっているが、このように訂正するのが慣例である。

※9　弱強二拍の短い行。後に三拍分の間がある。考えているブルータスの間。

ブルータス　空を引き裂いて流れる星々の光で、[※1]
手紙が読めるほどだな。

手紙を開封して読む。

「ブルータスよ、おまえは眠っている。起きろ、自らを見よ！
ローマは云々（うんぬん）。声を上げろ、かかれ、世直しだ！」
「ブルータスよ、おまえは眠っている。起きろ」だと！
こんな檄文（げきぶん）はこれまでにも落ちていて、
よく拾ったものだ。[※2]
「ローマは云々」[※3]これは、こういう意味だろう。
ローマは一人の男の脅威に屈服するのか？　え、ローマが？
わが祖先は、王と呼ばれていたタークィン[※4]を
ローマの街路から追い払ったというのに。
「声を上げろ、かかれ、世直しだ！」声をあげて打ちかかれ
と言うのか、この私に？　ああ、ローマよ、約束しよう、
結果が世直しとなるなら、ローマの訴えは
ブルータスがこの手で必ずかなえてやると。[※5]

ルーシアス登場。

※1　嵐の暗い空が流星のせいで不気味に光るのであろう。
※2　弱強三拍の短い行。手紙を読むブルータスの間。
※3　etc.（云々）という語は、書かれていることをあえて読み上げないときにシェイクスピアはよく用いる。手紙に目を走らせたブルータスは、その言葉不足の表現を補ってまとめ直すのであろう。手紙に「以下略」と書いてある、あるいはここに余白があるとする解釈もある。
※4　26ページ注3及び8ページ参照。
※5　ここでブルータスの決意は定まったとする説が多いが、「世直しとなるなら」という条件がついている点も見逃せない。

ルーシアス　旦那様、三月十五日です。

舞台奥でノックの音。

ブルータス　よし。門を見てくれ。誰か叩(たた)いている。

〔ルーシアス退場。〕

キャシアスにシーザーを倒せと唆(そそのか)されてからというもの
一睡もできない。※6
恐ろしい行為を実際にやってしまうまで、
最初にそれを思いついてから辿(たど)りゆくすべての道筋は、
まるで幻覚、いや、まさに悪夢だ。※7
人の霊魂※8と、人間としての機能が
激論を戦わせ、人間という小宇宙は
小さな王国のように、転覆の
危機に曝(さら)される。

ルーシアス登場。

ルーシアス　旦那様、義弟(おとうと)様※9のキャシアス様が戸口においでです。
旦那様にお会いになりたいとのことで。

ブルータス　一人か。

※6　弱強二拍の短い行。次の極めて重要な台詞を引き立てるための三拍分の間がある。

※7　行動の三段階——思いつき、想像し、実行に移す——を踏まえて、第二段階の「想像」の過程が幻覚か悪夢のようだと述べている。ハムレットは第四独白で、第二段階の想像で熱情を失うと行為に至らないと語る。

※8　**genius**　守護霊。人間の精神。肉体とは別個に存在し、不滅。次の「人間としての」と訳した原語は**mortal**(死すべき運命の)。単なる理性と感情の対立ではなく、霊魂と肉体的機能との対立。

※9　キャシアスの妻ジュニア・ターシャ（ユニア・テルティア）は、ブルータスの異父妹。

ルーシアス　いえ、何人かご一緒で。

ブルータス　知っている連中か。

ルーシアス　いえ、帽子[※1]を目深(まぶか)にかぶっていらして、
外套(がいとう)で半分顔を隠しています。
見ただけでは誰だか決して
わからないように。

ブルータス　通しなさい。

〔ルーシアス退場。〕

一味の者たちだな。ああ、陰謀よ！
その危険な顔を夜に曝(さら)すのも恥じるのか、
悪がはびこるこの夜に？　ああ、ならば
昼間には、どこにその凄(すさ)まじい形相を隠す
暗い洞穴(ほらあな)を見つけようというのだ。探すな、陰謀よ、
微笑みと愛想のよさで隠すのだ。[※2]
もって生まれた素顔のまま出歩くわけにはゆかぬ。
たとえ暗黒の地獄[※3]であろうと、
おまえを隠しおおせるほど暗くはないのだから。

キャシアス、キャスカ、ディーシャス、シナ、メテラス、トレボ

※1　ポープは時代錯誤と考えたが、アーデン2版が指摘するように、古代ローマにはペタソスと呼ばれる、つばのある帽子があった。外套も時代錯誤ではないとオックスフォード版は注記する。ただし、28ページ注1参照。

※2　ハムレットの「人は、微笑んで、微笑んで、しかも悪党たりうる」（第一幕第五場）や、マクベス夫人の「世間を欺くには、世間と同じ顔をしなければ。目にも、手にも、舌にも、歓迎の気持ちを表して。無心の花とみせかけて、そこに潜む蛇とおなりなさい」（第一幕第五場）参照。

※3　Erebus　正確に言えば、死者の影が冥界へ行くときに通る暗黒の地下世界。

ーニアスら謀叛の一味登場。

キャシアス　お休みのところを申し訳ない。
おはよう、ブルータス、起こしてしまったかな。

ブルータス　一時間前に起き出していたよ。一晩中眠れなくてね。
一緒にいる連中は、私の知り合いか？

キャシアス　ああ、全員そうだ。そして、全員、
君を尊敬しており、全員が願っている、
気高い全ローマ市民が君を思うように、
君も、君自身を高く評価してほしいとね。
これは、トレボーニアスだ。

ブルータス　　　　　歓迎する。※4

キャシアス　ディーシャス・ブルータスだ。

ブルータス　　　　　　　　　　　　彼も歓迎だ。

キャシアス　キャスカだ。これはシナ。こっちはメテラス・シンバー。

ブルータス　全員、歓迎する。※5
君たちの目と夜のあいだに割り込むのは、
どんな眠れぬ心配事だ？

キャシアス　一言、いいか？※6

※4　He is welcome hither.「彼」となっているのは、ブルータスがキャシアスに対して応えているため。一味に加わる人間としてトレボーニアスを認めるということであって、ここでトレボーニアスに向かって「よくきてくれた」と直接挨拶しているわけではない。緊張が持続する。

※5　直訳すれば「彼らを全員歓迎する」。弱強二拍半の短い行。後に二拍半分の緊張の間。そのあとブルータスが言わずもがなの質問をしているのは、相手に話を切り出させようとする緊張感ゆえ。

※6　アーデン3版のみ、ここをハーフラインとして前行につなげている。緊張の間が空く方がよいか。

二人は囁き合う。※1

ディーシャス　こっちが東か。陽が昇るのはこっちかな。

キャスカ　ちがうだろ。

シナ　失礼だが、ちがわないよ。向こうの雲に
まだらに入る灰色の筋は、夜明けの先触れだ。

キャスカ　二人とも、ちがっている。あそこ、
俺が剣で指すあの地点から太陽が昇るんだ。※2
かなり南に寄ってはいるが、
まだ春先だからな。あとふた月もすれば、
もっと北に寄ったところから
日の出が拝める。つまり、真東はこっち、
まっすぐ議事堂のある方角だ。

ブルータス　みんな握手をしよう。※3　一人ずつ手を出してくれ。

キャシアス　そして、我らの決意を誓い合おう。

ブルータス　いや、誓いは要らぬ！※4　人々の顔つき、
我らが魂の苦しみ、時代の不当さ――それだけでは
動機として十分でないと言うなら、即刻やめよう。
それぞれベッドにもぐりこみ、何もせぬがよい。

※1　ブルータスとキャシアスは二人離れて密談し、その間、他の連中は雑談をする。やがて密談を終えたブルータスが一同に近づいてきて声をかける。

※2　アーデン3版はキャスカが最初にシーザーを刺す点を踏まえると、彼が剣で議事堂のある方角を指すのは象徴的であると指摘するが、ここで彼が剣で指し示すのは夜明け（希望）の方角であって、議事堂のある真東の方角とはズレている。このズレが象徴的か。

※3　ここで初めてブルータスは一同に直接語りかける。握手をするのもここが初めてか。

※4　ブルータスは倫理的情熱に駆られて、初めてキャシアスに反対する。

そうして傲慢（ごうまん）な圧政※5にどこまでものさばらせ※6、
一人また一人と※7倒れていけばいい。だが、
今述べた事柄が――私はそう信じているが――
臆病（おくびょう）者らに火をつけ、勇気をもって
女の柔（やわ）き※8胸を鋼（はがね）と鍛え上げる炎たるならば、
諸君、その大義のほかに、我らを世直しに駆り立てる
拍車が必要だろうか。どんな証文が要るというのだ？
一旦（いったん）口にした言葉を決してたがえることのない
ローマ人の密約に？　どんな誓いが要るというのだ※9？
正直と正直とが互いに、命に代えても
やってのけようと約束したことのほかに？
誓いなど、神官、卑怯（ひきょう）者、策士※10、
耄碌（もうろく）した老いぼれ、不正に甘んじる腰抜けどもに
任せておけ。悪事を働こうというときに限って、
そういう怪しげな連中が誓いを立てるのだ。
だが、我らが大義や行動に誓いが必要などと考えて、
我らがしようとすることの正しさ、
我らが精神の不屈の精神を穢（けが）してはならぬ。
ローマ人一人一人の体内に、気高く流れる

※5　high-sighted tyranny　「高い視野を持つ暴政」とは「人を見下す（supercilious）傲慢な専制政治」。高い所から獲物を物色する鷹のイメージがあると解釈されることもある。

※6　range　「あちこちへ行く」（roam, rove）という意味だが、前注との関連で、猛禽類が空高く舞い上がる（soar）という意味で解釈する説もある。

※7　by lottery　偶然に。今では用いられない古い語法。

※8　melting　優しさゆえに柔軟であるというニュアンス。

※9　ブルータスらしい繰り返しの修辞法。

※10　men cautelous　「用心深く疑い深い、人を騙すような連中」

その血潮の一滴一滴が、不純に穢（けが）れたものと
なってしまう、もしもローマ人が口にした
約束のどんな些細（ささい）な一部でも
破られることがあるならば。
キャシアス　だが、シセローはどうする？　探ってみるか？
強力な仲間になってくれると思うが。
キャスカ　仲間から外すべきじゃないな。
シナ　　そりゃそうだ。※1
メテラス　是非仲間に入れよう。あの銀髪で
こちらの評判も高まる。※2我らが行為を
称賛する人々の声もあの銀で買えるぞ。※3
彼の分別が我らの手を導いたとされ、
我らが若さも無謀さも目立たなくなり、
あの貫禄（かんろく）が覆い隠してくれる。
ブルータス　いや、よせ。あの人には漏らすな。
他人（ひと）が始めたことに
付き従うような人じゃない。
キャシアス　では、外そう。※4
キャスカ　確かに、あの人はまずいな。

※1　ハーフライン。シナの調子の良さ、思慮のなさが強調される。
※2　高齢のシセローには名声があるおかげで、一緒にいれば評判が高まるということ。
※3　銀髪の銀に掛けた言葉遊び。
※4　アーデン3版に従って、この行と次の行をハーフラインとして続ける解釈を採用した。その場合、キャシアスは少し考えてからブルータスに同意し、キャスカが安易に同意するという展開になる。ケンブリッジ版やアーデン2版は、このキャシアスの台詞を直前のブルータスとのハーフラインとしているが、その場合キャシアスはブルータスにすぐ追随することになり、性格が変わってくる。

ディーシャス　手にかけるのは、シーザーだけか？
キャシアス　ディーシャス、いい質問だ。俺が思うに、
シーザーに深く愛されているマーク・アントニーを※5
シーザー亡き後も生かしておくのはまずい。あいつは
抜け目のない策士だ。それに、やつの力は※6
その気になれば、どこまでも広がって
我々皆を苦しめる。そうならないように
アントニーをシーザーと共に倒そう。
ブルータス　それでは残忍に過ぎよう、カイアス・キャシアス、
頭を切り落とした上に、体も刻むのは——
怒りで殺し、殺したあとも憎むようだ——
というのも、アントニーはシーザーの手足にすぎないからな。※7
我々は生贄(いけにえ)を捧(ささ)げようとするのだ。人殺しではない、カイアス、
反対しているのはシーザーの精神に対してであって、
人間の精神に血は流れておらぬ。
ああ、シーザーの精神だけを断ち切って、
シーザーの体はそのままにできたらよかったのに！
だが、残念ながらシーザーは血を流さなければならん。
だから、諸君、大胆に殺そう、怒りに任せてではなく、

※5　プルタルコスでは、アントニーも殺すか否かは、シーザー暗殺後に議論された。
※6　このときアントニーは執政官であり、軍事力も有していた。
※7　手ないし足（a limb）は「附属物」といったニュアンスで、軽蔑的な表現。ブルータスがアントニーを甘く見ていたことがわかる。シーザーは精神だが、アントニーは彼の体の一部でしかないという表現になっており、肉体など切り刻んでも仕方がないという。プルタルコスの「ブルータスの生涯」一八では、ブルータスがアントニー殺害に反対したのは「まず、正しいことではないし、第二に、アントニウスが改心するかもしれない」から。

神々への捧げものに相応(ふさわ)しく彼を切りさばくのだ。
猟犬に与える死肉のようにぶった切る※1のではない。
そして、世才に長(た)けた※2主人がやるように、我らの心は、
感情という召し使い※3らを煽(あお)って乱暴を働かせながら、
あとで叱りつける顔をするのだ。そうすれば、
我らが目的に悪意はなく、やむをえなかったと、
一般大衆には思われるようになり、
我らは人殺しではなく粛清者と呼ばれよう。※4
マーク・アントニーについては、気にするな。
やつにできることは何もない。首が飛んだときの
シーザーの腕と同じだ。

キャシアス　だが、心配だ。
なにしろ、やつがシーザーに抱く深い愛は――

ブルータス　いや、キャシアス、気にするな。
たとえシーザーを愛していようと、やつにできるのは、
自分に対してのこと――思い余って後追い自殺。
せいぜいそれくらいだ。なにしろ、あいつは、
遊びと放蕩(ほうとう)に耽(ふけ)り、大勢でつるむのが好き※5な男だからな。

トレボーニアス　やつは心配ない。生かしておいてやれ。

※1　刃を入れる(carve)という儀式性に対し、ぶった切る(hew)乱雑さの対比。

※2　subtle　オックスフォード版は「邪悪なまでに巧妙な」(wickedly cunning)と注記する。ここから数行はブルータスの偽善を示すように思われるため、現代の上演ではカットされることが多い。

※3　「感情」(passions)の隠喩。一見理性的なブルータスは、実は感情的な行動に走っていることがここからもわかる。

※4　専制政治を行う側の言い方であるとアーデン3版は指摘する。

※5　much company　大勢を味方につけるアントニーは、のちに圧倒的な権力を握る。

長生きして、あとでこの事件を笑い話にするかもよ。

時計が鳴る。[※6]

ブルータス　静かに！　幾つ鳴るか数えろ。

キャシアス　三つ鳴った。

トレボーニアス　引き上げたほうがいいな。

キャシアス　しかし、まだシーザーが今日やってくるかどうかわからない。最近迷信深くなってきているからな。[※7]幻だの、夢だの、前兆だのといったことはかつては一切信じていなかったのに。近頃次々起こる不思議な現象や、昨夜の異様な天変地異もあるし、占い師どもにやめておけと言われたら、今日は議事堂に来ないかもしれない。

ディーシャス　大丈夫だ。たとえ来ないつもりでも、俺が説き伏せてやる。やつは大好きだからな、ユニコーンを捕まえるには、ひょいと木の陰に身をかわすとか、[※8]熊を捕まえるときは鏡を使って騙し、象なら穴を掘り、

※6　時を告げる時計は西欧では十三世紀まで発明されなかったため、時代錯誤である。28ページ注1参照。劇場の天辺に吊り下げられていた鐘を鳴らしたと推察される。『十二夜』第三幕第一場でも舞台上で時計が鳴る。

※7　シーザーが迷信深くなったという話は、プルタルコスにはない。

※8　伝説の一角獣（ユニコーン）を捕まえるには、木の幹を背にして立ち、突きかかってくるところを、身をかわすことで、角が幹に突き刺さって捕まえることができるとする方法。スペンサーの『妖精女王』第二巻第五章に、ライオンがこのようにして一角獣を動けなくしてから食ったという話がある。

ライオンには罠(わな)を仕掛け、人間はおべんちゃらで乗せて落とす
といった話がね。でも、あなたは乗せられたりしませんよね、
と言えば、そうだと答える。最高に乗せられていると気づかずに。
任せてくれ。※1
やつをおだててその気にさせ、
見事、議事堂へ連れてきてやるさ。

キャシアス いや、みんなで行って、連れ出そう。※2

ブルータス 八時までに集まるか。それより遅くはできんだろ？

シナ それを刻限として、それまでに必ず集まろう。

メテラス カイアス・リゲーリアスは、シーザーを恨んでいる。
ポンペイを褒めたことで、ひどく叱責(しっせき)されたからな。
誰もあいつのことを思いつかなかったのはどうしてだ。※3

ブルータス では、メテラス、やつのところへ行ってくれ。
やつは私に好意を抱いている。私に恩義があるからな。
やつをここによこしてくれたら、私が説得する。

キャシアス 朝になるぞ。これで失礼する、ブルータス。
諸君、解散しよう。だが、皆(みな)、約束を忘れるな。
そして、真のローマ人たるところを見せてくれ。

ブルータス 諸君、晴れやかな明るい顔をしていろ。※4

※1 一拍半の短い行。後に三拍半分の間。

※2 巻末の「シーザーの生涯」六四〜六六では、ディーシャスがシーザーを外へ連れ出す。シェイクスピアは、次の場で、まずディーシャスが先に行ってシーザーを説得したところへ、ブルータスたち「みんな」がやってきて声をかける展開にしている。ただし、その「みんな」の中にどういうわけかキャシアスはいない。

※3 なぜリゲーリアスはここで皆と一緒に登場せず、この場の最後で一人だけやってくるのか。なぜならリゲーリアス役の役者は今キャシアス役として舞台に立っているからだという説がある。シーザーを議事堂へ呼び出

我々の目的をおくびにも出してはならぬ。
ローマの俳優たち[※5]がやるように、
不屈の精神と堂々たる振る舞いを見せてくれ。
では、ご機嫌よう、諸君。

ブルータスを残して全員退場。

おい！　ルーシアス！　眠りこけているか。まあいい。
眠りの甘い、たっぷりした蜜（みつ）を楽しむがいい。
おまえには、慌ただしい心配事が人の脳裏に
呼び起こす、幻影も妄想も関係ないのだな。
だから、そんなにぐっすり眠れるのだ[※6]。

ポーシャ登場。

ポーシャ　あなた[※7]。
ブルータス　ポーシャ！　どうした？　どうして起きてきた？
体によくないではないか、朝の冷たい空気に
その弱った体を曝（さら）したりしては。
ポーシャ　それは、あなたも同じ。つれないわ、ブルータス、
私のベッドからそっと抜け出したりするなんて[※8]。昨夜も
お食事のとき、急に立ち上がって歩きまわり、

すときはリゲーリアスとして登場し、第三幕第一場のシーザー暗殺の場（リゲーリアスは登場せず）ではキャシアスとして登場したと考えれば筋は通る。
※4　ブルータスの欺瞞を示す表現再び。50ページ注2や56ページ注2参照。
※5　最も有名な古代ローマの俳優はクィンタス・ロシカス。『ハムレット』第二幕第二場で言及されている。
※6　『ヘンリー四世』第二部第三幕第一場、『マクベス』第二幕第二場参照。
※7　ハーフラインのため、突如登場する感じが強い。
※8　『ヘンリー四世』第一部第二幕第三場でパーシーを心配する夫人の台詞と似ている。

腕組みをして考え込んでは溜め息をつき、
「どうしたの」と私が尋ねても、
つれない顔で私を見つめるばかり。
さらに尋ねると、あなたは頭を掻いて
いらいらと足踏みをなさった。
さらに問い詰めても答えようとせず、
怒ったように手を振って、私に
「下がれ」と合図なさった。ですから、
そのご不快の火に油を注がないよう
下がりました。誰にでもよくあるように、
虫の居所が悪かっただけならいいのだけど、
と願いながら。でも、そのせいで、
お食事もせず、口もきかず、お休みにも
ならない。そんなふうに気を病んでいては、
そのうちお姿も変わってしまい、あなたが
ブルータスだとわからなくなってしまいます。※1
ねえ、あなた、心配の理由を教えて頂戴。

ブルータス　体調が悪いんだ、それだけだ。

ポーシャ　ブルータスは賢い人です。※2 体調が優れないなら、

※1　I should not know you Brutus.　この know は recognize と同じ。ブルータスが本来のブルータスから逸脱してきていることを妻は察知している。気高く正義を求めるブルータスが、そうではないブルータスに変貌していくことに、妻は危険を感じている。

※2　Brutus is wise.　三人称で呼ぶことにより、この国で「高潔なる男」と認められた人物の役割を示している。62ページの「ブルータス卿」という呼称も同じ。この定評ある「ブルータス」という旗頭を担ぎ出すことで陰謀者たちは暗殺を決行する。だが、そのブルータスが妻の知る賢いブルータスではないことに、悲劇がある。

それを治す手立てを講じるでしょう。

ブルータス　そう、そうしている。ポーシャ、寝なさい。

ポーシャ　ブルータスが病気ですって？　それで、
胸をはだけ、じめじめした夜明けの冷気を吸うのが
体によいとでも言うのですか。え、ブルータスが病気？
なのに、健やかなベッドから抜け出して、
夜の穢(けが)れに身を曝(さら)し、じとじとした毒気で
病気をこじらせようと言うの？　いいえ、ブルータス、
あなたは、病んだ悩みを、その心の中に抱えている。
それが何なのか、私は妻の名と権利にかけて
知らなければなりません。跪(ひざまず)いて、あなたに
それを言わせる呪文(じゅもん)をかけましょう。※3　かつては
褒められた私の美しさにかけて、あなたが誓った
愛の誓いにかけて、私たちを一つに結んだ
あの真正なる誓いにかけて。教えてください、
私に、あなたの半身に、あなた自身に。※4
どうして重く沈んでいるのか、そして今晩
訪ねてきた人たちは誰なのか。来たでしょう、
六、七人の人たちが、顔を隠して

※3　upon my knees, I charm you　charm は conjure の意味。お願いするというよりは、言わせようとするという意思が強く、その後続く「～にかけて」という文句は、呪文のように機能する。

※4　妻は夫と一心同体であるため半身であるのみならず、夫自身であるという発想をシェイクスピアは好む。『まちがいの喜劇』第二幕第二場のエイドリアーナの「あなた、どうしてあなた自身から離れようとなさるの？『あなた自身』と呼びます。つれなくされてるこの私、あなたの魂よりも大切なものとして、あなたと分かちがたく一体となっている」や、『ハムレット』第四幕第三場五一行参照。

闇の中から。

ブルータス　跪くな、やさしいポーシャ。[※1]

ポーシャ　ブルータスがやさしければ、私も跪きはしません。
ねえ、ブルータス、結婚の取り決めの中に
あなたに関わる秘密は一切、知ってはならないとでも
定められていますか。私があなたと一つになったのは、
いわば、部分的、条件付きで、
食事やベッドを共にして、ときどき
話をするためですか。私は、あなたのお楽しみの
どこか場末[※2]にでも住んでいるのですか。それなら、
ポーシャはブルータスの娼婦。妻ではありません。[※3]

ブルータス　君は、わが誠の、名誉ある妻だ。
この悲しい心臓に通う赤い血潮と
同じくらい大切だ。[※4]

ポーシャ　それが本当なら、秘密を明かしてくださらなければ。
確かに私は女です。でも、
ブルータス卿が妻に選んだ女です。
確かに私は女です。でも、
誉れ高き女、ケイトーの娘です。

※1　ポーシャの最終行とハーフライン。オックスフォード版はここに「彼女を立ち上がらせる」とト書きを入れるキャペルの校訂を採用するが、次のポーシャの台詞と矛盾する。

※2　the suburbs　郊外、場末。娼婦らがたむろする場所として知られた。ボーモントとフレッチャーの『ムッシュ・トーマス』第二幕第一場に「六ペンスと少しの誓いで話のつく、どこかの場末の聖女、新しい愛人」という表現がある。

※3　プルタルコスが伝えるポルキア（ポーシャ）の言葉に基づく。本書巻末「ブルータスの生涯」一三参照。

※4　弱強三拍分の短い行。後に二拍分の間がある。ついに傷を見

そのような父、そのような夫がありながら、
私が、普通の女のように弱いとお思いですか。
打ち明けてくださっても、人に漏らしたりはしません。
私の決意の固さの強い証（あかし）とすべく、
私はわざとこの身に傷を加えました。
ここ、この太腿（ふともも）に。この痛みに耐えられるのに、
夫の秘密を守り切れぬとでも？※5

ブルータス　ああ、神々よ
私をこの気高い妻に相応（ふさわ）しい男にしてくれ！

戸を叩（たた）く音。

待て。戸を叩いている。※6 ポーシャ、中に入っていてくれ。
あとで、おまえの胸にも打ち明けよう、
この心の秘密を。※7
すべての密約を説明しよう。
この眉間（みけん）に刻まれた深いしわの意味も。
今は急いで中へ。

ポーシャ退場。

ルーシアス、誰だ、門を叩いたのは？

せようとするポーシャの思いを示す間か。立ち上がるのはここかもしれない。

※5　女性は拷問による肉体的苦痛に耐えられないので政治的秘密を女性に漏らすべきではないとされていた常識を覆すために、ポーシャは自ら苦痛に耐えて見せるのである。『ヘンリー四世』第一部第二幕第三場で、謀叛を企てるホットスパーが、夫を心配してその秘密を知ろうとする妻に絶対知らせまいとするのも同じ理由。

※6　これまで「君」(you)と呼びかけていたが、ここから親密な「おまえ」(thy、thee)に変わっている。

※7　短い行。後に二拍分の間。妻を抱きしめ、支える間か。

ルーシアスとカイアス・リゲーリアス登場。※1

ルーシアス 病気の方が、旦那様とお話しなさりたいと。

ブルータス メテラスが言っていたカイアス・リゲーリアスだな。
脇へ退け。※2 カイアス・リゲーリアス、どうした？

カイアス 弱った舌で、朝のご挨拶を申し上げよう。

ブルータス ああ、名誉あるカイアス、よりにもよって
こんなときに病気になるとは！※3 君が元気でいてくれたら！

カイアス 病気ではない。もしブルータスが
名誉の名に値する大事業をしようとしているのなら。

ブルータス そんな大事業を計画している、リゲーリアス、
君に健康な耳があるなら、聞かせてやろう。

カイアス ローマ人が崇めるすべての神々にかけて
私はここに病気を打ち捨てよう！

〔病人の頭巾を脱ぎ捨てる。〕※4

ローマの魂よ、
名誉ある腹から生まれた勇敢な息子よ、
あなたは、祈禱師のように、わが病んだ気を

※1 Fでは一行前にあるト書きだが、ケンブリッジ版に従った。「ルーシアス」と呼びかけるときにはルーシアスは登場し始めているのかもしれない。

※2 Stand aside. ここに「ルーシアス退場」と加える版もある。

※3 To wear a ker-chief 直訳すると「(病人が頭につける) 布をかぶるとは」。歌舞伎の病鉢巻と同様、頭に布を巻いたり、頭巾をかぶったりすることで、病人であることを示した。

※4 後代の編者が書き加えたト書き。『ヘンリー四世』第二部第一幕第一場では、ノーサンバランド伯が行動力を示すために「病人の頭巾」(sickly coif)を脱ぎ捨てる。

追い払ってくれた。さあ、「走れ」と命じてくれ。
そうしたらどんな不可能なことであろうと、
そう、見事にやりおおせてみせよう。何をするのだ？

ブルータス　病人を健康にする仕事だ。

カイアス　だが、健康な者も病気にせねばならんのだろう？[※5]

ブルータス　それもやらねばならぬ。どういうことかは、
道々話して聞かせよう、目的の人物[※6]のところまで
行く道すがら。

カイアス　　　先を歩いてくれ。
新たに火のついた心を持ってついていこう。
何をするかは知らないが、ブルータスが
先に立ってくれれば十分だ。

　　雷が鳴る。[※7]

ブルータス　　　　では、ついてきてくれ。

一同退場。

※5　「病気にする」とは「殺す」の婉曲表現。健康なシーザーを殺すことで、自由を奪われて健全さを失ったローマを健全にしようということ。ローマの健全な共和制を守るためには、シーザー暗殺が必要であるという理屈がここでも確認される。

※6　シーザーのこと。ブルータスはこのままリゲーリアスを伴ってシーザー邸へと歩みを進め、途中でキャスカやメテラス・シンバーらと合流したのち、次の場面の途中でシーザー邸にシーザーを迎えに登場する。

※7　次の場面への連続性を示す音響効果。この場は二行連句で締めくくられておらず、次場への継続性がある。

〈第二幕　第二場〉

雷と雷鳴。ジュリアス・シーザーが夜着姿で登場。※1

シーザー　ゆうべは、天も地も休まることを知らなかった。カルパーニアは眠りの中で、三度、叫び声をあげた。「助けて、シーザーが殺される！」と。誰かおるか？

召し使い登場。

召し使い　お呼びですか。

シーザー　司祭たちにすぐ生贄（いけにえ）を捧（ささ）げさせ、占いの結果を伝えるように命じろ。※2

召し使い　かしこまりました。

退場。

カルパーニア登場。

カルパーニア　まさか、シーザー、お出かけになろうというの？今日は家からお出になってはなりません。

シーザー　シーザーは出かける。シーザーを脅かすものに、

※1　シーザーが夜着（ドレッシングガウン）姿で登場することにより、場面はシーザー邸室内に変わったことが示される。夜着としたが寝衣ではなく、夜に室内で着用する部屋着のこと。

※2　シーザーが自ら言うように予兆など本当に気にしないのであれば、ここで占いの結果を伝えるように命じたりはしないだろう。この場の最初の三行の台詞はシーザーの不安を伝えており、それゆえに占いを求めたと解釈される。となれば、このあとシーザーは毅然としているように見えて、強がっているだけと解釈できる。そうであれば、このあとシーザーの決断が二転三転するのも納得できる。

シーザーが見せるのは、その背中だけだ。
シーザーの顔を見れば、そんなものは雲散霧消する。

カルパーニア シーザー、私はこれまで前兆など、
気にしたことはなかったけれど、今は怖くてなりません。
家の者の話では、これまでに見聞きしたことのほかに、
さらに恐ろしい光景を夜警が目撃したそうです。
雌ライオンが街なかで子を産み、
墓が口を開き、死人を吐き出したとか。
雲の上では、激しく火と燃える戦士たちが、
隊列を整え、堂々たる方陣を組んで戦い、
議事堂に血の雨を降らせたとか。
戦(いくさ)の響きはあたりにこだまし、
馬はいななき、死にかけた人々はうなり、
亡霊の群れが街中金切り声をあげてさまよったとか。※3
ああ、シーザー、これはただごとではありません。
私は、怖くて怖くて。

シーザー 力ある神々が定めたもう結果なのだ。
避けようにも避けることなどできやしない。
だが、シーザーは出かけるぞ。※4 こうした予兆は、

※3 シーザー暗殺前夜に、彼が殺される夢を妻カルパーニアが見たことや、不思議な前兆があったことは「シーザーの生涯」六三にも記されているが、ここに記された事象の一部はシェイクスピアの創作。36ページ注1や38ページ注2も参照のこと。
雲の上で戦う戦士や、血の雨などのイメージは、シェイクスピアがその愛読書オウィディウス著『変身物語』第十五巻から拝借してきたと思われる。
※4 シーザーの尊大な大言壮語の始まり。至極調子のいい弱強五歩格で、朗々と語られる。妻の不安を目の当たりにして、自分を鼓舞している面もあるだろう。

ただシーザー一人にだけ関わることではない。

カルパーニア 物乞いが死んでも、彗星が流れたりしません。
天が燃え上がるのは、王者の死を示すもの。※1

シーザー 臆病者は死ぬまでに何度も死ぬ思いをするが、
勇者は、たった一度しか死を味わわない。※2
さまざまに不思議なことを聞いてきたが、
死を恐れることほど妙なことはない。
死とはいわば必然の終わり、
来るときには必ず来るのだ。※3

召し使い登場。

占いはどうだった?

召し使い 今日はお出かけになりませんようにと。
捧げた獣のはらわたを取り出したところ、
心臓が見つからなかったそうです。

シーザー 神々は、怯える者を辱めんとしてそうなさったのだ。※4
シーザーは、心臓のない獣と化すであろう、
もし怯えて家に留まったりしたならば。
いや、シーザーは留まらぬ。危険に思い知らせてやるのだ、

※1 ヘンリー五世が死んだときも彗星が流れたと、『ヘンリー六世』第一部第一幕第二場にある。
※2 巻末掲載の「シーザーの生涯」五七では、シーザーが「常に死を恐れているよりも、ひと思いに死んでしまうほうがましだ」と言ったと伝えている。これをシェイクスピアが完璧な弱強五歩格で書き直した。ここから、A coward dies many deaths, a brave man but once. という短い表現で諺にもなった。
※3 『ハムレット』第五幕第二場、ハムレットの「無常の風はいずれ吹く」も死の必然を語るもの。
※4 巻末掲載の「シーザーの生涯」六三参照。

シーザーのほうが危険よりずっと危険であることを。
危険と私は、同日に生まれた二頭の獅子だ。
私のほうが兄であり、より恐ろしいのだ。
シーザーは出かけるぞ。

カルパーニア　ああ、あなた。
自信がお強いあまり、分別を失っておいでです。
今日はお出かけにならないで。留まるのは私が怖がるから、
あなたが恐れるからではないとおっしゃればよいでしょう。
マーク・アントニーを元老院へやって、
あなたの体調が優れないと言わせましょう。
どうか、跪いてお願いします。※5　そうなさってください。

シーザー　マーク・アントニーに私が体調不良と言わせよう。
おまえの気が休まるなら、家に留まることにしよう。

ディーシャス登場。※6

ディーシャス・ブルータスだ。あれにそう伝えさせよう。

ディーシャス　万歳、※7　シーザー！　おはようございます、
偉大なるシーザー。お迎えにあがりました、元老院へ。

シーザー　ちょうどよいときに来てくれた。

※5　ポーシャが跪いた前場と対比されるが、恐らくディーシャス登場のときには立ち上がっているのであろう。

※6　ディーシャス・ブルータスの登場については「シーザーの生涯」六四参照。

※7　all hail　マクベスも魔女たちからこう挨拶され、そこから悲劇が始まった。リチャード二世は「やつらは私に all hail と叫んだのではなかったのか？そのようにユダはキリストに叫んだ」と語り（『リチャード二世』第四幕第一場）、リチャード公グロスターも「ユダが主人にキスして All hail! と叫んだとき、all harm を意味していたのさ」と語る（『ヘンリー六世』第三部第五幕第七場）。

元老院議員たちに伝えてほしいのだ。
わが挨拶（あいさつ）と共に、今日私は行かぬと。
「行けない」ではない。「恐れて行かぬ」はさらに誤りだ。
今日は行かぬ。そう伝えてくれ、ディーシャス。

カルパーニア　病気だからと。※1

シーザー　シーザーに嘘をつけと言うのか。
この腕の届くかぎり世界を征服したこの私が、
白髭（しらひげ）どもに真実を語るのを恐れようか。
ディーシャス、「シーザーは行かぬ」と伝えるのだ。

ディーシャス　強大なるシーザー。訳を教えてください。
理由を告げなければ、私が笑われます。

シーザー　訳はわが意思にある。私は行かぬのだ。
元老院を納得させるにはそれで十分だ。
だが、君には、個人的にわかってもらうため、
君が好きだから、※2教えてやろう。
ここにいる妻カルパーニアが、私を留（とど）めるのだ。
ゆうべ、妻は夢に見たと言う、私の彫像に
数え切れぬ穴があき、そこから噴水のように、
鮮血が噴き出し、頑強なローマ人たちが大勢、

※1　シーザーが体調不良だ（not well）とマーク・アントニーに伝えさせようというところまで合意ができていたはず。「体調が優れない（not well）」と「病気」（sick）は同義のはずだが、自分が病気でないことを目撃してしまったディーシャス・ブルータスを前にしては、もはやこの言い訳は使えないとシーザーは考える。

※2　シーザーは、ブルータスの従兄弟であるディーシャス・ブルータスを大いに信頼し、その遺言書で自分の相続人とまで指定していた。「シーザーの生涯」六四参照。最も信頼していたブルータスとその従兄弟に裏切られることに、悲劇がある。

※3　この夢の内容は

微笑みながらやってきて両手をその血に浸したという夢だ。[※3]
これは何か悪いことが差し迫っている警告、
予兆だと考えて、妻は跪いて頼むのだ、
今日は家にいてほしいと。

ディーシャス　その夢をすっかり読みまちがえましたね。
それは縁起のいい、ありがたい夢ですよ。
あなたの像に多くの穴があいて鮮血が噴き出し、
大勢のローマ人が手を浸したというのは、
大ローマが、あなたから命を育む血を吸うということ、
そして、貴族たちが先を争って、聖なる血に染まった
記念の遺品を求めるということにほかなりません。
それが、カルパーニア様の夢の意味です。

シーザー　なるほど、上手に読み解いてくれたな。[※4]

ディーシャス　そうご納得いただけましょう、私がお伝えする
話をお聞きになれば。[※5] 実は、元老院は本日、
強大なシーザーに王冠を捧げると定めたのです。
行かぬなどと伝えたりしては、
向こうも気が変わるかもしれません。それに、
誰かが嘲って、こんなことを言いだすやもしれません。

シェイクスピアの創作。「シーザーの生涯」六三には、屋敷の尖塔が崩れた夢を見たとある。

※4　「シーザーの血は神聖だと言われて喜んだシーザーは、その血を流すことはカルパーニアが心配したとおりに彼の死を意味することを忘れている」とジョン・ドーヴァー・ウィルソンは旧ケンブリッジ版に注記する。「遺品」(relics)という語が死を意味することがわからないほどシーザーがおだてに乗りやすいことは、ディーシャスの見込みどおり。

※5　直訳すれば「私が上手に読み解いたということは、私があなたにお伝えできることをお聞きになればわかるでしょう。それを今お伝えしましょう」。

「元老院は、ひとまず解散しよう、
シーザーの奥方がいい夢をご覧になるまで」と。
シーザーが隠れたりしたら、連中は囁（ささや）くでしょう、
「見ろ、シーザーは怖がっているのか？」と。※1
お許しください、シーザー、あなたの栄誉を
思って申し上げたまでのこと。あなたへの愛ゆえに
つい口が過ぎ、失礼申し上げました。

シーザー　おまえの恐れが今や何と愚かしく見えることか、
カルパーニア。それに屈したのが恥ずかしい。
礼服を出してくれ、出かけるぞ。※2

ブルータス、リゲーリアス、メテラス、キャスカ、トレボーニアス、シナ、パブリアス登場。※3

ご覧、パブリアスが迎えに来てくれた。

パブリアス　おはようございます、シーザー。

シーザー　　　　　おはよう、パブリアス。
おや、ブルータス、君もこんなに早く起きてきたのか。
おはよう、キャスカ。カイアス・リゲーリアス、
シーザーは、君の敵ではないぞ、

※1　三拍の短い行。直後にある二拍分の間は、シーザーの反応を見守るための間。

※2　ここでカルパーニアが退場すると解釈する版もある。その場合、次ページの「家の者に支度をさせろ」は従者に言う台詞となる。

※3　58ページで「みんなで行って、連れ出そう」と言っていたキャシアスがここに登場しないのは不自然だが、それはリゲーリアスを演じる役者がキャシアス役でもあるためか。58ページ注3参照。
パブリアス（シェイクスピアが創作した人）は、ここが初登場。次の場でシーザー暗殺に腰を抜かす老人であり、陰謀の一味ではない。メテラス・シンバーの兄パブリアス・シンバーとは別人。

君を痩せこけさせる病気ほどにはな。

ブルータス　今、何時だ？

シーザー　シーザー、八時を打ちました。

シーザー　皆、よく迎えに来てくれた、感謝する。

アントニー登場。

見ろ、アントニーだ。夜通し飲み騒ぐ男までもが起きてきたぞ。おはよう、アントニー。

アントニー　最も気高いシーザーに同じご挨拶を。

シーザー　〔カルパーニアに〕※4 家の者に支度をさせろ。

〔カルパーニア退場。〕

お待たせして、すまない。※5
やあ、シナ、やあ、メテラス。おお、トレボーニアス、君とは積もる話がある。
あとで私を訪ねてくれたまえ。
忘れないよう、すぐそばにいてくれ。

トレボーニアス　かしこまりました。〔傍白〕そばにいてやる。
もっと離れていてほしかったと、おまえの味方が悔やむほどに。

シーザー　諸君、中へ入って一緒に少しワインでも飲もう。※6

※4　前ページの注2参照。誰に何の支度を命じたのか不明。オックスフォード版は「シーザーが議事堂へ出発する支度」と注記しているが、次の台詞でシーザーがワインに言及するので「酒の用意」を命じていると解釈することもできる。

※5　シーザーの出席が遅れていることへの謝罪ととれるが、アーデン3版は客へ酒を振る舞うことに関する謝罪の可能性も示唆した上で、いずれにせよ友人らへの礼儀正しい配慮を示すと注記している。そのあと友の名を挙げて親しみを示すのも劇的皮肉である。

※6　古代ローマでは、日中、時間に関わりなくワインを水で割って飲んだとされる。

それから、友人らしく、共に出かけることにしよう。

ブルータス 〔傍白〕らしいだけで、そのものとは限らない。※1

ああ、シーザー、そう思うだけで、ブルータスの心は痛む。※2

一同退場。

〔第二幕 第三場〕

アーテミドーラス※3〔手紙を読みながら〕登場。

アーテミドーラス 「シーザー、ブルータスに気をつけろ。キャシアスを用心しろ。キャスカに近づくな。シナに目を配れ。トレボーニアスを信用するな。メテラス・シンバーを警戒しろ。ディーシャス・ブルータスは汝(なんじ)を愛しておらず。汝はカイアス・リゲーリアスを不当に扱いし。これらの者、一つの心を持ち、それはシーザーに逆らうもの。死すべき人間の身であるならば、警戒せよ。油断は陰謀への道を開く。※4 神々のご加護がありますよう！ 汝を愛するアーテミドーラスより」

ここ※5でシーザーが来るまで待っていよう。

※1 ラテン語の諺 *Omne simile nonest idem*（似ているものが同じものとは限らない）に基づく。

※2 ここに二行連句はなく、場面は継続する。

※3 ギリシャ語の修辞学の博士であり、職業柄ブルータスの仲間ともかなり親しく、それゆえ、シーザーに対する計画の大部分を知っていた。プルタルコスに基づく。「シーザーの生涯」六五参照。

※4 Security gives way to conspiracy. 『マクベス』第三幕第五場「安心と思う心が人の敵」(Security / Is mortals' chiefest enemy) 参照。

※5 議事堂近くの街路。次の場面はブルータスの家へ切り替わる。

そして嘆願者のふりをして、これを渡そう。
有徳の士が嫉妬の毒牙に
倒されるのは悲しい限りだ。
これを読みさえすれば、シーザー、あなたは生き長らえる。〔★〕
読まなければ、謀叛人どもは運命の女神の加担を得る。〔★〕※6

〔第二幕　第四場〕

ポーシャとルーシアス登場。

ポーシャ　お願いだから、元老院まで駈けて行って。
返事はいいから、早くお行き。
何をぐずぐずしているの？
ルーシアス　お使いのご用をまだ聞いていないので。
ポーシャ　向こうで何をするかなんて言っている間に
さっさと行って戻ってきてほしいのに。
〔傍白〕ああ、揺るぎない意志よ※7、どうかしっかりして。
この心と舌とのあいだに、巨大な山を築いておくれ。

※6　live と contrive という綴り上の押韻（eye rhyme）により、場面の区切りがつけられている。

※7　constancy　「堅固な意志」（self-control, firmness）
　ポーシャはブルータスの陰謀の秘密を打ち明けられたがゆえに、心配で動揺している。オックスフォード版はブルータスには秘密を妻に語る時間はなかったはずだとして「二重の時間構造」があると指摘するが、ブルータスはリゲーリアスを連れて自宅を出る前に妻に秘密を語ったと考えるべきであろう。ポーシャがブルータスの代わりに取り乱すことで、これから起こる事件の緊迫感を高める劇的効果がある。

心は男でも、力は女。
女が秘密を守るのは何て難しいのかしら。※1
〔ルーシアスに〕まだいるの？　何をすればよいのでしょう。

ルーシアス　議事堂まで走っていく、それだけですか？
そして戻ってくる、それだけですか？

ポーシャ　そう、旦那（だんな）様がお元気か知らせて頂戴（ちょうだい）。それから、
お出かけのときは具合が悪そうだったから。
シーザーが何をなさるか、どんな訴状に取り囲まれているか
見てきて頂戴。あら、今の音は何？

ルーシアス　何も聞こえませんが。

ポーシャ　よく聴いて。
争うようなざわめきがした。※2
議事堂のほうから風に乗って。

ルーシアス　いえ、奥様、何も聞こえません。

占い師登場。※3

ポーシャ　ここにおいで。どこから来たの？

占い師　自分の家からです、奥様。

※1　女は秘密を守れず、何でもしゃべってしまうというのは、この時代の女性観であった。『お気に召すまま』第三幕第二場のロザリンドの台詞「私が女だってわからないの？　思ったことは口に出るのよ」、『ヘンリー四世』第一部第二幕第三場のホットスパーの台詞「君は忠実だが、所詮は女だ。秘密を守ることについては君ほどしっかり守れる女はいない。なにしろ、知らないことは洩らせないからな」参照。

※2　この時点ではまだシーザーは議事堂に行っていないので、あくまでポーシャの幻聴である。ブルータスから告げられたために、ポーシャの脳裏にはその心像が形成されてし

ポーシャ　今、何時？
占い師　　九時頃です、奥様。
ポーシャ　シーザーは議事堂に行ったの？
占い師　まだです、奥様。私はこれから、
　議事堂へ向かうシーザーを見る場所を取りに行きます。
ポーシャ　シーザーに願い事があるのね。
占い師　はい、ございます。もし、シーザーが
　お聞き届けになってくださるならば。
　ご自愛くださるようにお願いするつもりです。※4
ポーシャ　何か危険があると、知っているの？
占い師　何があるかは存じませんが、
　何かあるのではと恐れているのです。※5
　失礼致します。このあたりの道は
　狭すぎます。シーザーにつきまとう
　元老院議員、法務官、一般の請願者の群れに
　圧し潰されて、弱い者は死にかねない。
　私はもっと広い処に場所を見つけて、
　偉大なるシーザーがいらしたら声をかけます。

退場。

まっているのである。
※3　第一幕第二場に登場したのと同じ占い師。ニコラス・ロウはこれを前場のアーテミドーラスと同一と解釈したが、今日では受け容れられていない。
※4　次の場面で占い師はシーザーに願い事をせず、書状を渡して訴えようとするのはアーテミドーラスである。
※5　None that I know will be, / Much that I fear may chance. Fでは弱強三歩格の二行。アレクサンドラン（弱強六歩格）として一行と解釈する現代版も多いが、オックスフォード版はFを踏襲して、None that… /Much that… のパラレルを明確にしたほうが格言的表現となるとしている。

ポーシャ　私はもう家に入らなければ。ああ、女の心は
なんて弱いのかしら。[※1]ああ、ブルータス、
あなたの企てに神のご加護がありますよう!
あの子に聞かれてしまった。〔ルーシアスに〕ブルータスには、
シーザーがお認めにならない請願があるのです。ああ。
気を失いそう。走って、ルーシアス、旦那様に急いで
伝えて、私は元気だと。そして戻ってきて、
旦那様が何とおっしゃったか教えて頂戴。[※2]

〔二人別々に〕退場。

※1 『ハムレット』第一幕第二場「弱き者、汝の名は女」、新訳聖書「ペトロの手紙一」3:7参照。

※2 この場面は二行連句で終わっておらず、次の場面とつながる感じがある。次の場面の冒頭を第三幕としたのはFの幕場割りに基づくが、Fの幕場割りは必ずしもシェイクスピアの意図に基づくとは限らない。シェイクスピアとしては、第二幕第三場の二行連句で第二幕を締めくくり、この場面は次の場面の前場として第三幕の冒頭のつもりだった可能性も否定できない。
　これが、この劇に於けるポーシャの最後の台詞。次のポーシャへの言及は第四幕第三場の彼女の訃報である。

第三幕〔第一場〕

ファンファーレ。シーザー、ブルータス、キャシアス、キャスカ、ディーシャス、メテラス、トレボーニアス、シナ、アントニー、レピダス、アーテミドーラス、パブリアス、〔ポピリアス〕[※3]、そして占い師登場。

シーザー　三月十五日が来たぞ。
占い師　はい、シーザー、でもまだ過ぎ去ってはいません。
アーテミドーラス　万歳、シーザー。この書状をお読みください。
ディーシャス　トレボーニアスから、この訴状を
ご都合のよろしいときにお読みいただきたいとのことです。
アーテミドーラス　ああ、シーザー、私のを先にお読みください。
お身に関わる重大事ですので。何卒お読みを、シーザー。
シーザー　この身に関わることは後まわしでかまわぬ。
アーテミドーラス　急ぐのです、シーザー、今お読みを!
シーザー　何だ、こいつ気が触れたか?
パブリアス　おい、そこをどけ。

※3　ポピリアス・リーナはこの場で発言するので、ここに名前を補うのが校訂の伝統だが、次ページで場面が議事堂に変わるところで登場する可能性も考えられる。ケンブリッジ版は、アーテミドーラスの書状に名前が挙がっている「リゲーリアス」もここに登場するべきだとしているが、発話もないので、多くの現代版では書き加えられることはない。
なお、ここに名前の挙がっているレピダスはこの場で発話しないが、台詞のない人物が登場するのは不自然ではない。リゲーリアスを表すLi.またはLig.という表記がレピダスを表すLe.またはLep.と誤読された可能性も指摘されている。

キャシアス　何だ、往来で直訴か？　議事堂へ来い。

〔シーザーは議事堂へ入り、他の者も続く。[※1]〕

ポピリアス　今日の君たちの計画がうまくいきますように。

キャシアス　計画とは何のことだ、ポピリアス？

ポピリアス　御機嫌よう。

ブルータス　ポピリアス・リーナ[※2]は何と言ったんだ？

キャシアス　今日の俺たちの計画がうまくいくようにだと。もしや、ばれたんじゃないだろうか。

ブルータス　見ろ、シーザーに近づくぞ。目を離すな。

キャシアス　キャスカ、急げ、邪魔が入りそうだ。ブルータス、どうする？　ばれたなら、キャシアスかシーザーのどちらかは生きて帰れぬ。俺は自害して果てよう。

ブルータス　キャシアス、落ち着け。ポピリアスが話しているのは、俺たちの計画のことじゃない。見ろ、笑ってる。シーザーもいつもどおりだ。

キャシアス　トレボーニアスはタイミングを心得ている。

※1　Fではここにト書きはないが、ここで場面が議事堂に移ったと考えられる。アーデン3版では、「シーザーと一同は舞台前へ出てくる」というト書きを加えている。舞台上を数歩歩いただけで別の場所に移動したことにする狂言と同様の演出法である。

※2　Popillius Lænas　ラテン語名はポピリウス・ラエナスだが、アミヨ訳で最後のsが落ちてしまい、ノース訳でもLænaとなっている。ポピリアス・リーナが「君たちの計画がうまくいくように」と囁いて去っていったために二人は陰謀がばれたと思ったという話は、巻末「ブルータスの生涯」一五～一六にあるとおり。

ほら、ブルータス、やつはアントニーを連れ出すぞ。※3

〔アントニーとトレボーニアス退場。〕

ディーシャス　メテラス・シンバー※4はどこだ？　すぐに
シーザーへの訴状を提出させなければ。

ブルータス　やつは控えている。そばへ行って助けてやれ。

シナ　キャスカ、最初の一撃を加えるのは君だぞ。

シーザー　みんな、準備はいいか？※5　シーザーと元老院が
正すべき問題は、今、何だろうか。

メテラス　最も気高く、最も強大で、最も有能なシーザー。
メテラス・シンバーはその足許（あしもと）にこの身を投げ出して
お願い申し上げます——

シーザー　やめてくれ、シンバー。
そのように身を屈し、平伏しても無駄だ。
常人であれば、熱く血を煮えたぎらせ、太古より
定まりし法も枉（ま）げて児戯（じぎ）※6のように扱うかもしれぬが、
シーザーにそのような自らに叛（そむ）く血があるなどと
思うような愚を犯したりするでない。真の理性から外れて、
愚か者どもをとろかすような血は持ち合わせていない。
甘言をもってぺこぺこお辞儀しようと、

※3　巻末「シーザーの生涯」六六参照。

※4　プルタルコスでは、シーザーに兄の釈放を訴えたのはティリウス・シンバーであるが、アミヨの誤訳により「シーザーの生涯」六六で「メテラス」・シンバーとなった。ノース訳もそれを踏襲したため、シェイクスピアでも「メテラス」となっている。追放された兄弟の名前は不詳。兄か弟かも不詳だが、ここでは仮に兄とした。42ページ注3参照。

※5　まるで陰謀者たちの会話につながるような皮肉な表現。

※6　Fではlane of children（子供が遊ぶ小路？）となっているが、law of children（子供の遊びのルール）と校訂する伝統がある。

卑屈な犬のように尻尾(しっぽ)を振ろうと無駄なことだ。
おまえの兄は法に則(のっと)って追放となった。
たとえおまえが兄の為に身を屈して祈り、はいつくばろうと、
俺はおまえを野良犬のように蹴(け)とばしてやる。
よいか、シーザーは誤ったことはしない。
また、正当な理由なしに赦(ゆる)しもしない。※1

メテラス　誰か私よりも名誉ある人物が声を上げてはくれぬのか。
偉大なシーザーの耳にもっと甘い言葉を注いで
追放された兄を呼び戻してくれ。

ブルータス　お手に口づけを。追従ではありません、シーザー、
パブリアス・シンバー※2を直ちに赦免し、
自由の身となさっていただきたい。

シーザー　何だと、ブルータス？※3

キャシアス　ご赦免を、シーザー、ご赦免を。
御足下(ごそっか)に深く身を沈めてキャシアスは、
パブリアス・シンバーの自由放免を乞(こ)い求めます。

シーザー　俺が君たちのような人間なら心も動かされよう。
俺が懇願して人を動かすような男なら、懇願もされよう。
だが、俺は北極星のように不動だ。

※1　Know Caesar doth not wrong, nor without cause / Will he be satisfied.
　ベン・ジョンソンが、シェイクスピアは Caesar did never wrong but with just cause（シーザーは正当な理由なしに誤ったことはしない）などと馬鹿なことを書いていると批判した箇所。ジョンソンが誤引用をしたのか、役者が言いまちがえたのか、あるいは指摘を受けて訂正されたものがFに記録されたのか判然としない。

※2　前ページの注4にあるように、史実では追放となったシンバーの名は判明していないので、パブリアスというのはシェイクスピアによる創作。

※3　驚きの言葉。

そのようにぶれることなく、動かぬ星は、
空広しといえども、ほかにはない。
空は無数のきらめきで彩(いろど)られ、
いずれも燃える炎で輝いているが、
不動の位置を占めるのは、ただ一つだ。
この世に於(お)いても同様で、さまざまな人間がいて、
誰もが血と肉を備え、理性を有するが、
その中でも、頑(がん)として自らの地位を守り、
不動の立場を保てるのは
一人しかいない。それがこの俺だ。
この件でも多少なりとも、それを示そう。
シンバーを追放とする点で俺は揺るがないし、
追放のままとする点でも揺るがないと。

シナ　ああ、シーザー——

シーザー　下がれ！　オリンポスの山を動かす※4気か？

ディーシャス　偉大なるシーザー——

シーザー　ブルータスが跪(ひざまず)いても無駄だったろう。

キャスカ　皆、手に物言わせろ、俺の代わりに※5！

※4　オリンポスの山はギリシャ神話に於いて神々が住む山とされているため、シーザーが自分を神と自負していることがわかる。

※5　原文は Speak hands for me!——直訳すれば「私に代わって（私のために）手たちよ、口をきけ」。先行訳の多くはこの複数形の「手」をキャスカ自らの手と解釈しているようだが、ここでは短剣を隠し持った（自分を含む）仲間たちの手への呼びかけと解釈する。「シーザーの生涯」六六では、このときキャスカはギリシャ語で「兄貴、手を貸せ」と叫んだという。オックスフォード版も「自分と仲間への呼びかけ」の可能性を示唆している。

一同はシーザーを刺す。

シーザー　おまえもか、ブルータス？――では、斃(たお)れよ、シーザー！[※1]

〔シーザーは〕死ぬ。

シナ　解放だ！　自由だ！　専制政治は死んだ！

走って行って告げろ、町じゅうに触れ回れ。

キャシアス　誰か広場の演壇へ行って叫んでこい、

「自由だ、解放だ、主権を取り戻したぞ！」と。

ブルータス　市民並びに元老院議員諸君、恐れることはない。

逃げないで止まって！　野心のつけが支払われたのです。

キャスカ　演壇へ上がりたまえ、ブルータス。

ディーシャス　キャシアスも。

ブルータス　パブリアスさんはどこだ？[※2]

シナ　ここだ。この暴動にすっかり度を失っている。

メテラス　しっかり結束していよう、シーザーの味方連中が

ひょっとして――[※3]

ブルータス　結束などと言うな。パブリアスさん、大丈夫です、

あなたに危害が及ぶことはありません。また、ローマ人の

※1　*Et tu, Brute?* ―. Then fall, Caesar!
　プルタルコスに相当する言葉はない。帝政ローマ初期の歴史家スエトニウスの『皇帝伝』もシーザーが刺されたとき言葉を発しなかったとしているが、古代ギリシャ語で「息子よ、おまえもか？」と言ったと伝えられているとも記載している。
　Et tu, Brute のラテン語を用いたのはシェイクスピアが最初ではなく、一五八二年のリチャード・イーディス作のラテン語劇 *Caesar Interfectus*（殺されたシーザー）で用いられたという説があるが、この本は失われ、確認できない。現在確認できる最初の事例は、一五九五年に八つ折本で出版された『ヨーク公

誰一人にもです。そう皆に言ってきてください、パブリアスさん。

キャシアス　そして離れていてください、パブリアスさん。民衆が
殺到して、ご高齢のあなたにまちがいがあるといけない。

ブルータス　そうしてください。この行為の責任は、
手を下した我々のみが負うべきなのだから。

　トレボーニアス登場。

キャシアス　アントニーはどこだ？

トレボーニアス　驚いて家へ逃げ帰った。
老若男女、皆目をむき、叫びまわって
まるでこの世の終わりだ。

ブルータス　運命の女神よ、その意向を示したまえ。
人がいずれ死ぬのは知れたこと。
ただ命をどこまで引き延ばせるかだ。

キャスカ[※4]　じゃあ、命を二十年縮めてやれば、
その分、死の恐怖を減らしてやったってことだな。

ブルータス　だとすれば、死は恩恵だ。
シーザーの死の恐怖の時間を縮めてやった我らは
シーザーの味方ということだ。身を屈(かが)めよ[※5]、

リチャードと善良な王ヘンリー六世の真の悲劇』（『ヘンリー六世』第三部の原本）の第五幕第一場で王エドワードがクラレンス公にかける台詞にある *Et tu, Brute.*

※2　短い行。後にパブリアスを捜す三拍分の間がある。このパブリアスは、赦免が求められたメテラス・シンバーの兄ではなく、第二幕第二場及びこの場の冒頭で一味と共に登場していた老齢の元老院議員である。

※3　後に四拍分の間。

※4　Fにあるとおり。これをアレグザンダー・ポープがキャシアスに変更し、それに従った版もあった。

※5　原語は Stoop「身を屈める、姿勢を低くする」の意味。

ローマ人よ、身を屈めて我らの手をシーザーの血に
肘（ひじ）まで浸し、剣を血で染めるのだ。
そうして広場まで歩いて行き、
朱（あけ）に染まった武器を振りかざし、叫ぼうではないか、
「平和だ、自由だ、解放だ」と。

キャシアス　よし、身を屈め、手を浸そう。この先数多（あまた）の時代で
この崇高な場面は繰り返し演じられよう、※1
未（いま）だ生まれぬ国の、未だ知られぬ言語によって。

ブルータス　幾度（いくたび）シーザーは舞台で血を流すことか。
今、ポンペイ像の足許に倒れ、
塵（ちり）同然となったこのシーザーは！

キャシアス　そのたびに、
我ら同志は呼ばれるだろう、
祖国に自由をもたらした者たちと。

ディーシャス　おい、行かないのか？

キャシアス　ああ、皆行こう。
ブルータスを先頭にして。俺たちはそれに続こう。
ローマ一大胆にして最も高潔な心をもって。

※1　メタシアター的な言及。『アントニーとクレオパトラ』第五幕第二場でもクレオパトラが、きいきい声の少年俳優がクレオパトラを演じるだろうと予言する。このような言及によって、あたかも今上演されている場面が演劇でなく現実であるかのように観客に思わせる仕掛け。『十二夜』第三幕第四場のフェイビアンの台詞「こんなのが舞台で上演されたら、ありえない話だと野次が飛びますね」も同じ。だが、ここでは、この先多くの国で、同じような政治的革命が起こること、さらにはこの作品が多くの外国語に翻訳されることをも予言しており、シェイクスピアの先見性が特筆される。

召し使い登場。※2

ブルータス　待て。誰か来る。アントニーの手の者だ。

召し使い　こうして跪(ひざまず)くよう、主人に命じられております、

ブルータス様。マーク・アントニーは私に、このように身を

大地に投げ伏して、※3こう申し上げるよう命じられました。

ブルータスは気高く、賢く、勇敢で、高潔である。

シーザーは強力で、大胆で、寛大で、愛に満ちていた。

私はブルータスを愛し尊敬する、そう申し上げるようにと。※4

私はシーザーを恐れ、尊敬し愛した、そう申し上げるようにと。

もしブルータス様が、アントニーの身の安全を保証して

会見を許し、いかなる理由でシーザーが死して倒れるに

価するのかを納得のいくようご説明くださるのであれば、

マーク・アントニーは、死んだシーザーを愛するよりも

生きているブルータスを大切にし、気高きブルータスの

運命に付き従い、誠心誠意、この前代未聞の

難局の中を共に歩んでゆく覚悟であります。

そのように主人アントニーは申しております。

ブルータス　そなたの主人は賢く勇敢なローマ人だ。

※2　ここから劇の流れががらりと変わることになる。プルタルコスによれば、アントニーは翌日になって息子を使者として遣わしたが、シェイクスピアは時間を短縮する。

※3 原語は prostrate 日本語の「平伏」や「平身低頭」の姿勢とはちがい、相手に向かって大地に腹をつけて伏せ、両腕は横にひろげて顔は伏せ、体は大地に横たえたまままっすぐ伸ばす。この姿勢が最大限の服従ないし崇拝のポーズとされた。

※4　行頭に Say の一語がついており、アントニーの命令がそのまま伝えられる。「そう言っておけ」ということは、アントニーの真意はそうではないことをも示唆する。

今までもずっとそう思ってきた。[※1]
どうぞここへ来るようにと伝えてくれ。
納得のいくよう説明しよう。そして、わが名誉にかけて、
無事にお帰りいただこう。

召し使い　すぐ連れて参ります。

退場。

ブルータス　あいつもこちらの味方へつけよう。

キャシアス　そうできるといいがな。俺は
大いに心配だ。そして、俺の不安は
いつだって的中する。[※2]

アントニー登場。

ブルータス　アントニーが来た。ようこそ、マーク・アントニー。

アントニー　ああ、偉大なるシーザー！　そんなにも低く
横たわって？[※3]　あなたの征服も、栄誉も、勝利も、戦利品も
すべてこんなにしぼんでしまうのか？[※4]　安らかに眠りたまえ！
諸君、君たちがどうするつもりなのか、
ほかに誰が病んでいて誰の血を流そうというのか[※5]
わからないが、もし俺が次なら、シーザーが死んだ今ほど

※1　55～56ページで述べた本音とちがう。
※2　短い行。後に一拍半分の間。
※3　Dost thou lie so low? 文字どおり大地に低く横たわっているという意味と、地に墜ちたという比喩的意味が掛けられている。
※4　栄光のすべてが小さな亡骸となったと嘆いている。『ハムレット』第五幕第一場「土地譲渡の書類だって、この入れ物［頭蓋骨を指す］には収まるまいに、当人は、こんなに小さく収まってしまうんだからな」参照。
※5　悪い血を抜くことで病気の治療とした当時の慣習に基づく表現。「殺す」を「血を流す」と言い換え、「治療する」の意味を持たせるレトリック。

相応(ふさわ)しい時はないし、君たちが手にしているその、
この世で最も気高い血で豊かになったその剣ほど、
相応しい道具は、ありはしない。どうか
お願いだ、俺に恨みを抱いているなら、
その血塗(ちまみ)れの手から血煙が立ち上っている今こそ、
思いを果たしてほしい。一千年生きたところで、
これほど死ぬに相応しい時は来ない。
これほど望ましい死に場所も、死に方もない。
シーザーの傍らで、この時代の選(よ)り抜きの
名誉ある志士である君たちに倒されるなら。

ブルータス　アントニー、君の死を我らに求めないでくれ。
確かに我らは血塗れで残酷に見えもしよう。
この手を見ても、そしてご覧のとおり、我らの
この行為を見てもそう見えよう。だが、それは
この手や、手が行った血腥(ちなまぐさ)い行為だけを見るからだ。
我らの心を見てはいない。そこには憐(あわ)れみがある。
非道に苦しむ全ローマへの憐れみの心が――
火が火を追いやるように、憐れみが憐れみを制し※6――
シーザーに対してこの挙に出たのだ。君に対しては

※6「火が火を追いやる」は当時の諺表現。『ロミオとジュリエット』第一幕第二場の「いいか、君、火は火で治まるのだ。新たな苦痛が始まれば、古い痛みは忘れるもの」参照。また、『コリオレイナス』第四幕第七場「一つの火が別の火を追い出し、釘が釘を叩きだす」、『ヴェローナの二紳士』第二幕第四場「熱が別の熱を追い出す。あるいは釘が別の釘を叩き出す」、『ジョン王』第三幕第一場「火が火を治すように嘘が嘘を治す」、同第五幕第一場「火に対して火になる」も参照のこと。ここでは、ローマへの憐れみがシーザーへの憐れみを追いやったということを言わんとしている。

我らが切っ先も鈍ってしまう、マーク・アントニー。
圧政を憎む力あるこの腕も※1、兄弟愛に溢れる
この心も、君を受け入れよう、同志としての
愛※2と、善意と、敬意をもって。

キャシアス　君はほかの者と同じ発言権を持つ、
新しい官職の割り振りに於いても。

ブルータス　ただ、しばらく待っていてくれ。恐怖で
度を失っている大衆をなだめなければならない。
そうしたら、わけを話してやろう。なぜこの私が、
シーザーを刺したときにも彼を愛していたこの私が、
この挙に及んだか。

アントニー　君たちの思慮深さは疑っていない※3。
皆、その血塗れの手を握らせてくれ。
まず、マーカス・ブルータス。君と握手しよう。
次に、カイアス・キャシアス、君の手を。
さあ、ディーシャス・ブルータス、手を。君もだ、メテラス。
君も、シナ。そして、勇敢な※4キャスカ、君の手を。
最後になったが、劣らぬ愛を籠めて、トレボーニアス。
諸君――ああ、何と言えばいい？

※1　原語は arms in strength of malice「憎しみの力ある腕」。
※2　原語 kind love 同種類のものとして通じ合う愛情。
※3　I doubt not your wisdom. 直前でブルータスが「この私」と言っていること、それまで Brutus is wise とポーシャもアントニーの召し使いも言っていること、一味がブルータスの思慮深さを頼ってシーザー暗殺に及んだことを考えれば、「あなたの思慮深さ」と解すべきか。しかし、直後のアントニーの演説で They are wise and honorable とあるのに合わせて解釈した。
※4　皮肉。プルタルコスに拠れば、キャスカはシーザーの背後から刺した。

俺の信用は今、滑りやすい※5足場に立っている。
君たちからしてみれば、俺はどう転んでもひどいもの。
卑怯(ひきょう)者か、おべっか使いか、二つに一つなのだから。
シーザー、あなたを愛していたことは、ああ本当だ。
だから今、あなたの霊魂は我らを見下ろして、
ご自身の死よりも激しく悲しむのではないか、
あなたのアントニーが、あなたの敵の血塗(ちまみ)れの手を取って
和解するのをご覧になれば——最も気高いシーザー！
しかも、あなたの亡骸(なきがら)を目の前にしているというのに※6？
この顔に、あなたの傷と同じ数だけの目があって、
同じようにどっと血の涙を流したほうが
あなたの敵たちと友情を契(ちぎ)るより、
ずっと相応しいのに。許してくれ、ジュリアス！
ここだ、あなたが追い詰められたのは、雄々しい雄鹿よ。
ここで倒れた。そして、ここにその狩人(かりゅうど)らが立っている。
殺戮(さつりく)の印をつけ、忘却の死の川※7に真っ赤に染まって。
ああ、世界よ！　おまえはこの雄鹿の住む森だった。
そして、これこそまさに、ああ世界よ、おまえの心臓※8。
なのに、王侯らに倒された鹿のように、

※5　立場がぐらついているという意味のほか、シーザーの血が流れていて滑りやすいという意味も掛けてある。

※6　Most Noble, in the presence of thy Coarse,　最後のカンマの代わりに、前行にあった疑問符をそこに移動する多くの現代版の解釈に従う。「ご自身の死よりも激しく悲しむのではないか」の問いがここまでひとまとまりになっているとする解釈。

※7　黄泉の国ハーデースにあるレテ（レーテー）川。この水を飲むと忘却するという。『ハムレット』第一幕第五場参照。

※8　雄鹿（hart）と心臓（heart）は同じ発音ゆえに掛詞となる。『十二夜』冒頭参照。

こんなところに横たわるとは！※1

キャシアス　マーク・アントニー——

アントニー　許せ、カイアス・キャシアス。
シーザーの敵でも、これくらいは言う。
友となれば、これでも控え目なくらいだ。

キャシアス　シーザーを称賛するのを責めているのではない。
我々とどんな取り決めをするつもりか知りたいのだ。
我々の仲間になるつもりなのか。それとも
我々は君を当てにせず、勝手にやればいいのか。

アントニー　だから、君たちの手を取ったじゃないか。だが、
シーザーの遺体を目にして本題からずれてしまった。
君たちとは仲間だ。君たちに愛を示そう、
なぜ、どうしてシーザーを危険だと思ったか、
その理由を教えてもらえるなら。

ブルータス　事実危険だったのだ。※2　でなければ、
野蛮な殺人だ。我らの理由は、しっかり熟慮を重ねた結果だ。
アントニー、たとえ君がシーザーの息子であろうと、※3
納得してもらえるはずだ。

アントニー　それだけだ、知りたいのは。

※1　後に三拍分の間。

※2　Or else were this a savage spectacle. 文頭の「でなければ」(Or else) は、直前の Caesar was dangerous を受ける。危険と「思った」だけでなく、「危険だった」という主張。しかし、実際は、ブルータスが47ページで述べているように、シーザーが危険な存在となる前に、卵から孵る前に殺したという矛盾がある。シーザーが慢心して道を誤ることについて「今の彼では、その根拠となるものが何もない」とも認めていながら、ここではそれと矛盾したことを言っている。

※3　ブルータスは「シーザーの息子」と呼ばれていた。84ページ注1参照。

それから、もう一つお願いできれば、
ご遺体を広場へ運ばせてくれ。そして
友に相応しく、葬儀の演壇に立ち、
追悼の言葉を述べさせてくれ。

ブルータス　よかろう、アントニー。※4

キャシアス　　　　　　　ブルータス、ちょっと。
〔ブルータスに傍白〕どういうつもりだ。アントニーに
あいつが弔辞を述べるのを許しては駄目だ。
やつが口にすることで、民衆がどれほど
心を動かされるか、考えてもみろ。

ブルータス　〔キャシアスに傍白〕失敬。※5　では、
こうさせてくれ。私が先に演壇に上がって、
シーザーの死の理由を説明する。※6
アントニーが話すことについては
我々の許可のもとに話しているのだと訴えよう。
それに、シーザーのためにきちんと※7
それなりの葬儀を行うことは我らの認めるところだと言おう。
そうすれば、我々にとって不都合どころか有利になろう。

キャシアス　〔ブルータスに傍白〕どうかな。どうも気に入らんな。

※4　プルタルコスは、アントニーの命を助けたのに続いて、これがブルータスの第二の誤りだとしている。

※5　By your pardon

※6　ブルータスは、自分の正しさを信じ、他の人も自分と同様にその正しさを理解し、納得するはずだと信じている。民心がどう動くかをまったくわかっていない点で、政治家としての限界がある。誰がどこから見るかで「正しさ」が変わることを認めない独善性がある。

※7　ブルータスは、あたかも暗殺者たちがシーザーの友人であるかのように話す。「ブルータスが現実離れしていることを示すさらなる印」だとアーデン3版は記す。

ブルータス　マーク・アントニー、さあ、シーザーの遺体を運べ。
弔辞で我々を非難してはならんぞ。
シーザーを称(たた)えるのはかまわないが、
我々の許可を得てそうしていると言ってくれ。
でなければ、この葬儀の一切から
手を引いてもらう。それから、君が話すのは
私が話すのと同じ演壇からだ。
私の演説が終わったあとで。

アントニー　わかった。
それでけっこうだ。※1

ブルータス　では遺体の準備をしてついてきてくれ。

アントニーを残して全員退場。

アントニー　ああ、赦(ゆる)してくれ、血を流す土と化したシーザー。※2
殺戮者(さつりくしゃ)どもの言いなりになった情けない俺を！
あなたは、時の流れの中で
最も気高い人間の廃墟(はいきょ)だ。
この尊い血を流した手に災いあれ！
その傷口を前にして予言しよう——
物言わぬその傷口は赤い唇を開いて、

※1　弱強三拍の短い行。後に弱強二拍分の間が入る。ブルータスは次の台詞を言う前に何らかのリアクションを示すのだろう。いずれにせよ、ここで再びアントニーの無言の無念が示され、それがアントニーの次の台詞となって爆発する。

※2　アーデン3版編者D・ダニエルは、この二十二行のアントニーの独白は、シェイクスピアの嘆きの独白の最初だと指摘し、ハムレットの独白と比較する。どちらも国で最高の人物を失って嘆き、復讐を誓う。本作と『ハムレット』のつながりは、ブルータスのあれかこれかの悩みから始まって、気高さの追求、亡霊の登場など多岐にわたる。

代わりに俺の舌に求めている、こう言えと――
人間どもの生ける体に災いあれ。
国は激しく内乱に苦しみ、
イタリア全土を苦しめよう。
流血と破壊が日常となり、
人は恐ろしい光景に馴(な)れてしまい、
母親は、自分の赤子が戦争の手に
引き裂かれても微笑むだけとなろう。
慈悲の心も、日々の残虐行為に息の根を止められ、
シーザーの霊魂は、復讐(ふくしゅう)を求めて、
地獄から出てきたばかりの破滅の女神アーテー※3と共に
王者の声をその領土に轟(とどろ)かせ、
「皆殺しだ」※4と叫んで、戦争の犬ども※5を解き放つだろう。
そしてこの卑劣な行為は、埋葬を求めて呻(うめ)く人間どもの
腐れ肉※6の山ゆえに、天まで悪臭を放つだろう。

　オクテイヴィアスの召し使い登場。

オクテイヴィアス・シーザー※7に仕える者だな？

召し使い　はい、マーク・アントニー。

※3　ギリシャ神話の破滅の女神。理性的判断を失わせ、迷妄、愚行へと追いやる。ホメロスではゼウスの長女、ヘシオドスでは争いの女神エリスの娘。

※4　**Cry havoc**　昔の戦争で一切の容赦をせずに攻撃を加える際の号令が**havoc**だった。

※5　『ヘンリー五世』プロローグに、軍神マルスの姿で登場したヘンリー五世王の足許には「飢餓と剣と火が、革紐につながれた猟犬のように控えた」とあるのと同じく、狩猟のイメージを重ねた表現。

※6　戦争の犬どもの餌食となる腐れ肉である人間。『ハムレット』第三幕第三場の「天まで悪臭を放つ」参照。

※7　大シーザーの姪の息子。9ページ参照。

アントニー　大シーザーから、ローマに来いと手紙があったろう。
召し使い　それを受け取って、こちらへ参られる途中です。
私に口頭でこうお伝えせよと――
ああ、シーザー！※1
アントニー　おまえも胸がいっぱいだな。下がって泣いてこい。
悲しみは感染するらしい。俺の目も、
おまえの目からこぼれる悲しみの滴（しずく）を見て
濡（ぬ）れてきた。※2 ご主人はもうここに？
召し使い　今晩はローマから七リーグ※3のところに泊まります。
アントニー　大急ぎで引き返し、この事態を知らせてくれ。
ここにあるのは、喪に服すローマ、危険なローマだ。
オクテイヴィアスにとって安全なローマではない。※4
さあ行って告げてこい。いや、しばらく待て。
この遺体を広場に運ぶまでは
待ってくれ。そこで試してみよう、
わが演説で、民衆がどのように
この血塗られた連中の残虐行為を受け取るのか、
それを見届けた上で、伝えてほしい、
若きオクテイヴィアスに、事の次第を。

※1　弱強一拍半の短い行。後に三拍半分の間がある。「胸がいっぱい」になって言葉を失う。シーザーの遺体を見て嘆いたのはこれまでアントニーだけだったが、ここで無名の人物の嘆きを導入して、のちの民衆の反応への伏線としている。静かな落涙はいわば次の場の嵐の前の静けさ。
※2　シェイクスピアは『テンペスト』第五幕第一場でも「私の目は、おまえの目に付き合って、連れ立って滴を落とす」と、もらい泣きを表現している。
※3　約三十三キロ半。
※4　No Rome of safety「ローマ」と「余地」（room）との言葉遊びになっていて、「安全の余地はない」ともとれる。

手を貸してくれ。[※5]

一同退場。

〔第三幕　第二場〕

ブルータス登場し、演壇へ行く。[※6] キャシアス、平民たち[※7]と共に登場。

平民たち　説明してもらおう。説明を求める。
ブルータス　では、ついてこい。諸君、話を聞いてもらおう。
キャシアス、反対側の通りへ行ってくれ。
この人数を二手に分けよう。[※8]
私の話を聞きたい者は、ここに残ってくれ。
キャシアスについて行きたい者は、ついていけ。
そして公に告げよう、シーザーの
死の理由を。
平民1　私はブルータスの話を聞こう。[※9]
平民2　私はキャシアスを聞くわ。それぞれの話を

※5　召し使いを登場させたのは、遺体を運び出す手伝いをさせるためもあっただろう。
※6　Fのト書き。その場面で起こることを最初のト書きに書いてしまう例。
※7　今まで commoners（庶民）と呼ばれていた人々は、ここから Plebeian（古代ローマの平民）と呼ばれ、韻文を話し出す。
※8　なぜ二手に分けるのか。キャシアスを退場させるためか。ここで退場した人たちは、あとで遺体を担ぎ込む際に戻ってくるのか。であれば、アントニーの演説の聴衆のほうが数が多いことになる。
※9　前行とハーフラインを成す。平民らの韻文と次のブルータスの散文が対比される。

あとで突き合わせてみようよ。

キャシアスと平民たちの一部退場。

〔ブルータスが演壇にのぼる。〕

平民3 ブルータスが壇にのぼったぞ。静かに！

ブルータス 最後まで聞いてくれ。ローマ人よ、同胞諸君よ、愛する人たちよ、聞いてくれ。そして聞こえるように、静かにしてくれ。わが名誉を思って、わが言葉を信じてくれ。私の名誉に敬意を払ってくれれば、私の言葉も信じられよう。諸君の英知をもって私を判断し、その分別を働かせてくれ。そうすれば、よりよい判断ができる。お集りの諸君の中にシーザーと懇意だった人がいれば、その人に私は言おう、ブルータスも劣らずシーザーを愛していたと。もしその人が、なぜブルータスはシーザーを倒したのかと尋ねるなら、これが私の返答だ——シーザーを愛さなかったためではなく、それ以上にローマを愛したためだと。諸君は、シーザーを生かして、皆は奴隷として死んでもかまわないのか。シーザーが死んで、皆は自由民として生きるのを望むのではないか。シーザーは私を愛していた。ゆえに私は彼のために涙する。彼は幸運だった。ゆえに私は喜ぶ。彼は勇敢だった。ゆえに私は尊敬した。だが、彼は野心を抱いた。ゆえに私は殺した。彼の愛には涙を、幸運には喜びを、勇気には尊敬を、そして野心には死を。ここに奴隷となりたいと願う卑しい人はいるか。いたら教えてくれ、その人に私は罪を犯した。ここにローマ人でありたくない野蛮な人はいるか。いたら教えてくれ、その人に私は罪を犯した。ここに祖国を愛さない下劣な人はいるか。いたら教えてくれ、その人に私は罪を犯した。諸君の答えを待とう。

平民一同　いないぞ、ブルータス、そんなやつはいない。

ブルータス　では、私は誰に対しても罪を犯さなかったわけだ。私がシーザーにしたことを、諸君は今後ブルータスに対してもするがいい。彼の死に関する説明は議事堂に記録される。彼の栄誉は減じられることなく、彼に相応しい栄誉のままであり、その死を招いた罪過が誇張されることもない。

マーク・アントニーがシーザーの遺体と共に登場。

シーザーの遺体だ。マーク・アントニーが喪主となっている。アントニーはこの死に関わらなかったが、この死から恩恵を受ける。自由な市民としての立場だ、君たちも皆そうだ。では、次の言葉をもって私は立ち去る――私が最愛の人を殺したのはローマのため、祖国がわが死を求めるときがくれば、同じ短剣をこの身に向けよう。

平民一同　生きろ、ブルータス、生きろ、生きるんだ！

平民1　ブルータスを家まで送って凱旋行進しよう。

平民2　彼の彫像を建てましょう、ご先祖様と並べて。

平民3　彼をシーザーにしようぜ。

平民4　ブルータスに王冠を与えよう、シーザーのいいとこ取りになるぞ。

平民1　万歳を叫んで家までお送りしよう。
ブルータス　同胞諸君――
平民2　しっ、静かに、ブルータスが話すわよ！[※1]
平民1　おい、黙れ！
ブルータス　善良な同胞諸君、私を一人で立ち去らせてくれ。
そして、私のために、アントニーとここに残ってくれ。
シーザーの遺体を弔い、シーザーの栄光に関する
アントニーの弔辞を聞いてもらいたい。それは、
我らが許しのもとに、なされることだ。
どうかお願いだ。私以外は、[※2]この場を一人も
立ち去らないでくれ、アントニーの話が終わるまで。
退場。
平民1　おい待てよ、マーク・アントニーの話を聞こうぜ。
平民3　演壇に上がってもらおう。話を聞こう。
気高いアントニー、上がってくれ。
アントニー　ブルータスのお蔭（かげ）だ。君たちに感謝する。
〔演壇にのぼる〕

※1　アーデン3版は、平民2は女性ではないかと示唆しており、それに従った。
※2　なぜブルータスは立ち去るのか。アントニーの力を見くびっていた上に、平民らの称賛を受けて自信過剰になっていたのか。「ブルータスに王冠を」と叫ぶ声は、なぜシーザーを倒さなければならなかったのかを人々が理解していないことを示す。アーデン3版は、舞台奥の階段を下りているなどして、この声が聞こえなかったのではないかと示唆するが、聞こえていて、民衆から万歳と叫ばれることに気をよくし、人々を完全に自分の味方につけたと誤解したと解釈することも可能だろう。

平民4　ブルータスが、何だって？
平民3　　　　　　　　ブルータスのお蔭だって。
俺たちに感謝するって。
平民4　ブルータスのことをここで悪く言うわけにゃいかないぜ！
平民1　あのシーザーってやつは暴君だった。
平民3　　　　　　　　　　　　　　ちげえねえ。
ローマから消えてくれて、ほんとよかったぜ。
平民2　静かに。アントニーの話を聞こうじゃないの。
アントニー　親愛なるローマ人諸君——
平民一同　　　　　　　　静かに。話を聞け。
アントニー　友よ、ローマ市民、同胞諸君、耳をお貸しください。※3
ここに来たのはシーザーを弔うため、称(たた)えるためではありません。
人が犯してしまった悪は死後も生き残ります。
善を成しても骨と共に埋められるもの。※4
シーザーもそうなるのは仕方ありません。気高いブルータスは
シーザーには野心があったと皆さんに告げました。
もしそうなら、それは嘆かわしい罪であり、
シーザーは嘆かわしくも罰を受けたのです。
ここに、ブルータスとその仲間の許しのもとに——

※3　先ほどのブルータスの演説が散文だったのに対して、朗々たる弱強五歩格の韻文。プルタルコスにはアントニーの演説の趣旨が短く記されているのみであり、これを劇的言語で表現してみせたシェイクスピアの才能がここに確認できる。冒頭の一行 Friends, Romans, Countrymen, lend me your ears も、一音節、二音節、三音節、四音節の単語を並べることで盛り上げていく効果がある。演説を徐々に盛り上げていくために冒頭は穏やかに始めるものと想定し、ですます調で訳した。

※4　「人の悪い行いは真鍮に刻まれ、美徳は水で記される」『ヘンリー八世』第四幕第二場参照。

というのもブルータスは名誉ある人物で、
その仲間も皆全員、名誉ある人物ですから——
私はシーザーを弔う言葉を述べに参りました。
彼はわが友でした。私には誠実で正しい人でした。
だが、ブルータスは、彼が野心を抱いたと言う。
そしてブルータスは名誉ある人物です。※1
シーザーはローマに多くの捕虜を連れ帰りました。
その身代金で、国庫は大いに潤（うるお）いました。
そんなシーザーに野心があったのでしょうか。
貧しい人々が叫べば、シーザーは泣きました。
野心はもっと峻厳（しゅんげん）なものでできているはずです。
だが、ブルータスは、彼が野心を抱いたと言う。
そしてブルータスは名誉ある人物です。
諸君は見たはずです、ルペルカリアの祭りのとき、
私が三度（みたび）王冠をシーザーに捧（ささ）げ、三度シーザーが
それをはねのけたのを。それが野心ですか？
だが、ブルータスは、彼が野心を抱いたと言う。
そして、確かにブルータスは名誉ある人物。
ブルータスの言ったことを否定するつもりはありません。

※1　政治的プロパガンダでは、覚えやすいフレーズを繰り返す手法がよく採られる。ここでアントニーが用いているのは単なる反復法ではなく、リポティア（repotia）というもので、同じフレーズを繰り返しながらその意味を少しずつ変えていく修辞法。最初は、ブルータスらの判断が正しい「はずだ」という根拠を示すものでしかなかったのに、繰り返していくうちに、立派な人物であるはずのブルータスの正しさへの「疑い」へ、そして「否定」へと意味を変えていく。しかも、アントニーは自分ではブルータスを肯定する発言を繰り返し、市民にその逆を考えさせるのである。

ただ知っていることを申すまでです。
諸君は皆かつてシーザーを愛していました。当然です。
では、なぜ今嘆き悲しもうとしないのです？
ああ、分別よ、おまえは野獣のもとへ逃げ去り、
人間は理性を失ってしまった！　許してくれ、
この心は棺（ひつぎ）の中でシーザーに寄り添っている。
戻ってくるまで、しばらく時間をくれ。※2

平民1　アントニーの言うことも、もっともだな。

平民2　よくよく考えてみれば、
シーザーはひどい目に遭った被害者だわね。

平民3　だとすると、
その代わりにもっとひどいやつが出てくるぞ。

平民4　聞いたか？　シーザーは王冠を受け取ろうとしなかった。
だから、野心を抱いてなかったことは確かだ。

平民1　だとすると、誰かが高いつけを払わされるぞ。

平民2　可哀想に、目を真っ赤に泣きはらして。※3

平民3　アントニーほど気高い人はローマにはいないな。※4

平民4　おい、聞けよ。また話しだすぞ。

アントニー　つい昨日まで、シーザーの言葉は、

※2　I must pause　ブルータスも演説の最後で、「諸君の答えを待とう」（I pause for a reply）と言い、同じ pause という語を用いて市民の反応を待ったが、ブルータスが自分の理屈への反応を強要したのに対し、アントニーは自ら嘆きのパフォーマンスを見せたうえで自分の感情を鎮めるために待ってくれという口実で間をとり、市民が自然に反応するように仕向けている。理性ではなく、感情に訴えるアントニーの技法の一つ。

※3　アーデン3版が平民2を女性と判断した根拠となる台詞。

※4　平民3はお調子者。「ブルータスをシーザーにしよう」と言ったのも平民3。

全世界に対して立ちはだかっていた。今、彼はここに
横たわり、誰一人一顧(いっこ)だにしようとしない。
ああ、諸君、諸君の心と頭を掻き乱し、
叛乱(はんらん)と怒り※1を起こすようなことをしては、
ブルータスにもキャシアスにも申し訳ない。
お二人は（知ってのとおり）名誉あるお人です。
お二人を裏切るようなことはできません。むしろ、
死者を裏切り、自分を、そして諸君を裏切ったほうが、
あのように名誉あるお二人を裏切るよりはましだ。
だが、ここにシーザーが封をした書類がある。
彼の書斎で見つけたのだ。彼の遺書だ。
この遺書の内容を平民たちが聞いたなら、
いや、失礼、読み上げるつもりはないのだが——
その内容を知った人たちは、亡きシーザーの傷口に駈(か)け寄り、
口づけし、その聖なる血にハンカチを浸すことだろう。※2
そうだ、記念に髪の毛一本でもと求め、
死ぬときは遺書にそのことを記し、
大切な形見として、子々孫々に
伝え遺(のこ)すだろう。※3

※1　Mutiny and rage　ノース訳「ブルータスの生涯」二〇に the people fell presently into such a rage and mutinie, that there was no more order kept amongest the common people とある言葉の一部をそのまま用いている。原典に該当箇所はなく、アミヨ訳に le people se mutina & s'irrita si fort, qu'il n'y eut plus d'ordre en la commune とあるのをノースは訳した。

※2　殉教者の血に布を浸してそれを聖なる品とするのはキリスト教の慣習であり、これも一つの時代錯誤。

※3　二拍半の短い行。後に二拍半分の間をとって人々の反応を掻き立てる。

平民4　遺書を聞かせてくれ。読んでくれ、マーク・アントニー。
平民一同　遺書だ。遺書だ。シーザーの遺書を聞こう！
アントニー　我慢してくれ、※4皆。読むわけにはいかない。
どれほどシーザーが皆さんを愛していたか知らないほうがいい。
皆さんは木でも石でもない。人間だ。※5
人間ならば、シーザーの遺書を聞けば、
怒りに燃え上がり、逆上してしまうだろう。
君たちに遺産が与えられるなどと知らないほうがいい。
知ったら、ああ、どうなることか！
平民4　遺書を読んでくれ。聞かせてくれ、アントニー。
遺書を読むんだ。シーザーの遺書を！
アントニー　我慢してくれないか。少し待ってくれ！
君たちに話してしまったのはまずかった。
心配なのだ、短剣でシーザーを刺したあの名誉ある人たちに
申し訳が立たぬのではないかと。それを恐れるのだ。
平民4　やつらは謀叛（むほん）人だ。何が名誉ある人たちだ！
平民一同　遺書だ！　遺言状だ！※6
平民2　やつらは悪党だ、人殺しだ！　遺書だ、遺書を読め！
アントニー　では、遺書を読むことを強要するのだな？

※4　煽り立てておいてあえて抑え、再び煽ることでさらに激しく民衆を焚きつけるという手法がこの後も続く。

※5　You are not wood, you are not stones, but men. 単音節の単語を並べることによって、噛み締めるようなリズムを形成する。じらすようなテンポで人々を煽る修辞法であることを最初に指摘したのは一八九五年の編者A・W・ヴェリティ。

※6　三拍の短い行。次の行は最後のRead the will! が韻律的には余計。ハーフラインにしても韻律が整わないため、この二行は散文と解釈することも可能。版によっては、次ページ以降の平民の台詞を散文として扱っている。

では、シーザーの亡骸(なきがら)を囲み、輪になってくれ。
遺書を書いた本人をお見せしたい。
下へ降りてもいいだろうか？

平民一同　降りてこい。

平民2　降りろ。

平民3　降りていいぞ。

〔アントニーは演壇から降りる〕

平民4　輪になれ、[※1]
取り囲むんだ。

平民1　遺体から離れろ。近くに寄るな。

平民2　アントニーに場所を空けろ。気高いアントニー。

アントニー　そんなに押さないで、離れてくれ。

平民一同　下がれ！　場所を空けろ。下がるんだ！

アントニー　皆さんに涙があるなら、今こそ流すときだ。
みんな、このマントを知っているはずだ。忘れもしない、
シーザーが初めてこれをまとったのは、
ある夏の夜、陣営のテントの中だった。
ネルウィ族[※2]を打ち倒した、まさにあの日だ。

※1　オックスフォード版とアーデン3版に従って、シェアード・ラインと解釈する。平民4の台詞をこのように割ると、韻律が整う。

※2　ベルガエ（ガリア東北部――現代のフランス、ベルギー、スイスなど――を指す古代ヨーロッパの地名）に住んでいた部族の中で最強と呼ばれた部族。シーザーは紀元前五七年にサビス川（サンブル川）での戦いで、ついにこの部族に勝利するが、それまで苦戦を強いられていた。シーザーが紀元前五八年から紀元前五一年にかけて、ガリアに遠征し、その全域を征服して共和政ローマの属州としたガリア戦争中の一つの勝利である。『ガリア戦記』第二巻参照。

見ろ、ここをキャシアスの短剣が貫いたのだ。
見ろ、キャスカの恨みがこんなにも引き裂いた。
ここから、深く愛されたブルータスが刺したのだ。※3
その呪われた剣が引き抜かれたとき、その傷口から
どれほどシーザーの血が迸(ほとばし)り出たことか。
まるで戸口から飛び出して、つれなくも戸を叩(たた)いたのが
本当にブルータスなのか確かめるかのように。
ブルータスは、周知のとおり、シーザーには天使※4だったのだから。
ああ神々よ、シーザーがどれほど彼を愛していたことか。
これこそまさに、最も人の道に悖(もと)る※5一撃だ。
気高いシーザーは、己(おのれ)を刺さんとするブルータスを見て、
謀叛人の腕より遥(はる)かに強烈な忘恩に、完膚なきまで
打ちのめされ、その強靭(きょうじん)な心も破裂したのだ。
そして、このマントで顔を覆うと、ポンペイの像の足許(あしもと)に
(その像もそのあいだじゅうずっと血を流していたが※6)
その血潮の中に、大シーザーはどうと崩れ落ちたのだ。
ああ、すべてが打ち倒されたのだ、諸君!
私も君たちも、我々全員が倒されたのだ。
血塗(ちまみ)れの裏切りが、我らに勝ち誇ったのだ。

※3　アントニーはシーザー殺害の瞬間を見ておらず、マントのどの穴が誰の短剣のものかなどわかるはずはないのだが、アントニーの巧みな話術で、人々は暗殺の瞬間をまざまざとイメージし直す。
※4　angel　守護霊と解釈することも可能。
※5　most unkindest　二重の最上級により、強調されている。
※6　なぜポンペイの像が血を流していたかの説明はない。殺害者が近づくと遺体が新たに血を噴くという場面が『リチャード三世』第一幕第二場にあるが、ここでシーザーを殺害者とイメージするのはそぐわない。アーデン3版は、ポンペイはシーザーに同情して血の涙を流したと解釈する。

おお、みんな泣いているな。それでわかる、
君たちの憐(あわ)れみの心が傷んでいると。その涙は恵みの滴(しずく)だ。
優しい心たちよ、シーザーの傷ついた服を見るだけで
そんなにも泣くのか？　これを見ろ、[※1]
これが、謀叛人どものせいで変わり果てた、シーザーその人だ。

平民1　ああ、痛ましい姿だ！

平民2　　　　　　　　　ああ、気高いシーザー！[※2]

平民3　ああ、ひどい！

平民4　　　　　　ああ、裏切り者め、悪党め！

平民1　　　　　　　　　　　　　　　　　ああ！
血塗(ちまみ)れになって！

平民2　　　　　　復讐(ふくしゅう)してやる！

平民一同[※3]　復讐だ！　やれ！　捜せ！　燃やせ！　火だ！　殺せ！
やっつけろ！　謀叛人を一人も生かしておくな！

アントニー　　　　　　　　　　　　待て、諸君。[※4]

平民1　静かに。気高いアントニーの話を聞け。

平民一同[※5]　聞こう。言うとおりにしよう。一緒に死のう。

アントニー　善良な友よ、優しい友よ、皆さんをそのような
突然の暴動に駆り立てるつもりは、私にはない。

※1　アントニーは、マントの傷口、シーザーの遺体、その遺書と段階を踏んで確実に民衆を煽っていく。プルタルコスにはアントニーが遺書を見せた話が記されているのみ。

※2　オックスフォード版やアーデン3版に従って、ハーフラインと解釈する。

※3　Fではこの話者表示がなく、平民2の台詞であるかのように印刷されているが、恐らくいろいろな人が言うのであろう。

※4　ここもハーフラインと解釈するときれいに韻律が整う。興奮している民衆を一度抑え込んでさらに煽るアントニー。

※5　Fでは平民2だが、アーデン3版に従った。

この所業を成した人たちは名誉ある人たちだ。
どのような個人的な不満があったのかは、残念ながら
わからない[※6]が、賢くて名誉ある人たちだ。
だから当然、理屈をこねて、君たちを説き伏せるだろう。
私は、友よ、君たちの心を盗みに来たのではない。
私は、ブルータスのような雄弁家ではない。
皆さんがご存じのとおり、愚直で不器用な男だ。
わが友シーザーを愛した男だ。あの人たちもそうと
知っていたから、こうして追悼の辞を述べさせてくれたのだ。
私には、才覚も、言葉も、資格[※7]もない。
身振りも弁舌も説得力もないから、人の血を掻（か）き立てるような
真似はできない。ただ率直に語るのみだ。
皆さんがもうご存じのことを話し、
優しかったシーザーの傷を、哀れな、哀れな、物言わぬその
傷口を見せて、私に代わって口をきけと命じるだけだ。だが、
もし私がブルータスで、ブルータスがアントニーだったら、
そのアントニーは君たちの胸に怒りの火をつけ、シーザーの
傷口一つ一つに舌を入れて訴えさせるだろう。さすれば、
ローマの石[※8]でさえも立ち上がって暴動に走るだろう。

※6　シーザー暗殺を私怨によるものと矮小化するのもアントニーのレトリック。
※7　アントニーは、言葉を連続して強調する畳語法、擬人法、矛盾語法、頓呼法などさまざまなレトリックを駆使している。ブルータスよりも説得力があることは明らか。このアントニーの雄弁はシェイクスピアの独創。
※8　石や木は感情を持たないものの象徴。105ページ注5参照。新訳聖書「ルカによる福音書」19：40「言っておくが、もしこの人たちが黙れば、石が叫び出す」参照。『リチャード二世』第三幕第二場「この大地が感情を持ち、これらの石が兵士となるだろう」参照。

平民一同　暴動だ！　ブルータスの家を焼き払え。
平民1　行こう、さあ来い、陰謀の一味を捜し出せ。
平民3　アントニー　まだ聞いてくれ、諸君、まだ話を聞いてくれ。
平民一同　静かに。聞け、アントニーの話を。気高いアントニー！
アントニー　友よ、諸君は訳もわからずに行動する気か。
シーザーがこれほど諸君の愛に値する理由はどこにある？
ああ、諸君はわかっていない！　教えてやろう、
君たちは、さっき話した遺書のことを忘れているのだ。
平民一同　そうだった。遺書だ。遺書を聞かせてもらおう。
アントニー　ここに遺書がある。シーザーの封がしてあった。
シーザーは、ローマ市民一人一人に、
七十五ドラクマ[※1]ずつ贈る。
平民2　何て気高いシーザー。みんなで仇(かたき)を討とう。
平民3　ああ、王者シーザー[※2]！
アントニー　落ち着いて聞いてくれ。
平民一同　静かにしろ！
アントニー　その上、ティベリス川のこちら側[※3]、
自分の遊歩道も、私有地だった木陰も、

※1　ギリシャの通貨。プルタルコスがギリシャ人であるために古代ローマの単位デナリウスの代わりに書き込まれた。技術のある労働者の一日分の賃金が一デナリウス、医者は六デナリウスだったという。遺書に従い、養子のオクテイヴィアス・シーザーが養父の土地を売り払うなどして自由市民約二十五万人に各三百セステルティウス（＝七十五デナリウス）を与えた。

※2　原語 royal は「気高い、気前のよい」とも「王らしい」とも解釈される。

※3　プルタルコスの原典は「あちら側」。アミヨの仏訳の誤りをノース訳が踏襲した。巻末の「ブルータスの生涯」二〇参照。

植えたばかりの庭園も、君たちに与えるという。
君たちの末代まで末永く――誰もが出かけて行って
くつろげる場所として。これがシーザーだった！
こんな人物にいつまたお目にかかれようか！

平民１　二度と、二度とないぞ！　さあ、行こう、行こう！
ご遺体を聖なる場所で荼毘（だび）に付し、その火で
謀叛（むほん）人どもの家を焼き払え。
ご遺体を持て。※4

平民２　火を持ってきな。

平民３　ベンチを叩き壊せ！

平民４　腰掛けも窓も、ぜんぶぶっ壊せ！

平民たちは〔遺体を担いで〕退場。

アントニー　さあ、ひろがってゆけ。※5　禍（わざわい）の神よ、動き出したな。
どこでも好きなところを駈けめぐれ！

召し使い登場。

どうした、何だ？

召し使い　オクテイヴィアス様がローマにお入りになりました。※6

アントニー　今どこにいる？

※4　ここから騒ぎとなり、散文が続く。

※5　Now let it work.『オセロー』第四幕第一場イアーゴーの'Work on, / My medicine, work.'（沁み込め、俺の毒薬、全身にまわれ！）を想起させる台詞。

※6　シェイクスピアは六週間早めている。オクテイヴィアス・シーザーは紀元前四四年当時十九歳。イタリアに帰国して初めて、遺書により自分がシーザーの養子かつ後継者と指名されたことを知る。アントニーはシーザーの財産を管理し、オクテイヴィアスに渡さなかったため、オクテイヴィアスはシーザーの土地を売るなどしてローマ市民への配当金を支払った。

召し使い　レピダス様[※1]と一緒にシーザーのお屋敷に。

アントニー　では、すぐに会いに行こう。ちょうどいい。運命の女神はご機嫌だ。この調子なら何でも望みは叶いそうだ。

召し使い　主人の話では、ブルータスとキャシアスが、慌てふためいてローマの門から逃げ出したとか[※2]。

アントニー　どうやら俺が民衆を焚きつけたと気づいたな。オクテイヴィアスのところへ案内しろ。

退場。

〈第三幕　第三場〉

詩人シナ登場。あとから平民たち登場[※3]。

詩人シナ　ゆうべ、シーザーと会食をする夢を見た[※4]。そのせいか不吉な予感がしてならない。外に出たくはないのだが、出てきてしまった、何かに引かれるように。

※1　シーザーの親友。紀元前四六年に執政官となり、紀元前四四年にシーザーが終身独裁官となると、ナンバー2である騎兵長官となった。シーザーが暗殺されたとき軍隊を率いており、それが共和派への圧力ともなった。

※2　プルタルコスには「数日もしないうちにローマを離れた」とあるのを早めている。

※3　ト書きは舞台監督への指示。シナの台詞終わりですぐに声を掛けられるように登場させよという意味。エリザベス朝の上演台本には、実際の行動より早めにト書きで指示されることが多い。

※4　巻末の「シーザーの生涯」六八及び「ブルータスの生涯」二〇参照。

平民1　おまえ、名前は？[※5]
平民2　どこへ行く？
平民3　どこに住んでる？
平民4　結婚しているのか、独身か？
平民2　さ、みんなに、まっすぐ返事しな。
平民1　そう、簡潔にな。
平民4　そう、要領よく。
平民3　そう、それも正直に。
詩人シナ　名前だって？　どこへ行くか？　住んでる場所？　結婚しているか独身か？　では、みんなにまっすぐ、簡潔に、要領よく正直にお答えしよう。賢くも私は独身だ。
平民2　じゃあ、結婚してるのは馬鹿だって言ってるようなもんじゃないの。ひっぱたいてやろうか。さあ、さっさと答えな。
詩人シナ　私はまっすぐシーザーの葬儀に出るところだ。
平民2　味方としてか、敵としてか？
詩人シナ　味方としてだ。
平民2　それはまっすぐ答えたわね。
平民4　住所は？　手短に言え。
詩人シナ　手短に言えば、議事堂のそばに住んでいる。
平民3　名前は？　正直に言え。

※5　ここから散文に変わる。

詩人シナ　正直に言えば、名前はシナだ。
平民1　八つ裂きにしろ、陰謀の一味だ。
詩人シナ　私は詩人のシナだ。詩人のシナだ。
平民4　へぼ詩を書いた咎(とが)で八つ裂きだ。へぼ詩を書いた咎で八つ裂きだ。
詩人シナ　私は陰謀に加担したシナではない。
平民4　かまうもんか。名前はシナなんだ。こいつの心臓から名前を抉(えぐ)り出して、追っ払え。
平民3　八つ裂きだ。八つ裂きにしろ！

〔一同は詩人シナに襲いかかる。〕

平民一同[※1]　さあ、火だ。燃やしちまえ！　ブルータスやキャシアスの家へ行って、全部燃やしちまえ！　誰かディーシャスの家へ行け、誰かキャスカの家へも行け、誰かリゲーリアスの家にも行け。さあ、かかれ！

一同退場。

※1　Fではここに話者表示は入らないが、アーデン3版に従う。

第四幕〔第一場〕

アントニー、オクティヴィアス、レピダス登場。[※2]

アントニー　では、こいつらは死刑だ。名前に印をつけた。

オクティヴィアス　あなたの兄[※3]も死刑です。いいですね、レピダス？

レピダス　よかろう。

オクティヴィアス　その名前に印をつけてください、アントニー。

レピダス　君の姉上の息子パブリウス[※4]も生かしておかないという条件でだぞ、マーク・アントニー。

アントニー　生かしちゃおかないさ。ほら、こうして消した。だが、レピダス、シーザーの家へ行って、遺書を取ってきてくれ。市民への遺産を少し削れないか、考えてみようじゃないか。

レピダス　じゃあ、君たちはここで待ってるんだな？

オクティヴィアス　ここじゃなきゃ、議事堂にいますよ。

レピダス退場。

※2　Fに場所の指示はないが、「ローマ。アントニーの邸」と現代の編者が加筆する場合がある。史実では、紀元前四三年秋にこの三頭政治の会議が開かれたのは、現ボローニャ近くの川の中の小島。

※3　プルタルコスに拠れば、レピダスの兄ルキウス・アエミリウス・パウッルスは紀元前五〇年に執政官になるなど高位にあり、シーザー暗殺後、アントニーと手を結んだレピダスを国家の敵として公然と非難した。しかし、処刑を免れ、ブルータスを支持した。

※4　処刑名簿にパブリウスという名はあったが、アントニーにその名の甥はいなかった。甥としたのはシェイクスピアの創作である。

アントニー　何の取り柄もないつまらん男だな、あれは。
使いっ走りがちょうどいい。何だって
世界を三分割※1するのに、あんなのに
三分の一を分け与えるんだ？

オクテイヴィアス　あなたがそうしようと言ったんです。
しかも、死刑候補者名簿の誰に死の印をつけるか、
決めるのに、やつの意見を入れたのはあなたですよ。

アントニー　オクテイヴィアス、俺は君より年上でね、※2
年の功ってのがあるんだよ。やつにこの名誉を授けてやったのは、
いろんな誹謗中傷の肩代わりをしてもらうためだ。
驢馬が黄金を運ぶように、※3ひいこら
汗を流して運んでもらおうってわけさ、
俺たちが引っ張るか追い立てるかした場所へね。
お宝を思ったとおりの場所へ運んでもらったら、
荷物だけもらって、やつはお払い箱だ。
身も軽く頭も空っぽのまま、どこかの原っぱで
草でも食んでいやがれ※4ってんだ。

オクテイヴィアス　あなたがそのつもりでも、
相手は百戦錬磨の勇猛な軍人ですよ。

※1　アントニーにガリアを、レピダスにスペインを、オクテイヴィアスにアフリカとシシリアとサルディーニャ島を分け与える取り決めだった。ただしシェイクスピアはヨーロッパ、アフリカ、アジアの三領域を考えていた可能性もある。

※2　当時アントニーは三十九歳。二十歳年上。

※3　諺「驢馬（馬鹿）は黄金を運んでいてもアザミを食う」への言及とされてきたが、この諺は貪欲を揶揄するものであってこの文脈と合わないとアーデン3版は指摘する。

※4　原文の shake his ears は、『十二夜』第二幕第三場にもあり、「勝手にやってろ」といった意味合い。

アントニー　俺の馬だってそうさ。オクテイヴィアス、
だからたっぷり飼い葉を食わせておく。
俺の馬は、命じたとおりに戦い、
旋回し、止まり、突っ走る。
その動きは俺の思いのままだ。
レピダスも、似たようなもんだ。
教えて、しつけて、号令をかけてやらなきゃ。
自分で考える頭がないからな。やつが
食いつく物は、出来合いの人真似ばかり、[※5]
ほかの連中が使い古したもので、それがやつの
やり方となる。[※6]あんなの道具扱いしないで
どうする。それよりオクテイヴィアス、
大事な話がある。ブルータスとキャシアスが
軍隊を集めている。こっちもすぐ兵を挙げよう。
それには、まず同盟を強化し、
頼りになる味方を集めて四方に手を伸ばし、
直ちに会議を開いて相談しよう、
隠された事柄を暴く最もよい方法は何か、
あからさまな危険に確実に対処する方法は何か。

※5　objects, arts　十八世紀の編者たちがabject, orts と読み替えたが、アーデン2、3版、ケンブリッジ版、オックスフォード版、ペンギン版に従い、原文のまま読むことにする。arts は人の作った物という意味であろう。objects を「珍しい物」と解釈する説があるが、直後の arts and imitations と同格と解釈するニコラウス・デリウス説（ヴァリオラム版）に従えば、上のような意味になろう。

※6　原文の fashion を「流行」と解釈する説があるがBegin his fashion とあるので、「彼の流行を始める」とするのは違和感があり、ケンブリッジ版に従い、「習慣、やり方（custom）」と読む。

オクテイヴィアス　そうしましょう。俺たちは
大勢の敵に囲まれ、つながれた熊さながらだ。※1
にやついている連中の胸には、
百万もの悪意が潜んでいそうだ。

二人退場。

〔第四幕　第二場〕

陣太鼓。ブルータス〔とルーシアスが舞台中央の天幕より〕登場。
ルシリアスとその軍隊、ティティニアスとピンダラス※2〔を連れて行進して〕登場し、ブルータスらと出会う。※3

ブルータス　止まれ。
ルシリアス　全隊に止まれと伝えよ。※4　止まれ。
ブルータス　どうした、ルシリアス、キャシアスは近くか？
ルシリアス　はい。ピンダラスが主人からのご挨拶（あいさつ）を伝えに参っております。
ブルータス　よく来た。おまえの主人は、ピンダラス、

※1　杭につないだ熊に何匹も犬をけしかける熊いじめの隠喩。
※2　ピンダラスは、キャシアスの奴隷。
※3　Enter Brutus, [and Lucius.] Lucilius and the Army. Titinius and Pindarus meet them.　このト書きの解釈には諸説ある。ブルータスがルシリアスに発する質問内容から察するに、ルシリアスはキャシアスと会ったのちにここへ登場し、その奴隷であるピンダラスを連れてきたと考えられる。そうであれば、ブルータスとキャシアスは同じ処から一緒に登場するのではなく、ブルータスとは別に登場したルシリアスが軍隊と共にピンダラスらを連れて登場すべきであろう。つまり、まず

方針を変えたのか、悪い部下のせいなのか、
やってほしくなかったと思うようなことを
やってくれているぞ。だが、本人が出てくるなら
説明してくれるだろう。

ピンダラス　わが高貴なる主人は、
尊敬と名誉に価するお方。そのとおり
名誉あるお方とおわかりいただけましょう。

ブルータス　疑っているのではない。ちょっと、ルシリアス。

〔ルシリアスはブルータスに近づき、二人で密談の態（てい）。〕

やつはおまえをどう迎えた？　教えてくれ。

ルシリアス　礼儀と十分な敬意をもって。
しかし、打ち解けた様子はなく、
気さくな親しさはありませんでした、
以前とは打って変わって。

ブルータス　厚い友情が
冷めていくさまをよくぞ言い当てた。いいか、ルシリアス、
愛情が病んで朽ち始めると、
とってつけたような礼儀[※5]を使いだす。

ブルータスとルーシアスが登場した上で、そこへ他の連中が入ってきて、them すなわちブルータスとルーシアスらに会うと考えられる。一七七四年のジェネンズ編の版でこのような解釈が示され、ヴァリオラム版がこれを紹介、アーデン2版、ケンブリッジ版が支持している。ト書きを文学的に読み解く危険性については、112ページ注3参照。

※4　Give the word「合言葉を言え」とも解釈できるが、『ヘンリー五世』第四幕第六場に Give the word through（命令を全軍に伝えよ）とあるのと同様に解釈する。

※5　『アテネのタイモン』第一幕第二場参照。

飾らない単純な信頼に駆け引きは要らぬ。
だが、心が虚(うつ)ろなやつは、駈け出す馬と同じだ。
颯爽(さっそう)と威勢のよいところを見せてくれるが、

舞台奥から低い行進の音。

血のにじむ拍車に耐えねばならなくなると、
しょげかえって、見掛け倒しの駄馬さながら
いざというときに沈み込む。やつの軍隊は着いたのか？

ルシリアス 今夜はサルディス※1に宿営の予定です。
騎馬隊を主にした主力部隊は、キャシアスと共に
もうこちらへ着いています。

キャシアスとその軍隊〔舞台奥から行進して〕登場※2。

ブルータス 音がする。来たな。
穏やかに進め。出迎えよう。

〔ブルータスの軍隊は舞台上を行進する。〕

キャシアス 止まれ。

ブルータス 止まれ。命令を伝えてゆけ。

兵士1 止まれ。

※1 アナトリア半島（現在のトルコ）を中心に栄えた国家リュディアの王都。2ページ先で、ここがその場所であると明示される。

※2 この時点でキャシアスの軍隊は舞台奥から登場し始め、舞台の端を行進して舞台中央でブルータス軍と出会うときに「止まれ」の号令がかかるのであろう。ブルータス軍も同様に「穏やかに進め」の号令で行進を始め、舞台反対側の柱の外側を行進して舞台中央へ進むと考えられる。ケンブリッジ版は、ブルータス軍は行進する必要がないと考えるが、それはリアリズムであり、あえて仰々しく行進を演出するのだろう。キャシアスとブルータスの「止まれ」の号令

兵士2　止まれ。

兵士3　止まれ。

キャシアス　気高い兄上。※3　よくも俺を侮辱してくれたな。

ブルータス　神々よ、お裁きあれ。私は敵を侮辱したか。していなければ、なぜ兄弟を侮辱できるものか。

キャシアス　ブルータス、そのように取り繕っても悪は隠せぬ。君はいつだって──

ブルータス　キャシアス、まず待て。

不満はゆっくり言え。君のことはよくわかっている。

我らが軍隊の目があるところで、喧嘩は避けよう。

二人のあいだに親愛しかないと思わせなければならぬ。

軍隊を下がらせてくれ。それから、私のテント※4で、
キャシアス、君の不満をぶちまけるがいい。

耳を貸そうじゃないか。

キャシアス　ピンダラス、
司令官らにこの場所から少し離れたところへ
各自の部隊を移動するように命じろ。

ブルータス　ルシリアスも同じようにしてくれ。そして、
会談が終わるまでは誰一人、テントに来させないように。


がかかるまで行進が続く。舞台上の行進については、C・ウォルター・ホッジズ『絵で見るシェイクスピアの舞台』(研究社出版)第五章「舞台に全軍が登場?」参照。
※3　キャシアスはブルータスの妹ユニアと結婚している。
※4　ここで初めて、舞台がブルータスのテント前だと示される。縦横無碍な舞台設定がエリザベス朝演劇の特徴であって、両軍のまみえたところにテントがあるのであり、この場の冒頭でブルータスが自分のテントから出てきたことを示す必要は必ずしもない。直前のブルータス軍の行進も、テントから離れることを気にせずに行進するのであろう。

ルーシアス[※1]とティティニアスに入り口を見張らせろ。

ブルータスとキャシアスを残して全員退場。

〔テントに入った想定で会話を続ける。[※2]〕

キャシアス　君が俺に加えた侮辱とはこういうことだ。
君は、ルーシアス・ペッラ[※3]がここサルディス[※4]の民から
賄賂（わいろ）を受け取ったと弾劾して侮辱した。
俺はあの男のことをよくわかっているから
やつのために釈明書を書いたのに、君は無視した。

ブルータス　そんなものを書いて、君は自らを貶（おとし）めたのだ。

キャシアス　このような状況下では、些細（ささい）な咎（とが）まで
いちいち目くじらを立てている場合ではない。

ブルータス　いいか、キャシアス、君だって
非難を浴びているんだぞ、金欲しさに
ろくでもないやつらを官職につけて袖（そで）の下の手を
うずうずさせているとな。

キャシアス　　　　俺が、手をうずうずだと？
そんなことを言う君がブルータスでなければ、
神かけて、それが最後の言葉となっていたところだ。

※1　この場で初めて言及されるが、この場の最初からブルータスに付き従っていたのであろう。

※2　ここでテント内に場所が移動するという理由で、ここから第四幕第三場とする現代版が多いが、Fにその指示はなく、場面は切れずに続く。他の人が退場した瞬間に二人がテントの中にいるモードに切り替わればよいだけであり、オックスフォード版と同様、ここに幕場割は設けない。

※3　巻末の「ブルータスの生涯」三五参照。最初の口論の翌日、ペッラに関する口論が起きているが、シェイクスピアはこれを一つにまとめている。

※4　120ページの注1参照。

ブルータス　キャシアスの名前のせいでこんな腐敗に
名誉が与えられ、懲罰のほうで頭を引っ込める始末だ。
キャシアス　懲罰だと？※5
ブルータス　忘れるな、三月を。三月十五日を忘れるな。
偉大なジュリアスは、正義のために血を流したのではなかったか。
どんな悪党があの体に触れたというのだ。正義のためでなく
刺した者がいたのか。おい、我々の誰か一人でも――※6
国家の賊どもを庇護したというだけの理由で※7
この世の最も偉大だった人物を倒した我々が――
今となって自分たちの指を卑しい賄賂で汚し、
我らが広大無辺な名誉を、こんなふうにつかめる
はした金と引き換えにしていいのか。
私はむしろ犬となって月に吠えたい、※8
そんなローマ人になるくらいなら。
キャシアス　ブルータス、俺に嚙みつくな。
我慢はせぬぞ。君は自分を忘れている。
俺を追い込もうとするとは。俺は軍人だぞ。この俺は
実戦では君よりも年季が入っているし、軍事処理だって
君より長けている。

※5　Chastisement?　一拍半の短い語。後に三拍半分の間。冒頭からここまで緊張がゆるむことなく台詞の応酬が続き、ここで劇的にポーズが入る。？を！に変える現代版もある。
※6　興奮のあまり文法が乱れている。
※7　これまで述べられてこなかった理由。「ブルータスの生涯」三五に「ブルータスはこれに反論し、『我々がジュリアス・シーザーを殺した三月中日を思い出すべきだ』と述べ」、シーザーが「不正な利益を得る者たちを生み出し、保護した」と述べたとする記述に基づく。
※8　「月に吠える」は「甲斐もなく騒ぐ」の意で、十三世紀から使われていた諺的表現。

ブルータス　ふん。そんなことは、ない、キャシアス！※1
キャシアス　ある。
ブルータス　ないと言っているんだ。※2
キャシアス　それ以上言うな、こっちも我を忘れそうだ。
自分の身を気遣って、※3それ以上俺を怒らせるな！
ブルータス　消えろ、つまらん男だ！※4
キャシアス　何てことを。※5
ブルータス　聞け。言わせてもらおう。
君の癇癪に私は道を譲らなければならないのか？
狂人が目を剝いたら、私が怯えるとでも言うのか？
キャシアス　ああ神々よ、ここまで言われて耐えねばならぬのか？
ブルータス　ここまで？　もっとだ。傲慢な胸が裂けるまで怒れ。
奴隷どもに、君がどれほどカッとなっているか見せてこい。
そして奴隷を震え上がらせるがいい。私がひるむと思うのか。
君にへつらうとでも？　その剣幕に
私が萎縮するとでも？　神々にかけて、
そんな腹の虫の毒は自分の腹におさめておけ。
それで腹が張り裂けようと知るものか。今日この日から、
君を見たら笑ってやる、そうだ、そんなにかっかとするなら

※1　この行を前行とのハーフラインとする版があるが、それでは拍数が多すぎる。次行とハーフラインにしたほうが韻律が整う。
※2　短い行。二拍分、キャシアスがぐっとこらえる間がある。
※3　俺に殺されないように、という意味。
※4　二拍の短い行。驚きすぎてキャシアスが絶句する三拍分の間があって、それからようやく「何てことを」という言葉を絞り出す。
※5　Is't possible?「こんなことがありえるだろうか」の意味。ブルータスに投げかけられた言葉が信じられなくて自分に対して吐く言葉。次とその次のキャシアスの台詞と同様、ブルータスに対してかける台詞ではない。

笑いものにしてやる。

キャシアス　そこまで言うか？[※6]

ブルータス　君のほうが軍人として優れているだと？

それならそう振る舞え。高く聳（そび）えてくれるなら、

こちらもうれしいかぎりだ。私としても、

名誉ある人物には見習いたいからな。

キャシアス　誤解だ、誤解だよ、ブルータス、

俺のほうが年季が入っていると言ったんだ。[※7]　優れているなんて

言っていない。言ったか？

ブルータス　言ったって、どうでもいい。

キャシアス　生前のシーザーだってこれほど俺を怒らせなかった。

ブルータス　黙れ黙れ、シーザーに挑む勇気さえなかったくせに。

キャシアス　なかっただと？

ブルータス　そうだ。[※8]

キャシアス　え、シーザーに挑めなかったと？

ブルータス　絶対できなかった。

キャシアス　俺の友情にあまり甘えているんじゃないぞ。

あとで悔やむような真似をしかねない。

ブルータス　もう悔やむような真似をしたじゃないか。[※9]

※6　Is it come to this?『ハムレット』第一幕第二場のThat it should come to this!（こんなことになろうとは！）参照のこと。

※7　キャシアスのほうが年長で、マーカス・クラッサスのもとで戦役に従事し、クラッサスとその息子が戦死するなかで、残りの部隊を立て直した。

※8　多くの版はここと直前の二行を散文であるかのように扱うが、次行と同様にハーフラインと解釈しない理由はないだろう。

※9　袖の下を取って官職を融通したことを指しているが、そうしてキャシアスが不正に得たとブルータスが考える金をブルータスは自分の支援のために求めるという矛盾がある。

キャシアス、君が脅したところでまったく怖くない。
こちらは誠実という鎧で武装しているからな。※1
どんな脅しもどこ吹く風、通り過ぎて
気にもならない。私は君に送ってくれと頼んだんだ、
ある額の金を。それを君は断った。
私には不正な手段で金を作ることはできないのだ。※2
神かけて、この心臓を鋳型に流し込み、
血の一滴一滴で貨幣を造ったほうがましだ。
百姓どもに難癖をつけて、その硬い手から
汚れたはした金を奪い取るよりも。私は使いを出した。
君に、わが軍の給与を払う軍資金を貸してくれと。
それを君は断った。それが、キャシアスがすることか。
私もカイアス・キャシアスに頼まれたらそう返答するか。
マーカス・ブルータスがそのように貪欲になり、
つまらぬあぶく銭を友人に渡さず、しまい込むようなら、
神々よ、そのすべての雷鳴をもって
この身を木っ端微塵に打ち砕くがいい！※3

キャシアス　俺は断っていない。

ブルータス　断った。

※1　常に自分は正しいという思い込みがブルータスにはあって、それが彼の弱点となる。

※2　自分にはできない不正をキャシアスはできるから、そうして得た金をよこせというのは筋が通らない。ストア派の独善主義。

※3　「ブルータスの生涯」三〇にある、ブルータスがキャシアスに軍資金を貸してくれと頼み、キャシアスが全額の三分の一を与えたという逸話と、「ブルータスの生涯」三四にある、二人がサルディスで会ったとき「二人は互いに不満をぶつけあい、大声で激昂し、罵り合い、ついにはどちらも泣きだした」という逸話を組み合わせて、シェイクスピアはこの場面を創作した。

キャシアス　　断っていない。馬鹿者だったのだ、※4
俺の返答を持ち帰ったやつが。ブルータスは俺の心を引き裂いた。
友人なら友人の弱点を考慮してくれてもいいのに、
ブルータスは俺の弱点をことさらに言い立てる。
ブルータス　それはちがう。君がそれを私に押し付けてくるのだ。
キャシアス　俺を愛していないんだな。
ブルータス　　　　　君の欠点は嫌いだね。
キャシアス　友の目で見たら、そんな欠点は目に入らないはずだ。
ブルータス　おべっか使いの目ならそうだろう。たとえ、それが
高いオリンポス山のように聳えていてもな。
キャシアス　来い、アントニー。若造のオクテイヴィアス、来い、
キャシアスにだけ復讐するがいい。なにしろ
キャシアスはこの世が疎ましくなった。
愛する者に嫌われ、兄弟に否定され、
奴隷のように叱られ、咎を洗いざらい並べ立てられ、
帳面につけられ、丸記憶され、面と向かって
罵られるとは。ああ、俺は泣きたい。涙もろとも
この魂も流れてしまうがいい！　ここに俺の短剣がある。
これが俺のはだけた胸だ。中にある心臓は、

※4　I did not. He was but a fool　Fの読み。ハーフラインを二度畳みかけて、キャシアスの勢い込んだ抗弁が始まる。
　ケンブリッジ版では I did not. He was but a fool that brought と、次行の二語をこの行に加え、次行の韻律を整えているが、それではハーフラインが成立せず、キャシアスの勢いがそがれてしまう上、この台詞の前に四拍分の異様な間が空くことになる。アーデン2、3版、オックスフォード版、ペンギン版と同様に解釈する。その結果、次行は六歩格となるが、六歩格は芝居がかった台詞廻しであり、本作には頻出している。145ページ注6や156ページ注1参照。

富の神プルートス[※1]の宝庫より貴重で、黄金より豊かだ。
君がローマ人なら、それを取れ。
金を渡さなかったと言うなら[※2]、代わりにこの心臓をくれてやる。
刺せ、シーザーを刺したように。わかっているのだ、
最も憎んでいたあのときでさえ、おまえは[※3]やつを愛していたのだ、
このキャシアスよりも。

ブルータス　剣を収めろ。
怒りたければ怒るがいい。止めはしない。
好きにしろ。君の無礼は一時の気の迷いとしてやろう。
ああ、キャシアス、君と一緒に軛（くびき）にかかっているのは
子羊なのだ。それが怒りを抱いても、火を宿す
火打石と同じ。強く打たれれば火花を散らすが、
すぐにまた冷めてしまう[※4]。

キャシアス　キャシアスが生き長らえてきたのは
ブルータスのお笑い種（ぐさ）となるためか。この俺は悲しみと
憤り（いきどお）とに悶え（もだ）ているというのに。

ブルータス　つい口が過ぎた。虫の居所が悪かっただけだ。

キャシアス　そう言ってくれるか。さ、握手だ。

ブルータス　この心も差し出そう。

※1　Pluto　ローマ神話に於ける冥界を司る神。エリザベス朝当時、ギリシャ神話の富を司る神Plutusと混同されていた。どちらもギリシャ語のプルートーン（pluton＝富める者）に由来する。『トロイラスとクレシダ』第三幕第三場のPluto's goldという表現からも、冥界ではなく富の神としてシェイクスピアが用いていることは確認できる。

※2　原文を直訳すると「君に金を否定した私」となるが、オックスフォード版もアーデン3版も「キャシアスは金を否定したと認めていない」と注釈する。

※3　これまでyou（君）と呼びかけていたキャシアスは怒りに駆られて、thouと言う。

キャシアス　ああ、ブルータス！

ブルータス　どうした？

キャシアス　母が俺に与えた癇癪[※5]ゆえに
我を忘れてしまうとき、俺に我慢するだけの愛が
君にはないのか？

ブルータス　あるとも、キャシアス。これからは、
君が君のブルータスに対してあまりにむきになったら、
君の母上に叱られているのだと思ってやり過ごすことにしよう。

詩人〔とルシリアスとティティニアス〕登場。[※6]

詩人　将軍たちにお目にかかりたいのだ。
二人のあいだに何かわだかまりがある。二人だけに
しておくのはよくない。

ルシリアス　通すわけにはいかん。

詩人　死んでもお会いする。

キャシアス　何事だ、どうした？

詩人　情けない、両閣下、どういうおつもりです。
お二人に、相応（ふさわ）しいのは、仲直り〔◇〕
齢（よわい）重ねし我に従え、言われたとおり。[※7]〔◇〕

※4　諺「どんなに冷たい火打石にも熱い火がある」に基づく。

※5　原文は「母が私に与えた癇癪」。これを「母親譲り」とすると母親も癇癪持ちということになる。次のブルータスの台詞は、キャシアスが持って生まれた短気が彼の母親の性格でもあるかのようにからかうものであろう。笑いでオチがつく。

※6　Fには詩人登場のト書きがあるが、戸の外で中へ入れてくれと騒いでいるとの解釈もある。入りかけた詩人を押し戻すのだろう。

※7　「ブルータスの生涯」三四。プルタルコスでは一行の詩文。ノース訳では二行連句。シェイクスピアはこれをわざとへたな二行連句に書き換えている。

キャシアス　ハ、ハ。この犬儒学者[※1]の押韻のひどさときたら！
ブルータス　出ていけ。おい、生意気な奴め、失せろ！
キャシアス　許してやれ、ブルータス。これがやつの流儀なんだ。
ブルータス　まともな拍子を刻んでくれたら[※2]、面白がりもしよう。戦時中なのだ。こんな突拍子もない奴の出る幕ではない。さっさと出て行かんか！
キャシアス　さあ、行った、行った[※3]！

詩人退場。

ブルータス　ルシリアスとティティニアス、隊長らに命じ、今晩それぞれの部隊の宿営の準備をさせてくれ。
キャシアス　それから戻って来い。メッサーラ[※4]を連れて。直ちにだ。

〔ルシリアスとティティニアス退場。〕

ブルータス　〔奥のルーシアスに〕ルーシアス、ワインを持て！
キャシアス　君があんなに怒るとは思ってもみなかった。
ブルータス　ああ、キャシアス。悲しみだらけで胸が潰れたのだ。
キャシアス　君の哲学[※5]も役に立たないんだな、たまたまの不運に負けちまうようじゃ。
ブルータス　私ほど悲痛に耐える者はいない。ポーシャが死んだ。

※1　cynic 犬儒学派。
※2　time「拍子」と（わきまえるべき）「時」の掛詞。
※3　この詩人の場はコミックリリーフであり、キャシアスの怒りや嘆きはすっかり笑いに落ち着いている。
※4　初めて言及される人物。三頭政治会議が開かれた紀元前四三年当時、二十一歳の若さ。ちなみに当時ブルータスは四十二歳。キャシアスは四十三歳。
※5　ストア派哲学。『ハムレット』第三幕第二場「燃える血潮と冷静な判断力とがこれほど巧みに混ざり合い、運命の女神のいいなりの音色を奏でたりしない」、『ロミオとジュリエット』第三幕第三場「逆境の甘いミルク、哲学」参照。

キャシアス　え？　ポーシャが？

ブルータス　死んだのだ。

キャシアス　あんなに君を怒らせちまってよく殺されなかったな。ああ、耐え難い、つらい喪失だ。どういう病気で？

ブルータス　　私の留守に耐えかねて、それと、若造オクティヴィアスとマーク・アントニーがあまりに強大になったという知らせに悲しんでのことだ。妻の訃報と共に、その知らせも入ってきた。それを聞いて乱心し、家の者の目を盗んで火を呑んだのだ。※6

キャシアス　それで亡くなったのか？

ブルータス　　　　そうだ。

キャシアス　　　　　　ああ、神々よ！

少年〔ルーシアス〕がワインと蠟燭を持って登場。

ブルータス　もう妻の話はよしてくれ。※7　ワインをよこせ。これを呑んでこれまでの不和を水に流そう、キャシアス。

呑む。※8

※6　プルタルコスの「ブルータスの生涯」五三参照。そこに「両親や友人たちがそうさせまいと警戒していたのだが」とあるので、原文の attendants を「家の者」と解した。

※7　妻のことを考えるとつらすぎるので、もう言わないでくれという人間的な側面のほかに、世界の動向を決める大決戦を前にしてプライベートな話をしているときではないというストイックな側面の両方がある。

※8　このト書き――Drinks――はFではこの位置にのみある。これは He drinks の省略ではなく「飲み物」を用意せよという意味か。キャシアスの杯が注がれてから二人で飲む可能性もあり。

キャシアス　この心、その気高い乾杯が欲しくてたまらなかった。
注いでくれ、ルーシアス。なみなみと。
ブルータスとの友情のためなら、いくらでも呑めるぞ。
〔呑む。〕
〔ルーシアス退場。〕

ティティニアスとメッサーラ登場。

ブルータス　入れ、ティティニアス。よく来た、メッサーラ。
さあ、この蠟燭の周りに座って、
目下の緊急の要件を話し合おう。
キャシアス　ポーシャ、逝っちまったのか。
ブルータス　頼む、もうやめてくれ。
メッサーラ、ここに手紙を受け取った。
若造オクテイヴィアスとマーク・アントニーが
強力な軍隊を率いて攻めてきており、
フィリッピ※1までその軍を拡げているとのこと。
メッサーラ　私にも同様の趣旨の手紙が。
ブルータス　ほかに何か書いてあるか。

※1　フィリパイ（英語発音）、ピリッポイ（ギリシャ語発音）、ピリピ（日本語聖書の訳語慣行）などさまざまに表記される。東マケドニア（現ギリシャ）にあった古代都市。ここで紀元前四二年十月にアントニーらがブルータスとキャシアスを打ち破った戦を「フィリッピの戦い」と呼ぶ。
※2　「ブルータスの生涯」二七参照。そこに二百名とあるのは市民を含む。シセローを含め、このとき死刑に処された人物については、「アントニウスの生涯」一九参照。
※3　ブルータスはすでにポーシャの死を知っているのだから、ここで知らないかのように振る舞うのはおかしいとして、この部分は

メッサーラ　公権剥奪と排斥命令による財産没収[※2]により、オクテイヴィアス、アントニー、レピダスは百名の元老院議員を処刑したとのこと。

ブルータス　その点で、手紙の内容は一致していないな。私のには、排斥命令による財産没収で死んだのは七十名の元老院議員とある。シセローもその一人だ。

キャシアス　シセローもか？

メッサーラ　　　　　シセローは死にました。その公権剥奪と排斥命令のせいです。閣下、奥様よりお便りはありましたか。

ブルータス　いや、メッサーラ。

メッサーラ　　　　　それは、奇妙だな。

ブルータス　なぜ聞く？　そっちには妻のことが書いてあるのか。

メッサーラ　いえ、閣下。

ブルータス　さあ、ローマ人らしく、真実を言ってくれ[※3]。

メッサーラ　では、ローマ人らしく、お伝えする真実に忍耐を。奥様は亡くなりました。しかも変死です。

ブルータス　さらばだ、ポーシャ。人は死ぬものだ、メッサーラ。あれもいつかは死ぬ身であったと考えれば、

シェイクスピアが執筆の過程で最終的に削除するつもりだったものが残ってしまったのではないかとする説もある。しかし、ブルータスが改めて妻の訃報に接してストイックに耐えてみせる場面と解釈できる。ブルータスのストイシズムを強調する一方で、キャシアスに「自分だってストア派哲学の何たるかぐらいはわかっているが、実践はできない」というコメントを差し挟ませて、ストア派哲学の実践の難しさを指摘する展開も重要。『から騒ぎ』第五幕第一場や『まちがいの喜劇』第二幕でも、自分がいざ悲痛に襲われたら耐え忍ぶことはできないという表現がある。130ページ注5参照。

今それに耐える忍耐も湧いてくる。

メッサーラ　なるほど偉人はそうやって大きな喪失に耐えるのか。

キャシアス　俺だってそれぐらいのことはわかっているんだがね、
俺の性格からして、そんな忍耐はできそうにないな。

ブルータス　さあ、本題に戻ろう。※1 今すぐフィリッピへ
進軍するのをどう思う？

キャシアス　いいとは思わん。

ブルータス　その理由は？

キャシアス　こういうことだ。
敵さんにこっちを捜させたほうがいい。
向こうは物資を消費し、兵隊を疲れさせ、
いいことは何もないが、こっちはじっとして
たっぷり休息をとって元気いっぱいってわけさ。

ブルータス　よい理由もさらによい理由に道を譲らねばならぬ。※2
いいか、フィリッピと現在地とのあいだの住民は※3、
しぶしぶ好意を見せているにすぎない。
資金提供にだって応じようとしなかったじゃないか。
敵は、その住民のあいだを行軍してきて、
住民がどんどん加わって兵力が増大する。

※1　to our work alive.　アーデン3版は「生者の問題にかかろう」と解釈するが、アーデン2版は「現在の我々に関わる問題に戻ろうという意味だが、ひょっとすると死者よりも生者に関する問題の意味合いもあるかもしれない」と注記する。ケンブリッジ版はOEDのaliveの副詞の3番'in full force or vigour'の意味であると注記する。

※2　Good reasons must of force give place to better.

※3　フィリッピ（ピリッポイ）と現在地のあいだが陸続きのような印象を与えるが、実際はフィリッピは現ギリシャにあるのに対して、サルディスは現トルコに位置する。

新兵が加われば士気も上がる一方だ。
そんなことになる前にフィリッピまで行って
対峙（たいじ）すれば、敵は優位にならない。住民は
こちらの背後にいるわけだから。

キャシアス 聞いてくれ、兄上。

ブルータス 失敬[※4]、まだあるんだ。すなわち、
味方についてはできるかぎりのことをやり尽くした。
我らが軍隊は溢（あふ）れんばかりで、士気も上がっている。
敵は日々その数を増しているが、
こちらは今が頂点で、あとは減る一方だ。
何事にも潮時というものがある[※5]。
上げ潮に乗れば、幸運に辿（たど）り着く。
乗り損なえば、人生という船旅そのものが
浅瀬に乗り上げ、悲惨な結果となる。
そんな満ち潮に我らは浮かんでいるのだ。
今だという流れをつかまえなければ、
計画は失敗する[※6]。

キャシアス では、君の言うとおりに進もう。
進軍して、フィリッピで敵と対峙する。

※4 Under your pardon. 第三幕第一場でアントニーに演説を許してはいけないというキャシアスの意見を退けるときも類似の表現を用いていた（93ページ注5参照）。どちらもキャシアスは折れるが、折れるべきでなかったことがあとでわかる。ここでブルータスが正論を言っているように思えるからこそ、ブルータスの「正しさ」が問題となる。

※5 There is a tide in the affairs of men. 古くからあった「機会をつかめ」という諺に基づく。

※6 Or lose our ventures. 狭義には「船荷を失う」という意味。船荷を危険に曝す冒険のことをadventureと呼んだ。

ブルータス　話し込んでいるうちに夜が更けてきた。
人間は自然の求めには応じるしかない。
ほんの少しでも休んでまぎらわせよう。
ほかに言うべきことは？
キャシアス　　　　　　　　ない。おやすみ。
朝一番に起きて、出陣だ。

ルーシアス登場。※1

ブルータス　ルーシアス、ガウンをくれ。

〔ルーシアス退場。〕

じゃあな、メッサーラ。
お休み、ティティニアス。気高い、気高いキャシアス、
お休み。よく寝てくれ。
キャシアス　　　　　　ああ、愛しい兄上！
今夜、最初はどうなることかと思ったよ。
二度と二人の魂のあいだにあんな不和が入り込みませんよう！
いいな、ブルータス。

ルーシアスがガウンを持って登場。

※1　Fではこの位置にこのト書きがある。多くの現代版では、ブルータスがルーシアスを呼んだ後にト書きを移動し、その後に「ガウンをくれ」と続けているが、それではルーシアス登場を待つ間が空いて、韻律が崩れてしまう。アーデン3版は、気が利くルーシアスは客が帰る様子に気づいて呼ばれずとも入ってくるとする。あるいは偶然ルーシアスが入ってきたのでガウンを命じたか。登場していないルーシアスに「ルーシアス、ガウンを」と呼びかけるなら、ルーシアスはガウンを持って登場するはず。

※2　劇全体の中で、キャシアスがブルータスを my lord と呼ぶのはここのみ。

ブルータス　万事よしだ。
キャシアス　お休み、閣下。[※2]
ブルータス　お休み、兄弟。
ティティニアス
メッサーラ　}失礼します、ブルータス閣下。
ブルータス　じゃあな、みんな。

〔キャシアス、ティティニアス、メッサーラ〕退場。

ガウンをこちらに。[※3] おまえの楽器はどこだ？
ルーシアス　このテントの中ですが。
ブルータス　何だ、ずいぶん眠たそうだな。
可哀想に。責めはしない。ずっと起きていたからな。
クローディオと他の者を呼んでくれ。
私のテントでクッションにでも寝てもらおう。
ルーシアス　ヴァラス、クローディオ。[※4]

ヴァラスとクローディオ登場。

ヴァラス　お呼びでしょうか。[※5]
ブルータス　頼む。二人とも、私のテントで寝てくれないか。
時々起こして、義弟（おとうと）キャシアスのもとへ

※3　ガウン（部屋着）を着ることで、くつろいだ雰囲気が強まる。
※4　Fには「！」はない。ヴァラスとクローディオがすでにテントの外に控えているのであれば、叫ばずに招き入れるだけでよい。
※5　この行をハーフラインとするのは本書の解釈。一拍半の短い行なので、ハーフラインでないと、「お呼びでしょうか」と問われてからブルータスが三拍半分の間をあけてから答えることになり、不自然。控えていた二人がすぐに登場して返事をすればきれいに弱強五歩格が決まる。なお、この二人は、モデルのいないシェイクスピアが作った人物。プルタルコスに、似た名前の人物が登場する。

使いに行ってもらうことになるかもしれない。

ヴァラス　よろしければ、寝ずに立ち番を務めますが。

ブルータス　その必要はない。横になってくれ。
ひょっとすると考えが変わるかもしれないからな。

〔ヴァラスとクローディオは横になる。※1〕

おっと、ルーシアス、捜していた本がこんなところに。※2
ガウンのポケットに突っ込んでたんだ。

ルーシアス　お預かりしていないことは確かでしたから。※3

ブルータス　悪かった、ルーシアス。どうも忘れっぽくていかん。
少しのあいだ、重い目を見開いて、
おまえの楽器で一、二曲聞かせてもらえないかな。

ルーシアス　はい、お慰めになるのであれば。

ブルータス　なるよ。
いろいろ頼んで申し訳ないが、よくやってくれるな。

ルーシアス　それが務めですので。※4

ブルータス　無理を言って本当にすまない。
若い血には休息が必要とわかってはいるのだが。

ルーシアス　先ほどもう、ひと眠りしました。

※1　Fにないト書き。この二人はあっという間に眠りに落ちる。
※2　プルタルコスは、ブルータスが夜遅くまで読書をする習慣があったことを記している。
※3　このやり取りから、勘ちがいをしたブルータスがルーシアスを疑ったことがわかる。些細な勘ちがいではあるが、ブルータスが判断を誤っていた例がもう一つ加わる。緊張の場面から一転してくつろいだ場面の何気ない会話にも意味があるのがシェイクスピア。
※4　三拍の短い行。楽器の準備をする二拍分の間がある。
※5　ジョン・ダウランド作曲'Weep you no more, sad fountains'のような歌であろうと推測されている。

ブルータス　それはよかった。またあとで寝てくれ。
長く手間はかけない。この命が続くのであれば、
いずれおまえに報いよう。

　音楽。※5 歌。

眠気を誘う曲だな。ああ、日々の命を奪う眠りよ！※6
その重い矛先(ほこさき)※7を、音楽を奏でてくれる
この子にも向けるのか。優しい子、お休み。
おまえを起こしたりはするまい。
がくっと頭を落としたら、楽器を壊すぞ。
こちらにもらっておこう。いい子だ、お休み。
さて、さてと。読み止(さ)し※8のページを
折っておいたはずだが。ああ、ここだな。

　シーザーの亡霊※9登場。

蠟燭(ろうそく)がおかしいぞ！　おい、そこにいるのは誰だ？
俺の目がどうかしたのか。
恐るべき亡霊が見える。
こっちへ来る。おまえは実在するのか？

※6　O murd'rous slumber!

※7　警吏が重たい警棒で犯人の肩を押さえて逮捕を示すイメージ。

※8　もう一つの時代錯誤。羊皮紙でない軽い紙で本が印刷されるようになるのは十五世紀のグーテンベルクの印刷術発明以降。57ページ注6参照。

※9　プルタルコスの「シーザーの生涯」六九には、「亡霊（ゴースト）」が現れ、ブルータスに「私はおまえの悪霊（イル・エンジェル）だ、ブルータス。おまえは私をフィリッピの町で見ることになる」と告げて、「霊（スピリット）はすぐに消えてしまった」とあるのみで、「シーザーの」亡霊とは記されていない。

神か、天使か、それとも悪魔か、この血を凍らせ、髪の毛を逆立てさせるとは。何者か、言え。

亡霊　おまえの悪霊だ[※1]、ブルータス。

ブルータス　なぜやってきた？

亡霊　フィリッピで会うと告げるため。

ブルータス　では、また会うのだな[※2]？

亡霊　そう、フィリッピで。

〔亡霊が消え始める。〕

ブルータス　では、フィリッピで会おう。

〔亡霊が消える。〕

勇気を奮い起こしたとたんに消えやがった。悪霊め、もう少し話を聞きたかったのに。おい、ルーシアス！　ヴァラス！　クローディオ！　起きろ！　クローディオ！

ルーシアス　弦がくるってしまいました[※3]。

ブルータス　まだ楽器を弾いているつもりか。ルーシアス、起きろ！

ルーシアス　閣下[※4]？

※1　Thy evil spirit　ノース訳では Thy ill angel であり、その人の守護霊（good angel）に対置される存在。フォールスタッフがハル王子につきまとう悪天使と呼ばれる『ヘンリー四世』第二部第一幕第二場参照。『ヴェニスの商人』の道化ランスロット・ゴボーやマーロウ作『フォースタス博士の悲劇』の博士が会話する悪天使と同じ存在。

※2　二拍の短い行。直後の三拍分の間で、亡霊は向きを変え、退場し始めるのであろう。

※3　前行に続いてハーフライン。間髪を容れずに寝言を発する。楽器は弦楽器。恐らくリュートであろう。

※4　ハーフラインで、一拍分の間があく。

ブルータス　夢でも見たのか、ルーシアス、大声を出したりして。
ルーシアス　閣下、大声を出したとは知りませんでした。
ブルータス　出していたぞ。何か見たのか？
ルーシアス　何も見ておりません。
ブルータス　また眠りなさい、ルーシアス。おい、クローディオ！
〔ヴァラスに〕おい、おまえ、起きろ！
ヴァラス　閣下？
クローディオ　閣下？[※5]
ブルータス　どうして叫んだりしたんだ、眠りながら？
二人　叫びましたか？
ブルータス　ああ。何か見たのか？
ヴァラス　いえ、閣下。何も見ておりません。
クローディオ　はい、何も。
ブルータス　義弟キャシアスのもとへ行き、
明日の早朝先[※6]に出発するよう伝えてくれ。
あとを追うからと。
二人　了解です、閣下。[※7]
一同退場。

※5　シェアード・ラインがこのあとも繰り返されることで、緊迫感が増す。
※6　ブルータスとキャシアスのサルディスでの会談は紀元前四二年初頭であり、フィリッピの戦いはその約九か月後だが、シェイクスピアは時間的・地理的距離を縮めて、早朝に出発すればすぐフィリッピに着くかのような雰囲気を作る。次の場面では、オクテイヴィアスとアントニーがフィリッピに着いたブルータス軍を迎える。緊迫の夜が終わり、朝が明けると時間がワープするのは、シェイクスピアのお得意の技法。
※7　二行連句で締め括られていない。第四幕に区切りがつけられないまま、急展開する。

第五幕〈第一場〉

オクテイヴィアス、アントニー、その軍隊登場。

オクテイヴィアス　さて、アントニー、望みがかないましたよ。
あなたは言いましたね、敵は攻めてこず、
あの丘の高い地帯[※1]に留まっているだろうと。
そうじゃなかった。敵軍は目前に迫り、
敵はここフィリッピで挑んでくる気だ。
こちらが仕掛けるより先に、応じてくれたわけだ。[※2]

アントニー　ふん、やつらの腹は読めている。
その魂胆は見え見えさ。できることなら
他の場所へ行きたいのだろうが、虚勢を張って[※3]
脅しをかけているんだ。鬼面人を驚かすとばかり
勇気があるかのように思わせようという寸法だ。
勇気などありもしないくせに。

※1　シェイクスピアは、まるでフィリッピから見える丘がサルディスであるかのように書いている。ただし、フィリッピは丘陵地帯ではあった。

※2　ブルータス軍は疲弊して敵の手中に落ちたことがわかる。

※3　With fearful bravery. fearfulには「相手に恐怖の念を与える」と「自分が恐れに満ちて」の両方の意味がある。キタリッジは後者で解釈したが、プルタルコスではブルータス軍の壮麗さが強調されているのみであるため、マローンやアーデン3版は前者だと主張する。いずれにせよbraveryには、自分の剛胆さを粉飾して見せつける意味がある。

使者登場。

使者　敵が威風堂々と迫っております。ご準備ください、両将軍。
鮮血の色の軍旗が掲げられております。
直ちにご対応くださいませ。

アントニー　オクテイヴィアス、君は自分の部隊を率いて
ゆっくりと平野の左翼に進んでくれ。

オクテイヴィアス　私が右※4を行く。※5君が左だ。

アントニー　この期に及んでなぜ逆らう？

オクテイヴィアス　逆らうのではない。そうするだけの話だ。

行進する。

陣太鼓。ブルータス、キャシアス、その軍隊登場。〔ルシリアス、ティティニアス、メッサーラほかも同行している。〕

ブルータス　敵は止まったぞ。会見を求めているらしい。

キャシアス　動かず待っていろ、※6ティティニアス。話をしてくる。

オクテイヴィアス　マーク・アントニー、開戦の合図を出すか？

アントニー　いや、シーザー。向こうの出方を待とう。

※4　右翼は戦略上、左翼よりも重要とされた。史実では、ブルータスがキャシアスに左翼を任せ、自分が右翼を担うことを主張した。シェイクスピアはこの逸話を敵軍に移し替え、オクテイヴィアスの力を示した。劇の最後の台詞も彼が言う。

※5　さっきまで丁寧な口をきいていたオクテイヴィアスは、ここではthouを使う。

※6　Stand fast. 第三幕第一場シーザー暗殺直後にメテラスが言うStand fast together（しっかり結束していよう）参照。fastは「どっしりと構えて、動かずに」の意味。「止まれ」と解釈する説もあるが、ブルータス軍はすでに止まっているのではないか。

前へ出よう。将軍らは何か言いたいらしい。

オクテイヴィアス　〔自軍に〕合図があるまで動くな。

ブルータス　剣を振るう前に舌を振るおうということかね。※1

オクテイヴィアス　剣より言葉を好みはしない、君らのように。

ブルータス　よい言葉は悪しき剣に優るぞ、オクテイヴィアス。

アントニー　君は悪しき剣を振るいながら、ブルータス、
いい言葉を言うもんな。シーザーの心に風穴をあけながら、
「シーザー万歳！」ときたもんだ。

キャシアス　アントニー、
君の剣の腕前は知らぬが、言葉はうまいもんだ。
その甘い舌先には、蜂蜜で有名なヒュブラ※2の蜜蜂も
すっかりお鉢を奪われたな。

アントニー　だが、針は奪わなかった。※3

ブルータス　いやいや、蜂は音までなくした。※4
君がその羽音を盗んだからな、アントニー。
しかも、君は刺す前にブンブン騒ぎ立てる。

アントニー　悪党ども、貴様らはシーザーの脇腹を汚い短剣で
次々にめった刺しにする前、音すらたてなかったじゃないか。
猿みたいににやつきながら、猟犬みたいにすり寄って、

※1　戦闘の前に侮辱し合うという風習は古くからあったもので、プルタルコスにも記載されている。

※2　古代シシリア島にあった蜂蜜で有名な山及び町。『ヘンリー四世』第一部第一幕第二場三十八行目参照。

※3　Not stingless too.「針までは奪えなかった」が原意。これに疑問符をつけて「針なしにもしたってか?」と解釈する現代版もあったが、アントニーは「君たちはシーザーを刺したが、私はそんなことはしなかったぞ」という脅しのつもりでこの台詞を叩きつけるのであろう。

※4　三拍の短い行。一同がブルータスの言葉に注意を集中する二拍分の間がある。

奴隷のようにお辞儀をして、シーザーの足にキスし、後ろから
その隙に、呪わしきキャスカが野良犬よろしく、
シーザーのうなじを刺したのだ。このへつらい者どもめ！
キャシアス　へつらい者？　どうだ、ブルータス、君のせいだ。
キャシアスの言うとおりにしていれば、[※5]
こいつの舌は今日、こんなふうに罵ることはなかったぞ。
オクテイヴィアス　さあさあ、本題に入ろう。口争いでこの汗だ。
実戦になれば赤いものが滴るぞ。
見よ。謀叛人どもに対してこの剣を抜く。[※6]
この剣がまた鞘に収まるのはいつだと思う？
シーザーの三十三[※7]の傷の復讐が見事果たされるまでは
断じてない。さもなくば、もう一人のシーザーが、
謀叛人どもの剣に再び血祭りにあげられるまでだ。
ブルータス　シーザー、君が謀叛人の手にかかって死ぬことは
ありえない。君の周りに謀叛人がいるなら別だがな。[※8]
オクテイヴィアス　そうだな。
ブルータスごときの剣に倒れるような俺じゃない。
ブルータス　ああ、おまえがどんなに高貴な生まれであろうと、
この剣にかかるほどの名誉はないぞ、若造。

※5　第二幕第一場でキャシアスがアントニーも一緒に殺すべきだとした提案をブルータスが退けたことを指す。
※6　Fの読み。弱強六歩格（アレクサンドラン）。冒頭のLookで改行して、半拍の短い行とし、剣を抜いて掲げる四拍半分の間があるとする説をアーデン2版などは採用した。しかし、本作にはアレクサンドランが頻出する。アーデン3版、オックスフォード版と同様、Fのまま解釈する。
※7　プルタルコスのみならず、歴史家スエトニウスやアッピアノスが伝えるシーザーの傷の数は二十三。シェイクスピアが粉飾したか、まちがえたか。
※8　自分たちは謀叛人ではないという意味。

キャシアス　生意気な坊やにゃ、そんな名誉はもったいない。
飲んだくれの遊び人風情と手を結びやがって。

アントニー　相変わらずだな、キャシアス爺（じじい）。※1　おい、アントニー、行こう。

オクテイヴィアス
謀叛人ども、さあ、面と向かって挑戦を叩きつけてやる。
今日一戦交える勇気があるなら、戦場へ来い。
なければ、その気になったら来るがいい。

オクテイヴィアス、アントニー、その軍勢退場。

キャシアス　さあ、風よ吹け、荒波よ、逆巻け、船よ、のたうて。
嵐だ。すべてを賭（か）けた一か八かの大勝負だ。

ブルータス　おい、ルシリアス、ちょっと話がある。

ルシリアス　閣下。

ルシリアス、前へ出る。※2

キャシアス　メッサーラ！

メッサーラ、前へ出る。

メッサーラ　何でしょう、将軍？

キャシアス　メッサーラ！

※1　Old Cassius still! アーデン3版が指摘するとおり、「いつもの変わらぬキャシアスだな」という意味のほかに「老いぼれキャシアス」の意味も籠められている。

※2　Fではここに「ルシリアスとメッサーラ、前へ出る」とト書きがあるが、メッサーラは呼ばれてから前へ出るはずなので、ト書きを二つに分けた。アーデン3版では「二人の士官が前へ出る」というこのト書きが欠落している。当時のト書きの性質については、112ページ注3参照。ブルータスとルシリアスから離れたところで、キャシアスとメッサーラが語らうことになる。

※3　プルタルコスに基づく。

今日は俺の誕生日なんだ。[※3] まさにこの日、
キャシアスが生まれた。その手を握らせてくれ、メッサーラ。
そして証人になってくれ、俺がポンペイの轍を踏み、[※4]
たった一度の戦に、我ら皆の自由を賭けることに
なってしまったのは、不本意でしかないということを。
知ってのとおり、俺はエピクロスの説を[※5]堅く信じてきた。
今となっては宗旨替えをしようと思う。
前兆というものがあると半ば信じる気になっているんだ。
サルディスから進軍中、先頭の軍旗に
二羽の大きな鷲が舞い降り、そこに止まっていた。
味方の兵士たちの手から餌を貪り食い、
このフィリッピまでの行軍の慰めとなってくれた。
今朝、二羽とも飛び去っていなくなってしまった。
代わりに鴉や鳶どもが頭上を舞って
こちらを見下ろしている。まるで俺たちが
瀕死の餌食ででもあるように。その影は
死の天蓋となり、その下をわが軍は進み、
やがて、我らが肉体から霊魂が吐き出されるのだ。[※6]

メッサーラ　そんなこと信じてはいけません。

※4　ポンペイも意に染まぬ戦いに敗れた。
※5　エピクロスは、精神的快楽を求めるべしと主張した古代ギリシャの哲学者。快楽主義者のように言われることがあるが、エピクロスは後悔するような肉体的快楽は否定した。また、前兆などは否定した。キャシアスがエピクロスの説を信じていたことや鷲の代わりに鴉や鳶が舞ったという逸話はプルタルコスに基づいている。
※6　give up the ghost　霊魂（ゴースト）が肉体から離脱するときが、人が死ぬときであるため、この表現は「死ぬ」と同義で解される。『ヘンリー六世』第三部第二幕第三場、『リチャード三世』第一幕第四場参照。

そんな気がしただけだ。

キャシアス　大丈夫、俺は勇気凛々（りんりん）、どんな危険にも
断乎（だんこ）立ち向かう覚悟はできている。

ブルータス　そういうことだ、ルシリアス。※1　さて、気高いブルータス。

キャシアス　神々が今日、我々の味方をすることを祈ろう。平和な時代に
お互い、友として末永く年を重ねていけるように！
だが定め難きは人の世の常。
最悪の事態も考えておこう。
この戦いで負ければ、これが俺たちの
言葉を交わすまさに最後の機会となる。
そうしたら、君は、どうする？

ブルータス　いつもの哲学※2に従うまでだ。
ケイトーが自らの命を絶ったことで※3
彼を非難したのもその哲学ゆえ——どういうわけか、
私には臆病（おくびょう）で下劣としか思えないのだ。
先のことを不安に思うあまり、自ら
命を縮めてしまうのは。むしろ忍耐を以（もっ）て
下界の私たちを統（す）べる天の摂理を

※1　ルシリアスとの話を終えたことを示す。

※2　ブルータスはストア派哲学者であるが、ここで言及されている哲学は、若い頃信じていたプラトン哲学のことか。プルタルコスの「ブルータスの生涯」四〇で、ブルータスが「まだ若く、世間の経験も積んでいなかった頃、私は（どういうわけか）ある哲学の行動原則を信じていて、そのせいでケイトー（カト）が自殺したのを大いに非難したものだ」と述べるのに基づく。

※3　ポーシャの父親ケイトー（小カト）は、紀元前四六年タプススの海戦でポンペイが敗北した際、シーザーの手に落ちるのを避けるために自害した。

※4　天の摂理に従う

待つべきだと思う。※4

キャシアス　では、この戦いに敗れたら、
君は甘んじて敵の凱旋行列に駆り出され、
ローマの街を引き回されるつもりか。

ブルータス　いや、キャシアス、そうじゃない。※5　君も気高い
ローマ人だ、ブルータスが縄目の恥を受けてローマに引かれ行く
などと考えてくれるな。ブルータスの心はもっと上を目指すのだ。
ともかく今日、三月十五日に始まった仕事の決着がつく。
また会えるかどうかはわからない。
だから、永遠の別れをしておこう。
永遠に、永久に、さらばだ、キャシアス！
もし再会できたら、そのときは微笑もう。
でなければ、これが今生の別れだ。※6

キャシアス　永遠に、永遠に、さらばだ、ブルータス！
もし再会できたら、そうだな、微笑むことにしよう。
でなければ、確かにこれが今生の別れだ。※7

ブルータス　では先陣を切ってくれ。ああ、人間の身にも
今日の戦の結果が前もってわかるものであれば！
だが、今日という日もやがて終わり、結果はわかる。

べきとは、自殺を禁じたキリスト教に近い。

※5　プルタルコスでは、ブルータスは若い頃は自殺を否定していたが今は考えが変わったという書き方がされているためブルータスに矛盾はないが、シェイクスピアでは、ブルータスは明らかに矛盾している。清く正しいはずのブルータスの矛盾や誤りを随所で描き込むシェイクスピアの狙いゆえか。138ページ注3参照。

※6　直訳すると「でなければ、この別れをしておいてよかったということになる」。

※7　キャシアスの深い感動。プルタルコスの「キャシアスはこれを聞くと笑いだし、ブルータスを抱擁し」たという描写とは異なる。

それでよしとしよう。さあ、前進！

一同退場。

〔第五幕　第三場[※1]〕

戦闘の合図[※2]。ブルータスとメッサーラ登場。

ブルータス　馬で飛ばせ、メッサーラ、飛ばして、この指示書を向こう側の味方に渡してくれ。

戦闘の合図がさらに大きく聞こえる。

直ちに攻撃に出るんだ。オクテイヴィアス軍は戦意を喪失しているようだからな。一気に襲えば倒せるぞ[※3]。飛ばせ、飛ばせ、メッサーラ、全員一斉に攻撃させろ。

一同退場。

※1　ここで場面区切りを入れるのはキャペル以来の伝統。しかし、場面は途切れることなく連続する。前場面の最後は二行連句で締め括られていない。

※2　Alarum.　このト書きは「攻撃」（excursions）というト書きと共に用いられることが多い。前場でブルータスが一旦退場したあと、舞台上で兵士たちが敵に向かって突撃する動きがあってから、ブルータスが再登場すると考えられる。

※3　ブルータス軍がシーザー軍を圧倒する流れはプルタルコスに基づく。ブルータス軍は調子づくが、キャシアス軍が敗走していることに気づかず、それが全体の敗因となる。

〔第五幕　第三場〕

戦闘の合図。キャシアスとティティニアス登場。

キャシアス　おお、見ろ、ティティニアス、見ろ。逃げていくぞ、味方の悪党どもが！　俺は自分の部下を敵（てき）にまわした。ここにあるわが軍の旗が※4、敵前逃亡しようとしていたので、俺は卑怯（ひきょう）な旗手をたたっ斬り、旗を奪い返してやった。

ティティニアス　ああ、キャシアス、ブルータスの命令が早すぎました。オクテイヴィアスに少し有利になったので、焦りすぎたのです。部下の兵士たちは掠奪（りゃくだつ）を始め、そのすきに我らはアントニー軍にすっかり包囲されました。

ピンダラス登場。

ピンダラス　逃げてください、旦那（だんな）様。遠くへお逃げください！　マーク・アントニーが閣下のテントまで入り込みました。ですからお逃げを！　気高いキャシアス、遠くへお逃げを！

キャシアス　この丘※5は十分遠い。見ろ、見ろ、ティティニアス。あの燃えているのは、あれは俺のテントか？

※4　This ensign here of mine　「ここにいるこの私の旗手」と訳せるので、足許に倒れている旗手の遺体を指して言うとするアーデン3版の解釈にも一理あるが、この台詞のためにわざわざ遺体役の役者がわざわざここに倒れ、場面の最後に運び去られるまでずっと倒れているのも妙なので、このensignは軍旗そのものを指す可能性を示したケンブリッジ版に従う。キャシアスはここで軍旗を手にしているが、ピンダラスが登場したときティティニアスか誰か部下に手渡すのであろう。

※5　奴隷のピンダラスが観客のあいだを縫って平土間から登場するなら、舞台が丘か。154ページ注3参照。

ティティニアス　そうです、閣下。

キャシアス　ティティニアス、俺のことを
思ってくれるなら、俺の馬に思い切り拍車をかけ、
向こうにいる部隊まで行ってきてくれないか。
そして戻ってきて、向こうの部隊が
味方か敵か教えてほしいのだ。

ティティニアス　すぐに行って帰ってまいります。　退場。

キャシアス　おい、ピンダラス。あのもっと高い丘にのぼれ。
俺の目は昔から悪い。※1 ティティニアスを見ていろ。
そして、戦場で気づいたことがあれば教えろ。

〔ピンダラスは二階舞台に登り始める。※2〕

今日という日、俺は産声を上げ、時は一巡りした。
始めたところで、終わることにしよう。
わが人生は、その周回を終えたのだ。おい、どうだ？

ピンダラス　〔二階舞台から〕ああ、旦那様！

キャシアス　どうした？

ピンダラス　ティティニアス様が四方を包囲されました。
騎馬隊がものすごい勢いで迫ってきます。

※1　目が悪いことはプルタルコスに言及があるが、それゆえにピンダラスに高台から代わりに見させたのはシェイクスピアの創意。

※2　このト書きはFにはない。ボーモントとフレッチャー合作の『ボンデューカ』でも同様の場面があり、二階舞台から戦況を語るのはエリザベス朝演劇の常套的な使い方であった。

※3　ティティニアスは騎馬隊に囲まれても、全速力で騎馬隊に向かって駆けているのであり、騎馬隊から逃れようと走っていて追いつかれるのではない。近づいた騎馬隊がティティニアスを味方と認識して馬を下りる。勝利の冠を彼の頭に載せる所作が彼を捕らえたよ

でも、こちらも飛ばしています。ああ、もうすぐ出会う！※3
頑張れ！　何人かが馬を下りた。おや、ティティニアス様も
下りた。捕まったんだ。

歓声。

お聞きください、あの歓声を。

キャシアス　下りてこい。もう見るな。※4

〔ピンダラスが二階舞台から消える。〕

ああ、俺は何ていう卑怯者だ、生き長らえて、
親友が目の前で捕まるのを黙って見ているとは。

ピンダラス〔が下舞台に〕登場。

おい、ここに来い。※5
パルティア※6で俺はおまえを捕虜として捕らえ、
そのときおまえに誓わせたな。その命を助けてやる代わりに
俺が命じたことはなんなりと、必ず
やり遂げると。さあ、その誓いを守ってもらおう。
今こそ自由の身にしてやる。この名誉ある剣を持て。
シーザーの腹を貫いたその剣で、この胸を探るのだ。※7

うに見えたのであろう。

※4　弱強三拍の短い行。直後の二拍分のポーズのあいだにピンダラスが二階舞台から消え、次の二行の台詞のあいだに裏階段を下りてくる。

※5　弱強二拍の短い行。直後の三拍分のポーズのあいだにピンダラスはキャシアスの前へ出る。

※6　現在のイラン北東部にあった古代の帝国。ローマに対峙する強国だった。

※7　search this bosom.　この胸にある心臓を探れ（心臓を突き刺せ）という意味。このちにティティニアスが自害する際の台詞「さあ、キャシアスの剣よ。ティティニアスの心を見つけてくれ」を参照のこと。

返事は要らぬ。[※1] さあ、この柄を握って、俺がこんなふうに顔を覆ったら、今だ、突いてこい。

〔ピンダラスは刺す。〕

シーザー、おまえの復讐は成ったぞ。おまえを刺したその剣で。[※2]

〔死ぬ。〕

ピンダラス これで自由の身だ。だが、できることなら、こうまでして自由になりたくはなかった。ああ、キャシアス、ピンダラスはこの国から遠い処へ逃げます。二度とローマ人に見つからないところへ。

〔退場。〕

ティティニアスとメッサーラ登場。[※3]

メッサーラ 相子というやつだな、ティティニアス。オクテイヴィアスはブルータス軍にやられたのだから。キャシアスの部隊がアントニー軍にやられたお返しだ。

ティティニアス この知らせで、キャシアスも安堵なさるだろう。

※1 Stand not to answer. 「返事をしようとしてためらうな」という意味。
※2 弱強四拍の行。直後の一拍分のポーズで倒れる。
※3 ピンダラスが舞台から姿を消すのを待ってから登場する。あるいは、二人は平土間に登場して台詞を始め、「この丘の上に」と言いながら舞台に上がる演出も考えられる。ピンダラスの最初の登場も平土間からであれば、平土間に立つピンダラスに対してキャシアスが舞台を「この丘」と指すのかもしれない。その場合、ティティニアスがキャシアスに命じられて戦況を確認しに行くのは、舞台から平土間へ下りての退場になる。

メッサーラ　どこで別れた？
ティティニアス　すっかり気落ちなさって、
この丘の上にいらした。奴隷のピンダラスと一緒に。
メッサーラ　あそこで横になっているのが、そうじゃないか？
ティティニアス　生きて寝ている者の寝姿ではないな。うっ、これは！
メッサーラ　キャシアスじゃないのか？
ティティニアス　ちがう。その命が消えた、
メッサーラ。キャシアスはもういないのだ。ああ、落日よ、※4
その赤い陽光に包まれて沈みゆくおまえのように、
その赤い血に染まってキャシアスの日は暮れた。
ローマの太陽が沈んだのだ。我らが時代は終わった。※5
雲よ、露よ、危険よ、来るがいい。我らの務めは終わった。
俺の報告が凶と出ると誤解して、この挙に出られたのだ。
メッサーラ　よい結果になると信じず、この挙に出られた。
ああ、忌まわしい誤解よ、不機嫌※6の申し子、
なぜおまえは、人の柔軟で敏感な心※7に
ありもしないものを刻みつける。ああ、誤解よ、
すぐに孕(はら)まれる※8が、幸せに生まれ出はしない。
生まれると必ず、生みの母親を殺してしまう。

※4　この場面の最後で午後三時と言われるので、これは暗喩。
※5　共和制ローマがこれで崩壊したという意味合いも籠められている。
※6　Melancholy's child　OEDはmelancholyの4番としてここを用例に挙げ、'Sullenness, anger, or sadness personified' と定義している。
※7　apt thoughts　OEDはaptの5番としてここを用例に挙げ、'Susceptible to impressions; ready to learn; intelligent, quick-witted, prompt' と定義している。即座に理解する敏感な心こそ誤解の餌食となる。
※8　conceived　「孕む」と「思いつく」の掛詞。

ティティニアス　おい、ピンダラス？　どこにいる、ピンダラス？

メッサーラ　捜せ、ティティニアス。そのあいだに俺は、
ブルータスのところへ行って、この知らせで
その耳を突き刺してくる。突き刺すと言うべきだろう。
こんな光景を知らされるくらいなら、
鋼(はがね)の槍(やり)や毒の投げ槍をその身に
受けたほうがましだろうから。

ティティニアス　行ってきてくれ、
メッサーラ。俺はピンダラスを捜しておく。　［メッサーラ退場。］
なぜ私を使いに出したのです、勇敢なキャシアス。
私が出会ったのは味方だったのですよ。そして、
私の額をこの勝利の冠で飾り、あなたに渡すようにと
言ってくれたのに。歓声が聞こえませんでしたか。※1
ああ、あなたは何もかも誤解なさった。
だが、※2さあ、この冠を額におつけください。
あなたのブルータスがあなたにお渡しするようにと命じた。
その命令を今、果たします。ブルータス、さあ早く来て、
カイアス・キャシアスに対する私の敬愛ぶりをご覧ください。

※1　感極まって弱強六歩格となっている。

※2　But hold thee. 相手に何かを渡す時の表現。「ブルータスの生涯」四三では、戻ってきたティティニアスが勝利の冠を戴いていたとあるのみであり、それをキャシアスに与えるようにブルータスが命じたとするのはシェイクスピアの独創。

※3　This is a Roman's part 「こうする（自殺する）のがローマ人の真骨頂」という意味だが、part と heart で二行連句になっているためにこのように訳した。古代ローマ人が名誉のために自害することは『ハムレット』最終場でも言及される。『マクベス』第五幕第七場「ローマ人の……真似をして、

許したまえ、神々よ！　私も気高いローマ人の端くれ。[※3]　〔◆〕
さあ、キャシアスの剣よ。ティティニアスの心を見つけてくれ。[※4]　〔◆〕

死ぬ。

戦闘の合図。ブルータス、メッサーラ、若いケイトー[※5]、ストレイトー、ヴォラムニアス[※6]、ルシリアス登場。

ブルータス　どこだ、どこに、メッサーラ、遺体がある？
メッサーラ　あそこです。ティティニアスが嘆いています。
ブルータス　ティティニアスの顔が仰向けだ。
ケイトー　死んでいる。
ブルータス　ああ、ジュリアス・シーザー、相変わらず強大だな。
その霊魂はあたりをさまよい、我らの剣を以て
我とわが腸に突き立てさせる。

低い戦闘の合図。[※7]

ケイトー　名誉あるティティニアス！
亡きキャシアスに見事な月桂冠を手向けたではないか。
ブルータス　このようなローマ人二人がほかにいるだろうか。
最後のローマ人キャシアスよ、さらばだ！[※8]

自分の剣で死んだりするものか」参照。
※4　find Titinius' heart.　心からキャシアスを愛していたその心を見出してくれという意味。
※5　ポーシャの弟。このとき三十一歳。フィリッピの戦いで戦死。
※6　ストレイトーもヴォラムニアスもブルータスの友人で部下。
※7　「低い」とは「遠くから聞こえる」の意味と解釈される。
※8　「ブルータスの生涯」四四に「キャシアスの死を嘆いたのち、彼ほど気高く勇敢な男をローマは二度と生み出すことはできないという意味で、ブルータスは彼を最後のローマ人と呼び、その遺体をタソスの町へ送った」とあるのに基づく。

ローマがこれほどの人物を再び生むことは
ありえない。諸君、私が故人のために流すべき涙は、
君たちの前で流す量では到底足りぬ。
あとでゆっくり泣かせてくれ、キャシアス、あとでゆっくり。
さあ、そのためにも、ご遺体をセイソス島※1へ運ぶのだ。
葬儀は陣中では執り行わない。
士気を殺いでしまうからな。ルシリアス、来い。
そして、若いケイトーも来てくれ。出陣だ。
レイビオーとフレイヴィオーが先陣を切る。※2
今三時だ。ローマ人諸君、日が暮れぬうちに再び。〔△〕
我らが運を賭けて戦おう、今ひと度〔△〕※3。

一同退場。

〔第五幕　第四場〕

戦闘の合図。ブルータス、メッサーラ、ケイトー、ルシリアス、
フレイヴィオー※4登場。

※1　エーゲ海の最北、フィリッピ近くにある島。セイソスは英語読み。ギリシャ語ではタソス島。トルコ語ではタショズ島。

※2　「レイビオー、フレイヴィオー、先陣を切れ」と、二人の隊長に呼びかける台詞と解釈することも可能。Labio と Flavio については「ブルータスの生涯」五一参照。

※3　night と fight の二行連句。

※4　Fにはフレイヴィアスとあるが、護民官のフレイヴィアスではなく、前場の最後で言及されたフレイヴィオーと同一人物と考えられる（アントニーも劇中でアントニウスと呼ばれる）。台詞もなくすぐ退場するので、観客にはわからない。

ブルータス　まだだ、諸君、ああ、まだへこたれるな！

〔メッサーラやフレイヴィオーと共にブルータス退場。〕

ケイトー　へこたれるくず野郎などいるか。俺についてこい。
俺の名前を戦場じゅうに触れ回ってやる。
やあやあ、我こそはマーカス・ケイトーの嫡男(ちゃくなん)、
暴君を討ち取る、祖国の味方、
我こそはマーカス・ケイトーの嫡男なり！

兵士たちが登場して戦う。

ルシリアス　そして我こそはブルータス、マーカス・ブルータス、
その人だ。祖国の味方ブルータス。この身をブルータスと知れ！※5

〔ケイトーが殺される。※6〕

おお、若く気高いケイトー、やられたか。
いや、その死にっぷり、ティティニアスのごとくあっぱれだ。
ケイトーの息子として、名誉ある最期だ。

兵士1　降参しろ。さもなくば命はないぞ。

ルシリアス　喜んで死のう。
俺を今すぐ殺せば、相当の手柄になるぞ。

※5　「ブルータスの生涯」五〇参照。『ヘンリー四世』第一部第五幕第三場で、サー・ウォルター・ブラントが王の影武者となったように、昔の戦争では大将の影武者が出ることで敵を翻弄した。なお、この二行はFには話者表示がなく、次行の冒頭に「ルシリアス」とあるが、植字工のミスと判断してこのように校訂するのが伝統。

※6　ケイトーとは、ポーシャの弟であり、ブルータスの従弟。享年三十一。11ページ参照。家父の名もケイトー。家族が死んでいくことで、ブルータスの死も近づく。なお、ケイトー役の役者はこの場の最後まで舞台に横たわり、最後に担ぎ出される。

ブルータスを殺して、手柄にするがいい。

兵士1　殺すな。名誉ある捕虜だ。

　アントニー登場。※1

兵士2　どけ。アントニーに伝えろ、ブルータスを捕らえたと。
ブルータスを捕らえました、ブルータスを捕らえました、閣下。

兵士1　俺が伝えよう。将軍がいらした。

アントニー　どこにいる？※2

ルシリアス　無事にいる、アントニー。ブルータスは無事だ。
いかなる敵も気高いブルータスを捕らえることはないと
保証しよう。神々が、そのような大きな恥辱から
ブルータスをお守りくださっているのだ。※3
ブルータスを見出(みいだ)したら、その生死に拘(かか)わらず、
これぞ真のブルータスと思うことだろう。

アントニー　これはブルータスではない、友よ、
だが、劣らぬ名誉ある捕虜だ。大事に扱え。
できるかぎりのことをしてやれ。こういう男は、
敵よりも味方にしたかったものだ。さあ、行け。
ブルータスの生死を確かめてこい。

※1　Fではこの位置にこのト書きがある。二行後の「将軍がいらした」の直前に移動する現代版もあるが、舞台奥に戦いながら登場するのであれば、兵士らはすぐ気づかないのであろう。

※2　一拍半の短い行。後にある三拍半分の間で、捕らえられたルシリアスがアントニーの前に出る。

※3　「ブルータスの生涯」五〇参照。「アントニウスよ、どんな敵もマーカス・ブルータスを生け捕りにすることはできない」というルシリアスの予言をシェイクスピアは少し表現を変えて劇的にしている。

※4　三拍の短い行。二行連句もなく、次の場へ慌ただしく続く。

俺はオクテイヴィアスのテントで報告を待つ。
戦況をすっかり見定めてきてくれ。[※4]

一同退場。

〔第五幕　第五場〕

ブルータス、ダーデニアス、クライタス、[※5]ストレイトー、ヴォラムニアス登場。

ブルータス　生き残った友よ、この岩[※6]で休もう。

クライタス　スタティリアスが[※7]松明(たいまつ)を掲げましたが、閣下、帰ってきません。捕まったか、殺されたかです。

ブルータス　座れ、クライタス。「自害」[※8]が合言葉になった。今大流行(はや)りだ。耳を貸せ、クライタス。　〔耳打ちする。〕

クライタス　何ですって。そんなこと絶対無理です。

ブルータス　じゃあ黙って何も言うな。

クライタス　それくらいなら自害します。

※5　ダーデニアスもクライタスも、ブルータスの部下。

※6　プルタルコスに、ブルータスの死んだ場所として岩が言及されている。エリザベス朝の舞台では柱を岩に見立てるなどすれば十分であり、作り物の岩を出したりしない。

※7　「ブルータスの生涯」五一に「スタティリアスという男が敵陣を突破して——それ以外の方法はなかったので——味方の様子を見て戻ってこようと約束した。全員無事なら松明を掲げ、急いで戻ってくると言う」とあるのに基づく。

※8　原語 slaying は「殺すこと」の意だが、明らかにキャシアスやティティニアスの自害を指している。

ブルータス　聞いてくれ、ダーデニアス。　　　　〔耳打ちする。[※1]〕
ダーデニアス　私がそんなことを？
クライタス　ああ、ダーデニアス！
ダーデニアス　ああ、クライタス！
クライタス　どんなひどいことを頼まれた？
ダーデニアス　殺してくれと。ほら、考え込んでおられる。
クライタス　あの気高い器は今や悲しみに溢（あふ）れ、
今にも目からこぼれそうだ。
ブルータス　ここに来い、ヴォラムニアス。話がある。
ヴォラムニアス　何でしょうか、閣下。
ブルータス　実はな、ヴォラムニアス。
シーザーの亡霊が、二度にわたって夜、
私の前に現れたのだ。一度はサルディスで、
それからつい昨晩[※2]、フィリッピの戦場で[※3]。
どうやら私の最期の時が来たらしい。
ヴォラムニアス　そんなことはありません。
ブルータス　いや、まちがいない、ヴォラムニアス。
おまえにも天下の形勢ぐらいわかろう、ヴォラムニアス。

※1 「ブルータスの生涯」五二参照。そこには「ブルータスは座ったまま、部下の一人クライタスに身を寄せて何やら耳に語りかけた。相手は答えずに泣き出してしまった。そこで、ブルータスは、ダーデニアスに同じように何かを言った」とある。そのあと、学友ヴォラムニアスに依頼する展開も同じ。
※2 シェイクスピアはフィリッピの二つの戦いを一つにまとめているので、「昨晩」にはブルータスはまだフィリッピに来ていないはずだが、シェイクスピアの得意の「二重の時間」が流れている。
※3 演劇的には、シーザーの亡霊が「フィリッピの戦場でまた会う」と予言した以上、

敵は我らを墓穴（はかあな）の縁まで追い詰めた。

低い戦闘の合図。

追い落とされるのを待つよりは、自ら進んで
跳び込んだほうがましだ。なあ、ヴォラムニアス。
俺たちは二人して学校に通った仲じゃないか。
その古い友情に免じて、どうか、この剣を
構えていてくれないか。俺がそこへ身を投げるから。

ヴォラムニアス　それは友のやる務めではありません、閣下。

戦闘の合図が続く。

クライタス　逃げろ。逃げてください、閣下。ここは危ない。

ブルータス　さらばだ、君とも、君とも、君ともヴォラムニアス。
ストレイトー、おまえはさっきからずっと眠っていたのだな。※4
おまえともお別れだ、ストレイトー。諸君、
わが心は喜びに満ちている。この生涯を通して、
誰もが私に真心を尽くしてくれたからだ。
本日、この敗北の日に、私は、
オクテイヴィアスとマーク・アントニーが

その場面が欲しいところだが、シェイクスピアはこの点でもプルタルコスに忠実に従っている。亡霊の二度目の登場については、「シーザーの生涯」六九に、「第二戦を目前にして、あの霊がまた現れた。霊は何も言わなかった。そこで、ブルータスは自分が死ぬのだと悟っ」たとあるのみである。

※4　ストレイトーはブルータスと一緒に修辞学を学んだ学友であり、彼の持つ剣にブルータスが身を投げて死んだことは「ブルータスの生涯」五二にあるとおりだが、「眠っていた」としたのはシェイクスピア。第二幕第一場と第四幕第二場で眠りこけるルーシアス役の少年が演じたのかもしれない。

その下劣な勝利で得るよりも大きな栄光を勝ち得る。※1
そう語って別れの言葉とする。もう行ってくれ。
ブルータスの舌は、その生涯の物語を語り終えた。
夜の闇がわが目にかかり、この体も休息を求めている。
長いこと頑張ってきたのも、この一瞬を得るためだった。

　戦闘の合図。奥で「逃げろ、逃げろ、逃げろ！」という叫び。

クライタス　逃げてください、閣下。逃げて！

ブルータス　行け。私もすぐ行く。

〔クライタス、ダーデニアス、ヴォラムニアス退場。〕

頼む、ストレイトー。おまえは、私のそばにいてくれ。
おまえは評判のいい立派な男だ。
おまえの生涯にはどこか名誉の香りが漂う。
この剣を持って、顔をそむけていろ。
私がそこへ身を投げる。いいな、ストレイトー？

ストレイトー　まずお手をください。さようなら、閣下。

ブルータス　さらばだ、ストレイトー。

〔剣に向かって走り込み、身を投げる。〕

※1「ブルータスの生涯」五二に記されたブルータスの最後の言葉はもっと長く、遙かに立派である。シェイクスピアはブルータスにあまり立派な最期を遂げさせようという気はなかったらしい。むしろ、「高潔で清く正しい」ブルータスの矛盾を描き込み、彼の言う「大きな栄光」に疑問をつきつけている。

※2『ハムレット』第一幕第五場「鎮まれ、鎮まれ、心乱れた亡霊よ」参照。

※3 still と will で韻を踏む二行連句。最終行を直訳すれば「おまえを殺したとき、この半分の熱意もなかった」となる。このブルータスの言葉はシェイクスピアの創作である。自らの正しさを信じなが

シーザーよ、今こそ鎮まれ。※2〔▲〕

かくも澄んだ心でおまえを刺しはしなかった。死こそわが誉れ。※3〔▲〕

死ぬ。

戦闘の合図。退却の合図。アントニー、オクテイヴィアス、メッサーラ、ルシリアスとその軍隊登場。

オクテイヴィアス　あれは何者か。

メッサーラ　わが主君の部下だ。ストレイトー、ご主君はどこだ。

ストレイトー　あなたが受けている縄目の恥※4から解放されました、メッサーラ。征服者といえども、荼毘（だび）に付す位しかできません。というのも、ブルータスに勝ったのはブルータスのみ。その死によって栄誉を得るのはご本人のみです。

ルシリアス　そのようにしてブルータスは見出（みいだ）されたわけだ。感謝します、ブルータス。ルシリアスの言葉を真（まこと）としてくれて。※5

オクテイヴィアス　これまでブルータスに仕えてきた者はすべて召し抱えよう。おい、おまえは俺につくか。

ストレイトー　はい。メッサーラの口添えがあるならば。

オクテイヴィアス　そうしてやってくれ、メッサーラ。

メッサーラ　ご最期はどんなだったのだ？　ストレイトー。

らも、愛していたシーザーを殺すという矛盾にずっと悩み続けてきたブルータスが、ついに命を絶つことでその悩みから解放される。彼の正しさと栄光は生きて証明することが不可能だったとも言える。

※4　メッサーラは敵に降伏したが、捕虜として縛られているわけではない。「ブルータスの生涯」五三に「ブルータスの親友だったメッサーラは、のちにオクテイヴィアス・シーザーの味方となった」とあり、寝返ったと言ったほうが早い。メッサーラはのちにシーザーの将校となる。

※5　第五幕第四場で影武者をしていたときルシリアスの言った言葉への言及。ここで遺体の前に跪くのだろう。

ストレイトー　私が剣を構え、そこに身を投げられました。

メッサーラ　オクテイヴィアス、ではこの男を取り立ててやってください。わが主君に最後の奉公をした者ですから。

アントニー　敵のローマ人の中で最も気高い人物であった。[※1]
暗殺者どもは、彼一人を除いて
偉大なシーザーを妬(ねた)んで事に及んだが、
彼だけは、世の中のためを誠実に考え、
皆のためになると信じて、一味に加わったのだ。
その生涯は高潔、その人格は自然の気質[※2]が巧みに混ざり合って、
欠けるところがなく、自然の女神も立ち上がって全世界に
告げたことだろう、「これこそ人間だった！」と。

オクテイヴィアス[※3]　その美徳に相応(ふさわ)しく扱うことにしよう。
葬儀万端、悉(ことごと)く敬意を以(もっ)て執り行おう。
ご遺体は今夜わがテントに安置しよう。〔▽〕
武人としての栄誉に欠けることのないよう。[※4]〔▽〕
戦場に休戦の合図を出せ。さあ、行こう。〔▼〕
そして分かち合おう、このめでたき日の栄光。[※5]〔▼〕

一同退場。

※1　「ブルータスの生涯」二九に基づく。

※2　エリザベス朝の概念である四気質を指す。空気、火、水、土の四元素に対応する。快活で活動的な多血質、短気な胆汁質、不活発だが粘り強い粘液質、憂鬱の黒胆汁質の四つ。

※3　劇の最後の台詞を言うのは、劇中最も重要な人物とされた。

※4　『ハムレット』最終場「ハムレット王子を武人として壇上へ上げよ。……遺体を運ぶに当たっては、軍楽を奏し、礼砲を轟かせて弔え。ご遺体を持て」参照。本作の翌年初演の『ハムレット』と共通点が多い。

※5　lie と honourably そして away と day とで韻を踏む二重二行連句。

ノース訳のプルタルコス著『英雄伝』について

シェイクスピアは、プルタルコス（英語名プルターク）著『英雄伝』（『対比列伝』）のトマス・ノースが英訳した版（一五七九）のうち「ジュリアス・シーザーの生涯」、「ブルータスの生涯」、「アントニウスの生涯」を特に参照し、その記述に大幅に依拠しながら本作を執筆している。プルタルコスの『英雄伝』はこれまでに何度も邦訳されているが、いずれもギリシャ語の原文からの訳であり、シェイクスピアが依拠したノース訳の邦訳はまだない。その意味で、本書にその抄訳を掲げる意義は大きいと考える。プルタルコスの原典と比較すると細かな表現が多々ちがっているのが興味深い。ノースはジャック・アミヨ（Jacques Amyot）の仏訳（一五五九）から重訳しており、アミヨの誤訳がノース訳を通してシェイクスピアに取り込まれている面などもある。ノースの英語表現がシェイクスピアに影響を与えている点も看過し得ない。

翻訳の底本としたのは、一九三〇年にロンドンでノンサッチ出版社が千五十部、ランダムハウス社がアメリカで五百部発行した限定再版――一六〇三年の増補を取り込んだ一五七九年のフォーリオ版再版――の五巻本である。併せてTudor Translationシリーズに収められた*Plutarch's Lives of the Noble Grecians and Romans Englished by Sir Thomas North, anno 1579, with an Introduction by George Wyndham,* 6 vols（New York: AMS Press, 1967）及び Early European Books Collection 6として電子化されたアミヨの仏訳 *Vies des hommes illustres,* *grecs et romains, comparées l'une à l'autre, par Plutarque* を参照した。

ノース訳に章番号はないが、ギリシャ語と英語の対訳版 Bernadotte Perrin trans., *Plutarch's Lives*, The Loeb Classical Library, 11 vols (London: Heinemann, New York: Putnam's Sons, 1911-28) に従って、簡便のために加えた。翻訳に当たっては、城江良和訳『英雄伝』第五、六巻（京都大学学術出版会、二〇一九、二〇二一）、河野与一訳『プルターク英雄伝』第九、十一巻、岩波文庫（岩波書店、一九五六）も比較参照した。

ノース訳は 'Tellus, to wete the earth' といった古い英語で書かれているため、この wete は wet の古い綴りかと悩み、アミヨの仏訳に 'Tellus, c'est à dire, la terre' とあるのを確認して、to wete とは to wit（すなわち）の意味であったかと理解するといった苦労があったことを付記しておく。ノース訳（及びアミヨ訳）には「賽は投げられた」ではなく「無謀なる者は危険を恐れず」となっていて傍注に小さく「ギリシャ人は『賽を投げよ』と言う」と記されていたりして興味深い。シェイクスピアがリチャード三世に「この命、投げた賽に賭けたのだ。死の目が出ようと、あとには引かぬ」と言わせているのは、この箇所とは無関係なのだろうか。

人物のラテン語名や生没年については本書の冒頭を参照されたい。ここではノース訳に従い、英語名で記述していく（ただし、アントニウスは、ノースの原文どおりアントニウスとした）。

以下に、「ジュリアス・シーザーの生涯」、「ブルータスの生涯」、「アントニウスの生涯」のノース訳より、本作に特に関わりのある部分の抄訳を順に掲げる。

〔 〕は訳者による注記や省略を示す。

ノース訳「ジュリアス・シーザーの生涯」抄訳

一七〔……〕その体格について言えば、シーザーは痩せて色白、肌は柔らかく、頭痛持ちで、時折り卒倒する病（falling sickenes）を持っていた（その発作に最初に襲われたのは、スペインの町コルドバだった）。〔……〕

三二〔……〕〔ルビコン川を前にして〕しかし、ついに、気高い勇気を以てあらゆる危険な不安を投げ捨て、勇者が危険かつ無謀な企てをせんとするときに口にするあの言葉「無謀なる者は危険を恐れず。進め」を吐いて川を渡ったのである（ノースによる注――ギリシャ人は「賽を投げよ」と言う）〔注記を含めてアミヨ訳に忠実な訳〕。〔……〕

五〇〔……〕〔紀元前四七年のローマ内戦で〕シーザーは三個師団を率いてパルナケスへ直行し、ゼラ市付近でファルナケス王と激戦を展開、敵軍を倒し、王をポントス全域から追い出した。この勝利の速さを友人の一人に鼓舞すべく、ローマのアニティウス〔プルタルコスの原典ではマティウス〕に *Veni, vidi, vici*（来た、見た、勝った）という三語のみを書き送った。〔……〕

五六　その後シーザーは四度目に執政官に選ばれ、スペインへ行き、ポンペイの息子たちと戦った。息子たちは、まだかなり若いのに素晴らしい大軍を組織し、そうした軍を指揮するに相応しい雄々しさと勇気とを示し、ついにはシーザーその人を大いなる生命の危険に陥れるほどだった。この戦全体で最大の合戦となったのは、ムンダ〔現スペインのオスナ近郊〕の町近くで戦われた〔紀元前四五年三月十七日〕。〔……〕これがシーザーの最後の戦となった。しかし、ローマへの凱旋はローマ市民の心を先例のないほど苦しめることになった。というのも、異国の将軍や野蛮な王族を倒したのではなく、不運にも倒れたローマ一気高い人物の息子たちを殺害してきたからである。その一族を根絶やしにしたのは祖国の不幸なのだから、シーザーはこれほど勝ち誇るべきではないと人々は感じていた。凱旋の喜びに対して、神々や人々に対して、そうするより仕方がなかったのだと弁明するしかできないのだから。シーザーはこれまで内戦の勝利についてローマ共和国に対して手紙や使者を送ったりせずに、凱旋することを常に慎んできたのである。

五七　それにも拘わらず、ローマ市民はシーザーの繁栄に阿り、馬銜を口にくわえ、この内戦で幾多の苦労や悲惨に耐えてきたのに比べれば、一人の人に支配されたほうが少しは息がつけるのではないかと考え、彼を終身独裁官に選んだ。これは要するに専制政治（tyranny）であった。というのも、この独裁官は、絶対的権力を有する上に決して廃位されないのだから。一人の人間に相応しい栄誉を与えるべしと元老院で提案したのはシセローだったが、そのあとで常軌を逸した名誉が多数加えられたのだ。というのも、誰が最もシーザーに栄誉を与えられるかと人々は競い合うようになり、計り知れない権力と栄誉とを彼に与えてしまった結果、シーザーは彼に媚びる人たちにとっても扱いにくい、嫌な存在になってしまったからである。さらに、彼を憎む人たちも、このとき、媚びる連中と負けず劣らず彼に媚びて栄誉を与えたと言われている。そうすることで、彼を倒すべき正当な口実があるように見せ、蜂起する機会を得んとしてのことである。シーザー自身は、内戦を終えると、気高く振る舞うようになり、非難される点は一つもなかった。それゆえ、市民たちが彼に与えたさまざまな栄誉のなかでも、彼のために仁慈（クレメンティア）の女神の神殿を建てて、勝利した彼が市民たちを鄭重に扱ったことを感謝したのは実に相応しいことだったと思う。というのも、彼は自分に刃向かった者を多く赦しており、そのうち何人かには名誉ある官職まで授けているのだ。特にキャシアスとブルータスは、法務官（プラエトル）にしてもらっている。そして、ポンペイの像が倒されると、彼はそれを立て直したので、シセローは「シーザーはポンペイの像を立て直すことで、自分の像をより確かに打ち建てた」と述べた。そして、仲間が彼の身の安全を守るように忠告し、護衛につこうとする者すらいたが、シーザーは相手にせず、こう言うのだった、「常に死を恐れているよりも、ひと思いに死んでしまうほうがましだ」と。〔……〕

五八　〔……〕しかも、シーザーはあらゆる偉業を成したい性分であり、偉大なる名誉を切望する野望に満ちていたため、以前の征服によって得た大成功の成果を静かに味わってなどおらず、さらなる希望を膨らませ、もっとすごい偉業への思いにどんどん火をつけ、現在の栄誉など古臭くて意味がないかのように、新たなる栄誉を望んでいた。〔……〕

六〇　だが、その死が望まれるまで彼が嫌悪された原因は、王と呼ばれたいという彼の貪欲な欲望にあった。〔……〕元老院で彼へのさまざまな名誉授与が定められ、執政官や法務官らが元老院議員全員と共に、中央広場（マーケット・プレイス）にいる彼のもとへ出かけたとき、彼は演説のために演壇のそばに座っており、彼のいない間にどのような名誉授与が定められたかを告げられても、彼は堂々と座ったままでおり、まるで彼らが平民であるかのように、立ち上がることもせずに、こう答えた。「わが名誉は増やすよりも減らしたほうがよい」と。これには元老院議員のみならず一般市民も腹を立て、国家のお偉方がこんなにも軽んじられるとはと、その場を立ち去っても差し支えない者は皆、実に悲し気に立ち去った。そこでシーザーもまた立ち上がって自宅へ帰り、自分の胴着(ダブレット)の襟を引きちぎり、喉(のど)を剝(む)き出しにすると、友人たちに大声で叫んだ、「誰でもここを掻っ切りたい者は、いつでもそうするがよい」と。のみならず、その後、彼はこの愚行を病気のせいにして、このひきつけの病気を持つ者は立ち上がって人々に話しかけようとしてもすぐに体が震えてしまい、突然麻痺(まひ)したり眩暈(めまい)に襲われたりするため、頭がしっかり働いていないのだと弁明した。これは本当ではなかった。彼は立ち上がって元老院議員たちを迎えようとしたのに、仲間（というよりおべっか使い）のコーネリアス・バルビュスが「おや、ご自分がシーザーであることをお忘れですか？　やつらにはあなたを敬わせ、傅(かしず)かせておけばよいのです」と言って、そうさせなかったのである。

六一　これらの人々を怒らせる事件に加えて、同じように人民の護民官を侮辱する恥ずべき事件が続いた。その頃、ルペルカリア祭が祝われていた。羊飼いの古くからの祝祭だと言われ、アルカディアのリュアイオス祭に似ている。ともかく、その日、多くの名家の息子たち、若者たち（そのうち何人かは政府高官だった）が町を裸で走り抜け、途中あちこちで出会う人を革(かわ)紐(ひも)で戯れに叩(たた)いて道をあけさせるのである。そして多くの上流の婦人たちや名家の婦人たちが、わざとその行く手に立ちはだかって、両手を叩いてもらうために差し出すのである。ちょうど生徒が先生に木べらで叩かれるために両手を出すように。叩かれると、懐妊中の女性は安産となり、なかなか子が授からない女性も懐妊すると信じられているのだ。シーザーは演壇の金の椅子に座り、勝利者の様子で、この余興を見守っていた。当時執政官だったアントニウスは、この聖なるレースの走者の一人だった。そこで彼が中央広場に入ってくると、人々は、彼が自由に走れるように道をあけた。彼はシーザーのもとへ行き、月桂樹の葉で飾られた王冠を彼に捧げた。すると、そうするように指示を受けていた数名が歓声をあげたが、あまり大きな歓声にはならなかった。しかし、シーザーが王冠を拒絶すると、その場にいた全員が喜びの叫びをあげた。アントニウスがもう一度それを捧げると、再び歓声があがったが、少なかった。しかし、シーザーがもう一度それを拒絶すると、民衆全員が叫んだ。シーザーは、民衆が好ましく思っていないのだとわかったので、椅子から立ち上がって、その王冠をカピトリヌスの丘にあるジュピター（ユピテル）像に運ぶように命じた。そのあと、町のあちこちのシーザー像の頭に王のように王冠が載せられていた。二人の護民官フレイヴィアスとマララスが、これらを次々に引きはがした。その上、シーザーを最初に王として挨拶した連中に出会うと、投獄してしまった。人々は面白がって二人のあとをついていき、二人をブルータスと呼んだ。なぜなら、大昔にローマから王族を追い出し、専制君主の王国を元老院と人民の統治に委ねたのがブルータスだったからである〔シェイクスピアがその詩「ルークリースの凌辱」で描いた、紀元前五〇九年にタークィンを追放した伝説的執政官ブルータスで、本作のブルータスはその末裔〕。シーザーはこれに激怒し、マララスとフレイヴィアスから護民官の地位を剝奪し、二人を糾弾し、人々をも悪しざまに言い、「ブルータスども」〔「ブルータス」にはラテン語で「愚者」の意味がある〕「キュメ人ども」、要するに、人でなし、愚者たちと呼んだのである。

六二　ここで人々はまっすぐマーカス・ブルータスのもとへ向かった。父方の先祖はあの最初のブルータスであり、母方はローマで最高の名門セルウィリウス家であり、しかも、マーカス・ケイトーの甥にして義理の息子という人物である。それにも拘わらず、シーザーから大いなる名誉を授けられ恩顧を受けていたため、ブルータスは、踏みとどまり、自分からはシーザーをその王国から廃位させる企みに加担しようとも賛同しようともしなかった。というのも、シーザーは、ポンペイ敗走後のファルサロスの戦いで〔シーザーに投降した〕ブルータスの命を救ったのみならず、彼の求めに応じて多くの味方の命を助けてやっていたのだ。その上、ブルータスはシーザーに大いに信頼されていた。その年の法務官に推挙されていたし、シーザーとの友情のお蔭で、そのあと四年目には執政官になる指名を受けていた。しかも、同様に執政官候補だったキャシアスを差し措いてである。この件に関してシーザーは「確かにキャシアスが最も適任かもしれないが、ブルータスを差し措くわけにはいかない」と言ったという。ある日、ブルータスがこの陰謀を企んでいるという話が耳に入ったとき、シーザーはそれに耳を貸さず、自分の体を手で叩いて、「ブルータスはこの皮〔がしなびるの〕を待っているのだ」と述べたが、それは、ブルータスは有徳の士ゆえにシーザーの後継者として統治するに相応しいが、野望に駆られて恩を忘れて卑劣なことをする人物ではないという意味だった。

さて、人々は変化を求め、誰よりもブルータスにこそ自分たちの君主かつ支配者になってもらいたいと望んだ。彼に直訴することはなかったものの、彼が人民に応対する法務官の椅子に、夜のうちに多くの手紙が投げ入れられた。殆どは次のような内容だった――汝は眠っている、ブルータス、そして真のブルータスではない。キャシアスは、これらの煽動的な請願によってブルータスの野心が掻き立てられたことに気づくと、さらにけしかけて唆した。キャシアスにはシーザーと私的に言い争うこともあったからだが、その詳細は「ブルータスの生涯」に記した。シーザーもまたキャシアスを大いに警戒し猜疑（さいぎ）の目を向けていて、友人たちにこんなことを言ったこともあった。「キャシアスが何をしでかすと思う？　やつの蒼白（あおじろ）い顔は気に食わない」と。別の時、シーザーの友人たちがアントニウスとドラベッラ〔紀元前八一年の執政官グナエウス・コルネリウス・ドラベッラのこと〕のことで彼に文句を言い、二人がシーザーに対して悪さを企てていると告げられると、こう答えた。「あの太って、きれいに髪を櫛（くし）で梳（す）いた連中については」とシーザーは言うのである。「気にすることはない。だが、あの蒼白い顔をして痩（や）せこけたやつらを私は最も恐れる」と、ブルータスとキャシアスのことを意味して言ったのである。

六三　確かに運命は、避けることはできずとも、予見することはできる。シーザーの死の前に目撃された不思議で驚くべき前兆を考えれば、そう言えよう。というのも、宙に火が舞い、夜に霊が走りまわり、広大な中央広場（マーケット・プレイス）に昼間あの孤独な鳥たちが止まっていたのである。このあと起こるあの驚くべき出来事と比べれば、このようなものは皆気に留めるにも価しないものだろうか。しかし、哲学者ストラーボー〔『地理学』の著者として知られるストラボンのこと〕は、さまざまな人が炎に包まれて右往左往しているのが目撃されたと記している。しかも、兵士たちの奴隷がその手から激しく燃え盛る炎を投げたため、それを見た人は男が火傷（やけど）を負ったと思ったのだが、火が消えてみると、無傷だったという。シーザーもまた神々に供え物をしたところ、生贄（いけにえ）にした獣に心臓がなかったという。心臓もなしによく生きられたものだと、自然界の怪異だと記している。

しかも、ある予言者がシーザーにずっと前から警告を与えていて、「三月の中日（イドウス）〔英語発音では「アイズ」」（三月十五日のこと）に気をつけろ、その日にシーザーは大いなる危険に遭うから」と言うのである。その日が来ると、シーザーは元老院に向かう途中でその予言者に陽気に「三月の中日が来たぞ」と告げた。予言者は「そうですが、まだ過ぎ去ってはおりません」と静かに答えた。そして、事件の前日、シーザーはマーカス・レピダスと夕食をとり、いつものようにテーブルで手紙に封をしていたが、たまたま話題がどのような死が最もよいかという話になったとき、彼は仲間の意見を妨げて、「思いがけない死だ」と叫んだ。それから、その夜、いつものように床に就き、妻カルパーニアと共に寝ていると、部屋中の窓やドアがパッと開いて、騒音で目が覚まされ、異様な光に怯えた。しかし、妻のカルパーニアがぐっすり眠ったまま泣いて溜め息をつき、聴き取りづらい嘆きの言葉をいろいろ発しているのを聞いて、一層恐怖を感じた。というのも、妻は殺されたシーザーを抱きかかえている夢を見ていたのである。ただし、そのような夢を見たのではないと言う者もあり、なかでもタイタス・リヴィアスは、次のような夢だと記している。元老院は、シーザーの屋敷の屋根の上に、威厳を添えるための装飾として尖塔を取りつけていたが、カルパーニアは、それが崩れ落ちるのを見て嘆き悲しんで泣いた夢を見たというのである。

ともかく、その朝シーザーが起きると、妻はできれば今日は外出せず、元老院の会議を後日に延期してほしいと頼んだ。彼が彼女の夢を何とも思わないとしても、その日に何が起こるのかを供物によって予言者にさらに確かめてほしいと頼んだ。これまで妻カルパーニアが恐怖や疑念に駆り立てられるようなことはなかったため、シーザーもいくぶん恐れて疑いを抱いたようだった。妻が自分の見た夢のことでこんなにも取り乱しているのを目にしたからである。予言者が何度も獣を犠牲にして占ったところ、どれも凶と出たために疑いは一層増し、アントニウスを遣わしてその日の元老院の会議を中止することにした。

六四　ところが一方、シーザーが大いに信用していたディーシャス・ブルータス（姓はアルビナス）――シーザーはその遺言書で自分の相続人とまで指定していた人物だが、実はキャシアスとブルータスの陰謀の仲間であった――が、その日シーザーが会議を中止するなら陰謀がばれてしまうだろうと恐れて、予言者を馬鹿にして笑い飛ばし、シーザーを咎めてこう言った――「そんなことをしたら元老院議員たちに嫌われますよ。シーザーに馬鹿にされたと思うでしょう。シーザーの命令によって集まった議員たちは、シーザーに何でも認め、シーザーをローマ帝国とイタリア外の全属州の王であると宣言し、海でも陸でもあらゆるところで王冠を戴いてもらおうとしていたのに。それなのに、誰かが今日のところは解散し、カルパーニアがもっとよい夢を見たらまた集まることにしようなどと議員たちに告げるとしたら、シーザーの敵や悪意を持つ連中は何と言うかわかりませんし、味方にしたって困ってしまいます。シーザーの支配が皆を奴隷扱いにせず、暴政ではないと誰が説得できるでしょう。どうしても日が悪いとおっしゃるなら、自ら出向いて議員たちに挨拶して延期をお告げになったらよいでしょう」。そう言いながらディーシャス・ブルータスは、シーザーの手を取って家の外へ連れ出した。シーザーが屋敷から出てまもなく、見知らぬ従僕がシーザーに話をしようとやってきたが、シーザーを取り囲む大勢の人たちに押しやられ、屋敷に入り、カルパーニアの手に身を委ね、シーザーが帰宅したら、お伝えすべき重大事があるのだと言った。

六五　アーテミドーラスという名のクニドス島生まれのギリシャ語の修辞学の博士が、職業柄ブルータスの仲間ともかなり親しく、それゆえ、シーザーに対する計画の大部分を知っており、自ら書いた小さな訴状を手にして、シーザーにこのことを告げようとしてやってきた。シーザーが人々から受け取った訴状をすぐに傍らの部下たちに渡しているのを見て、彼はシーザーのそばに寄ってこう言った――「シーザー、この嘆願書をご自身でお読みください。それもすぐに。というのも、お身に関わる重要なことだからです」。シーザーはそれを受け取り、何度か読もうとしたが、多くの人に挨拶されたため、ずっと手に持ったままで元老院の中へ入ってしまった。ただし、別の説によれば、その嘆願書を渡したのは別の者であり、アーテミドーラスはそれをシーザーに渡そうとしてできるかぎり近づこうとしたのだが、人の波に押し返されたのだという。

六六　こうしたことは偶然の帰結とも思えるかもしれないが、殺人が準備された場、すなわち元老院議員が集まった場所には、ポンペイが劇場〔ポンペイ（ポンペイウス）劇場〕に加えた他の装飾に交じって、ポンペイ自身が奉納したポンペイの像が立っていた〔これまでの元老院議事堂はシーザーによってクリア・ユリアと命名されて改築中であったため、このときはポンペイ劇場に附属する回廊に囲まれた集会場が臨時議事堂として使用されていた〕。このことは、この謀叛がまさにこの場所にて執り行われたことに何らかの神の思し召しが働いている歴然たる証である。また、キャシアスが（いつもはエピクロスの説に賛同しているのに）、その謀叛の企てを決行する前にポンペイの像を見つめていたとも伝えられる。助けを求めてそっと像に呼びかけていたのだ。目前に迫った喫緊の危機が、彼のいつもの理性を失わせ、突如荒れ狂う激情へと駆り立て、半ば我を忘れたかのように振る舞わせたのである。

さて、シーザーの忠実な友であり、特に勇敢なアントニウスを、ディーシャス・ブルータス・アルビナスは議場の外へ誘い出していた〔「ブルータスの生涯」ではアントニーを連れ出したのはカイアス・トレボーニアスであり、シェイクスピアはトレボーニアスにその役を与えている〕。わざと長話を始めたのである。そこで、シーザーが議場に入ってくると、議員全員が起立して敬意を表した。それから、ブルータスの共謀仲間の一味がシーザーの椅子を取り囲んで立ち、何人かはメテラス・シンバーと共に、メテラスの兄を追放から帰還させるための訴えをしようと、シーザーに近づいた。こうして彼らは訴えを続けながら、シーザーが椅子に座るまでそのあとを追った。シーザーは訴えを退け、却下するたびにさらに激しくさらに真剣に訴えられ、次から次に声があがったために腹を立てた。とうとうメテラスは、シーザーの上着を両手でつかむと、喉元から引き下ろした。これが、陰謀者たちが攻撃を開始する合図だった。するとキャスカが後ろから、剣でシーザーの首に斬りつけたが、そのような極悪行為に自ら慌てふためき、力が入らず、最初の一撃は弱く、大事に至らず、この最初の一撃でシーザーが殺されることはなかった。それどころかシーザーは振り向きざま、相手の剣をつかむと、しっかりと握った。そして二人は同時に叫んだ。シーザーがラテン語で「おお、卑劣な謀叛人キャスカめ、何をする?」と叫び、キャスカがギリシャ語で兄に「兄貴、手を貸せ」と叫んだ。

この騒ぎが始まると、その場にいた人たちのうち、陰謀のことを知らない人たちは恐ろしい光景を目の当たりにして驚愕し、逃げることも助けることもできず、叫び声をあげることすらできなかった。彼の死を企んでいた連中は、抜き身の剣を手に彼を取り囲んだため、シーザーはどこを向いても打ちかかられ、抜き身の剣を顔に突きつけられ、狩人らに捕まった野獣のように滅多打ちにされた。というのも、全員がこの殺人に関わるために皆それぞれ一撃を加えるべしと約束されていたからである。それから、ブルータス自身も彼の恥部のあたりに傷を与えた。また一説に拠れば、シーザーは他の者たちに対しては身をあちこちよけながら防御していたが、ブルータスがその手に抜き身の剣を握っているのを見ると、自分の上着を頭の上まで持ち上げ、それ以上の抵抗をせず、偶然か意図的かはわからぬが、ポンペイの像が立つ台座まで陰謀者たちに追い詰められ、台座を血糊で染めながら、ついに斃れたという。こうして、像はポンペイの敵に正当なる復讐を成したように思えた。シーザーはポンペイの足許の地面に倒され、多くの傷を受けて、そこで霊魂を吐き出した。彼は体に二十三の傷を受けたと言われている。陰謀者の多くも、それほど何度も一つの体に打ちかかったために、互いに傷を受けていた。

六七　シーザーが殺されると、元老院議員たちは（ブルータスが真ん中に立って、この件について何かを言おうとしていたのだが）すぐに議場から外へ走り出て逃げながら、驚くべき恐怖と動揺とで町じゅうを満たした。このため家の戸を閉める者もあれば、自分の店や倉庫を放り出す者もあれば、何があったのかと現場に走って行く者もいた。そして、現場を見ると、また家へ逃げ帰ったのである。しかし、アントニウスとレピダスは、シーザーの主たる友人二人であるため、密かに身を隠し、ほかの人の家に逃げ、自宅を棄てた。一方、ブルータスとその仲間は、まだ自分たちのやった殺人の興奮も冷めやらず、抜き身の剣を手にして、一団となって議場から出てきて、中央広場へ、逃げ出すのではなく、勇士の如く胸を張って向かい、「自由を守れ」と人々に呼びかけ、途中で出会う重要人物には立ち止まって話をした。〔……〕

翌朝、ブルータスとその仲間は、中央広場へやってきて人々に演説した。人々は強く非難するでもなく、事実を容認するでもない様子で耳を傾けた。その大いなる沈黙は、シーザーの死への悲嘆と共にブルータスへの敬意を示していた。さて、元老院は起こったことへの全体的な赦免を認め、すべての人を落ち着かせるために、シーザーの葬儀は神を崇めるように執り行い、シーザーが定めたことはすべてそのままとすると取り決める一方で、ブルータスとその仲間には属州の一部と相応の名誉を与えたため、すべては平穏無事に収まったと誰もが考えた。

六八　ところが、シーザーの遺言書が開封されて、ローマ市民一人一人に多額の遺産が与えられるとわかり、しかもその遺体が（中央広場へ運び込まれ）剣の傷で悲惨な状態であることが目にされると、群衆や平民を静かにさせる秩序は失われ、人々は広場から木製ベンチやテーブルや腰掛けを集めてきて遺体の周りに並べ、火をつけて、遺体を荼毘に付してしまった。それから火が燃え盛ると、松明を手にして、シーザーを殺した人たちの家々に火を放ってやろうと出かけた。暗殺者たちと出会えないか、会ったら八つ裂きにしてやると、町じゅうを走りまわった者もいたが、全員自宅に安全に身を隠していたため、一人も出会うことはなかった。

　シーザーの友人の一人にシナという者がいて、前の晩にひどく奇妙な悪夢を見た。シーザーに夕食に招かれ、彼は断り、行こうとしなかったのだが、シーザーが彼の手をとって無理やり連れて行ったという夢だ。さて、シナは中央広場でシーザーの遺体が荼毘に付されたと聞くと、夢を恐れて悪寒がしていたにも拘わらず、シーザーの葬儀に立ち会おうと中央広場へ出かけていった。そこに着くと、下々の一人が「あいつの名前は何だ」と尋ねた。すぐその名前を教えてもらうと、最初の男は別の男にそれを告げ、それがまた別の男に告げられ、全体に伝わったときには、あいつはシーザーを殺した一人だということになっていた（シーザーの暗殺者の一人にもシナという名前の者がいたのである)。そこで殺人者シナとまちがえられた男は、激怒した人々に襲われ、直ちに広場で殺されてしまった。この騒ぎと怒りに、ブルータスとキャシアスは、これまで以上に恐怖を感じ、数日もしないうちにローマを離れた。その後の二人の動向と、どのような悲惨さを経験して死に至ったかは、「ブルータスの生涯」に記した。

六九　シーザーは五十六歳で死に、ポンペイ没後四年もしないうちにシーザーが没したことを述べている)。ポンペイはそれより四年以上長生きはしなかった〔ノースの誤訳。原典と仏訳では、その統治と領地の全てから得た果実は、彼が生涯をかけて熱望し、極度の危険を冒して追求したものだったが、儚い名声、皮相な栄光でしかなく、その結果彼が得たのは市民の嫉妬と憎悪だった。しかし、シーザーが生涯を通じて恵まれたその偉大なる繁栄と幸運は〔原典の「強力な守護霊」がアミヨ訳で"grande fortune & faueur du ciel"(大いなる運命と天からの恩恵)と訳されたのに基づく表現〕、その後も死の復讐として続き、殺人者たちを海に陸に追いまわし、その死の陰謀に携わった者や相談に乗った者らを一人残らず始末したのである。しかも、この世で人に起こり得る出来事のうち、とりわけキャシアスに起こったことは最も驚くべきことであろう。というのも、フィリッピの戦いに敗れたキャシアスが自害したとき、まさにシーザーを倒した剣を用いたのだ。また、シーザーの死後七夜続けて明るく輝く巨大な彗星が現れ、八夜目にはもう見えなくなってしまったのも、自然界の徴である。太陽の輝きが翳り、一年間かなり青白くなり、照ることなく、熱もあまり発さなかった。このため、空気はひどく曇って暗くなり、熱が弱まったために、作物は実らず、熟す前に腐ってしまった。

しかし、とりわけ、ブルータスに現れた亡霊が、神々がシーザー殺害に怒ったことをさまざまざと示している。この幻影は次のようなものだった。ブルータスがアビュドスの町から海峡の向こう岸へと軍勢を渡そうとして、毎晩（いつものように）テントで寝ていて、まだ目が覚めて思案をめぐらしていた（というのも、彼は慎重な隊長であり、誰よりも睡眠が短いと伝えられる）ときのこと、テントの戸口に物音を聞いた気がして、かなり暗くなってきたランプの明かりのほうを見ると、並外れて巨大で不気味な形相をした男の恐ろしい幻影が見えたのである。ブルータスは最初とても怯(おび)えたが、それが彼を傷つけるものではなく、ただ枕元に立って黙っているとわかると、ついに「何者か」と尋ねた。幻影は答えた――「私はおまえの悪霊(イル・エンジェル)〔原典の現代英訳は thy evil genius であり、アミヨ訳では ton mauvais ange & spirit〕だ、ブルータス。おまえは私をフィリッピの町で見ることになる」。それからブルータスは再び答えて「では、そのとき会おう」と言った。すると、霊(スピリット)はすぐに消えてしまった。そのあと、ブルータスは、アントニウスとオクテイヴィアス・シーザーを相手にフィリッピの町近くでの戦いに参加したとき、最初は勝利して敵を倒し、若いシーザーの陣を奪うまで追い込んだものの、第二戦を目前にして、あの霊がまた現れた。霊は何も言わなかった。そこで、ブルータスは自分が死ぬのだと悟って、戦場であらゆる危険に身を投じたが、戦死することはできなかった。部下たちが逃走し、倒されるのを見ると、ブルータスは近くの小さな岩へ走っていき、自分の剣の先を胸に押しつけると、倒れ込んだが、伝承によれば、友の手を借りて絶命したという。

〔「ジュリアス・シーザーの生涯」完〕

ノース訳「ブルータスの生涯」抄訳

一　マーカス・ブルータスは、古代ローマ人がカピトリヌス（キャピトル）の丘に歴代の王たちと並べて、抜き身の剣を手にした銅像を建立したあのジュニアス・ブルータスの血を引いている。剣を手にしているのは、勇敢にもタークィンをローマ王国から追放したからである。だが、そのジュニアス・ブルータスは気難しく厳格な性格で、理屈（リーズン）でも懐柔されず、鍛え抜かれた硬い剣の刃さながら、暴君に対する怒りと憎悪に駆られるあまり実子さえをも手にかけるほどだったのに対して、ここにその生涯を記すマーカス・ブルータスは正反対で、徳の倫理や哲学の研究によって生涯をかたどった人物であり、高貴にして不断の智慧（ちえ）をもって偉業を成したのであるから、まさに有徳の士と言えよう。〔……〕

七　さて、ローマの法務官（プラエトル）の職位にはいろいろあるが、その最重要の法務官位は、市民に正義を行う裁判官となる職務のため、市（シティ）の法務官〔首都法務官〕と呼ばれていた。この最高位に就くのは、ブルータスかキャシアスであろうと期待されていた。それゆえ二人は互いに競い合っていた。ただ、以前から他のことで二人にはしこりがあって、この争いのために拍車がかかったのだと言う者もいる。ただし、二人は親戚（しんせき）だった。というのも、キャシアスはブルータスの妹ジュニア（ユニア）と結婚していたからだ。この二人の関係は、シーザーその人に由来するとも言われる。シーザーは密かに二人それぞれに寵愛（ちょうあい）を期待させたのだ。そのため法務官を巡る争いも激化し、一方が相手を訴えるまでに至った。ブルータスは自分の徳と名声とを主張して、キャシアスがパルティア戦争で成した多くの気高い功績に抗って競った。シーザーは二人の争いを聴いたあと、この件で相談していた仲間にこう語った。「キャシアスの言い分のほうが正しいが、ブルータスを差し措くわけにはいかない」と。こうしてブルータスが第一の法務官となり、キャシアスは第二の法務官〔外国人係プラエトル〕となった。キャシアスは自分が法務官になったことにシーザーに感謝するどころか、自分が首都法務官になれなかったことでシーザーに腹を立てたのだった。

　ところが、ブルータスはそのほかのことでも、求めれば何でもシーザーの恩恵に与っていた。もしブルータスがそう望んでいたなら、彼はシーザーの右腕となって、最大の権威と信用を得ていたことだろう。しかしながら、キャシアスの友人たちがそうさせなかった（キャシアス自身は、法務官位の初めての争い以来ブルータスと和解ができていなかった）。彼らはブルータスに、シーザーの甘言に注意し、暴君の恩恵から逃げるように願ったのだ。それらをシーザーがブルータスに与えるのは、その美徳を称えるためではなく、その不動の精神を弱らせ、自分の言いなりにしようとするためなのだ、と。

八　シーザーのほうも、ブルータスを信頼しすぎてはいなかったし、ブルータスへの讒言を耳にしないわけでもなかった。しかし、ブルータスの偉大なる心、権威、そして彼の仲間を恐れたのだ。その一方で、ブルータスのよい性格や名誉ある人柄を信頼していた。ある日、アントニウスとドラベッラがシーザーに対して謀叛を企てているとの情報がもたらされると、シーザーはこう答えた。「あの太って髪の長い連中を恐れはしない。警戒すべきはあの痩せて青白いやつらだ」と。それはブルータスとキャシアスのことを言っていたのである。別の時に、ブルータスを警戒するよう訴える者がいたとき、「何だと」とシーザーは自分の胸を両手で叩(たた)いて言った。「ブルータスがこの体が死ぬまで待てないと思うのか？」と。自分と同じような権力を持つに相応(ふさわ)しいのは、自分の後ブルータスしかいないという意味である。そして確かに(私見では)ブルータスがシーザーの次の世になるまで待ち、シーザーがその偉大なる勝利によって勝ち得た栄光や権威が時と共に薄れていくのを待っていられたら、ローマ第一の人物となっていただろうと私は思う。

ところが、キャシアスは短気な男で、公に独裁を嫌う以上にシーザーに対して私怨(しえん)を抱いており、彼はブルータスを焚(た)き付けてシーザーに対立させたのだ。ブルータスは専制政治を憎み、キャシアスは暴君を嫌ったとも言われる。キャシアスは、シーザーから受けた不当な扱いに多くの不満を漏らし、とりわけ自分のライオン数頭を奪われた不満があった。キャシアスは自分が造営官になったときに備えて遊興のためにライオンを確保していたのだが、それがメガラにいることを見つけられ、シーザーに奪われ、シーザーのものとされたのだ。噂では、これらのライオンはメガラ人に大変な災害を及ぼしたという。というのも、町が占領されたとき、町の人たちは、敵を襲ってくれるのではないか、敵がこちらを襲うのを妨げてくれるのではないかと期待して檻(おり)を壊してライオンをすべて放ったところ、ライオンは期待に反して、丸腰で逃げ惑う町の人たち自身に襲いかかり、あまりに残虐に何人かを引きちぎったため、敵もこれを見て憐(あわ)れんだという。

九 これが、キャシアスがシーザーに対して陰謀を企んだ理由だという説もあるわけだが、この説は穴だらけだ。というのも、キャシアスは、揺り籠（かご）にいるときから、暴君のやり方には耐えられない男であり、そのことは、スラ〔独裁官ルキウス・コルネリウス・スッラ〕の息子ファウスタスと同じ学校に通っていた少年時代の事件からもわかる。ファウスタスは仲間の少年たちに対して、自分の父親の王国を大いに自慢していた。キャシアスは立ち上がって、彼の耳を二発思い切り殴ったのだ。ファウスタスの保護者たちはこの件でキャシアスを訴えようとしたが、ポンペイがそれをやめさせ、二人の少年を自分の前に呼び出して、どういうことか説明をさせた。すると、キャシアスがこう答えたと記録にある。「おい、ファウスタス、この立派な人の前で、俺を怒らせたあの言葉をもう一度言えるものなら言ってみろ。そしたら、もう一度、おまえの耳をぶん殴ってやる」と。

　キャシアスの癇癪（かんしゃく）はかくの如きであった。しかし、ブルータスに公に働きかけてあの行為を為（な）さしめたのは、様々な方法で彼に働きかけたブルータスの友人たちやローマ市民であり、ローマ内のいろいろな噂、多数のビラであった。というのも、ローマから王を追い出したあの先祖ジュニアス・ブルータスの像の下に人々は書きつけたのだ――「ああ、神様、あなたが生き返ってくれたら、ブルータス」、また「あなたが今我らの中にいてくれたら」と。ブルータスが法務官のときに聴聞を行った法務官席には、そうしたビラが多数あった――「ブルータスよ、汝（なんじ）は眠っている。本当のブルータスではない」と。これらすべての原因となったのは、シーザーの追随者たちであり、彼らは日々シーザーのために多くの称賛や筆舌に尽くせぬ栄誉を考案するのみならず、夜にはシーザー像に王の頭飾りを置くことで、一般の人々がシーザーを独裁官ではなく王と呼ぶようになるのではないかと期待したのだ。しかし、それが「ジュリアス・

シーザーの生涯」に詳述したとおり、裏目に出てしまったのだ。

一〇　さて、キャシアスが仲間に探りを入れ、シーザーに対して蜂起させようとしたとき、一同は、ブルータスがこの陰謀の首謀者であるなら参加しようと同意し約束したのだった。というのも、一同が言うには、これほど重要な企てに必要なのは、雄々しい男たちや、剣を抜く勇気というより、ブルータスほどの評判の男なのだ。彼さえいてくれれば、事は立派で正しいのだと誰もが考えるようになるからだ。彼が加わらないなら、実行する連中の士気もあがらず、行ったあとも、びくびくすることになる。もしシーザーを倒すという動議が正しく正直なものであれば、ブルータスが参加を拒んだりするはずがないと誰もが思うだろうから、というのである。

そこで、キャシアスは、この件を自分で考え、法務官の件で疎遠になっていた仲を改めてまずブルータスに話しに行った。こうして仲直りをして、互いに抱擁をしたのち、キャシアスは「三月一日に元老院議会に出席するか」と尋ねた。なぜなら、その日シーザーの仲間が議会に動議を出し、元老院がシーザーを王と呼ばせようとしているらしいという噂があるからだという。ブルータスは「出席しない」と言った。「しかし、召喚されたらどうする？」とキャシアスは尋ねた。「その場合、私は」とブルータスは言った。「沈黙することはない。自由を失うくらいなら死ぬだろう」と。キャシアスはその言葉を捉えて言った。「おい、君が自由のために死ぬのを許すようなどんなローマ人がいると思うんだ？　え？　君は自分がブルータスであることを知らないのか？　君の法務官の席に毎日見つかるこれらの書きつけやビラを書いているのは、靴直しや居酒屋の亭主といった卑しい職人どもで、最も立派な優れた市民たちでないとでも思っているのか。いや、いいか、彼らはほかの法務官には贈物や民間の物流や芝居や剣の試合といった余興を求めても、君の手からは特に（当然のこととして）あの専制政治を取り除くことを求めているのであり、君が期待どおり、皆が思っているとおりの男であることを示してくれるのであれば、君のためにどんなことだってしてみせようと思っているのだ」。そう言うと、彼はブルータスにキスをして〔「キス」はプルタルコスの原文にない〕抱きしめた。それから互いに別れを告げ、二人ともそれぞれの友人たちにこのことを話しに行った。

一一　さて、ポンペイの友人にカイアス・リゲーリアスという男がいて、ポンペイの味方をしたことで告発されていたが、シーザーはこれを赦免した。しかし、リゲーリアスは赦免されたことでシーザーに感謝するどころか、その専制的権力ゆえに自分の身が危険に曝されたことを怒っていた。それゆえ、内心では瞋恚の炎を燃やし、ブルータスと肝胆相照らす仲となっていた。その病床を見舞ったブルータスは、彼に「ああ、リゲーリアス、何という時に病気になったのだ！」と言った。リゲーリアスは臥榻に身を起こし、相手の右手をつかんで「ブルータスよ、君が君に相応しい立派な企てをしようというのであれば、俺は元気だ」と応えた。

一二　そのあと二人は、信頼に足る知人全てに探りを入れ、この件で密約を結び、友人のみならず、暴虎馮河の勇をふるい、死をも恐れぬ強者たちを選んでいった。陰謀をシセローに知らせなかったのはこのためである。シセローは彼らが深く愛し、誰よりも信頼する男ではあったが、生まれついての小胆者である上に、老齢が怯えに拍車をかけて、計画をすっかり台無しにしかねなかったし、危険がないようにと細々と熟慮していたのでは、熱く真剣な遂行を必要とするこの企ての熱を消してしまいかねなかった。

同様に友人でありながら外されたのは、エピクロス派のスタティリアス、マーカス・ケイトーの追随者ファウォニウスである。哲学談議をして心中を探るべく言葉をかけたところ、ファウォニウスは「内戦は法を犯す暴政より悪い」と応え、スタティリアスもまた「無知蒙昧な輩のために命を危険に曝すのは賢者のすべきことではない」と言ったのだ。この談議にラベオも同席しており、二人に反論を加えた。しかし、ブルータスは、これは容易に黒白のつけられる問題ではないと言わんとするかのように仲裁に入り、あとで二人と別れてから、ラベオだけに計画を打ち明けた。ラベオは即座にこれに応じた。彼らは、アルビナスの姓を持つ、もう一人のブルータスも仲間に入れるのがよいと考えた。〔……〕

一三　こうしてブルータスは、ローマ一気高く、勇猛果敢な人々が自分のために命を賭けようとしてくれるのを知って、この危険の大きさを身に染みて感じた。家の外にいるときは、誰にも憂慮を気づかれないように外見を取り繕ったものの、自宅で夜になると、一変した。眠りたくても心配でどうしても眠れないし、時にはこの企みを熟考し、起こり得るあらゆる危険を考えてしまうのだ。傍で寝ていた妻は、夫の心を乱す大事があることに気づき、尋常ならざることがあって夫自身どうしていいかわからずにいると察知した。

妻ポーシャは（前述のとおり）ケイトーの娘で、最初の夫ビビュラスの死後、若き寡婦となったのち、従兄弟ブルータスの妻となったのである。先夫とのあいだに若きビビュラスの名の息子がおり、これはブルータスの行いや武勲についての書物をのちに書き記し、現代まで伝わっている。この若き婦人は、哲学にも秀で、夫をよく愛し、賢明であると同様に気高い勇気の持ち主でもあった。夫に「どうしたのか」と尋ねる前に自分自身で気概を見せる必要があると考え、理髪師が人の爪を削る小さな剃刀を手にすると、侍女たちを部屋から外へ出し、その剃刀で太腿に大きな傷をつけたため、たちまち血塗れになり、続いて傷の痛みのために激しい熱に襲われた。それから、ひどく心乱れて休むこともできない夫の前に出て、激痛に堪えてこのように話しかけた。「ああ、ブルータス、私は、娼婦のようにあなたの夜伽をし、食事を共にするためではなく、ケイトーの娘としてあなたと結婚したのであり、あなたと幸運も不運も共に分かち合う妻です。あなたについて言えば、私たちの結婚に関して何一つ落ち度というものがありませんが、私について言えば、もし私が秘密や忠誠を必要とする内々の災難や悲しみをあなたと常に分かちあうことができないなら、どのようにしてあなたへの義務を示し、あなたのために尽くすことができましょう？　確かに女の智慧というものは弱く、秘密をしっかり守れないと言われておりますが、ブルータス、教養を身につけ、徳ある人々と共にあれば、性質の弱さは直せるものです。しかも私には、ケイトーの娘にしてブルータスの妻という強みもあります。そうは申しましても、そうしたことを過信することなく、こうして実際に、どんな痛みや苦痛にも屈しはしないことを自ら試しました」そう言うと、彼女は太腿の傷を夫に見せ、自分の真価を証明するために何をしたかを告げた。ブルータスはそれを聞いて驚き、両手を天に向かって上げて、自分がポーシャのような気高い妻に相応しい夫であるとわかるよう、この企てが無事成功しますようにと神々に祈り、できるかぎり妻を慰めた。

一四　さて、元老院議会の開催日が定められ、シーザーもきっと出席するはずだと考えた陰謀者たちは、そのときこそ計画を実行しようと決心した。そのときなら、疑いを抱かれずに全員が参集できるからである。しかも、ローマの上流かつ主要な人物らも皆揃うだろうから、偉大なる事が為されるのを目にすれば、誰もが自由を守るために賛同してくれるはずだ。その上、議会の開かれる場所も、聖なる神の摂理によって選ばれたのであるから、自分たちの助けになってくれるだろうとも彼らは考えた。すなわち、それは〔ポンペイ〕劇場に附属する柱廊の一角にあり、人々が座れるように座席がたくさん並べられた場所で、そこにはポンペイの像も建っている。ポンペイが劇場とそれに附属する柱廊とを建設してローマ市のこのあたりを美化した際に、ローマ市が彼を称えて建立したのである。この場所で元老院議会が三月十五日に開かれることになっていた。ローマ人が三月の中日と称する日である。つまり、まるでポンペイの死の復讐のために、どこぞの神がわざとシーザーをそこへ連れ出して殺すかのようにも思えたのである。

こうして、その日が来ると、ブルータスは長いガウンの下に短剣を隠して家を出たが、妻以外そのことを知る者はいなかった。他の陰謀者たちは全員キャシアスの家に集まって、その日トガ・ウィリリスと呼ばれる成人男性の上着を着用したばかりの彼の息子を中央広場へ連れ出そうとしていた。一同はキャシアスの家から一団となってポンペイ像のある柱廊へとやってきて、シーザーがそこへ今にも来るだろうと待っていた。だが、かくも危険で重大な企てをしようというときに、陰謀者らの驚くべき沈着さたるや見ものであった。〔……〕

一五　それにも拘わらず、偶然によって多くの不運が起き、危うく計画が失敗するところだった。最大の不運はシーザーがなかなかやってこず、議会に大幅に遅刻したことである。というのも、生贄の予兆が思わしくなかったために妻のカルパーニアが彼を家に留めたのと、予言者が彼に外出しないように警告したからである。第二の不運は、ある人が陰謀者であるキャスカのところへ来て、その手を取って、「やあ、キャスカ。君が私に秘密にしてたことをブルータスから教えてもらったよ」と言ったことである。驚くキャスカに相手は「ねえ、どうやって君はそんなに金持ちになったんだい？　造営官（アエディリアス）に立候補できるだなんてすごいじゃないか？」と話を続けた。キャスカは、相手の曖昧（あいまい）な言葉に騙（だま）されて、もう少しで陰謀をすっかりばらしてしまうところだったと言う。もう一人、ポピリアス・リーナ〔原典では「ラエナス」だが、アミヨ訳で最後のｓが落ちたのを踏襲〕という元老院議員は、いつもより親し気にブルータスとキャシアスに挨拶（あいさつ）をし、二人の耳に「君たちの計画がうまくいきますようにと神々に祈ってるよ。さっさとやっちまうんだな。君たちの計画は漏れてるから」と、そっと囁（ささや）いてすぐ去っていった。二人は陰謀がばれたと思った。

そうこうするうちに、ブルータスの部下の一人が大急ぎで駈（か）けてきて、ブルータスに奥様が死にかけていると告げた。ポーシャはこれから起こることをあまりに心配して気を揉（も）み、大きな内心の悲しみに耐えきれなくなって、ちょっとした音や叫びが聞こえるたびにびくつき、まるでバッコスの祀（まつ）りの信女のような狂乱状態となっていた。中央広場からやってくる誰彼に「ブルータスはどうしたか」と尋ね、何があったかを知ろうとして次々に使者を送り続け、とうとうシーザーの到来が（前述のとおり）遅れたため、弱いポーシャはこれ以上持ちこたえることができなくなった。急に失神して、自分の部屋に戻ることもできず、家の中へ運ばれ、言葉も意識も薄れていったのだ。しかし、やがて気がつくと、ベッドに寝かされ、侍女たちに付き添われていた。ブルータスはこの知らせを聞いて、当然ながら悲しんだ。ただ、どんな知らせを聞いても家へ帰ることはせず、国家の安寧のためにその場に踏みとどまった。

一六　さて、シーザーが輿に乗ってやってくるという報告が入った。その日は（生贄の凶兆に怯えて）議場に終日いることはせず、仮病を使って重要な案件は次回の会議に延期するつもりだったのである。シーザーが輿から降りたとき、ポピリアス・リーナ（先ほどブルータスとキャシアスに話しかけて、計画がうまくいくよう神々に祈ると言った人物）がシーザーのもとへ行き、長いあいだ話し込んだ。シーザーは熱心に聞き入っていたので、陰謀者たち（そう呼べるなら）〔プルタルコスの原典では「陰謀者たち」ではなく「誓約を取り交わした者たち」。ブルータスの呼びかけにより誓約はしなかったためにこのような留保がついている〕は、シーザーが何を言われたのか聞こえなかったけれども、リーナがついさっき二人に語ったことから判断して、陰謀を暴露されたのだと全員が思った。互いに顔を見合わせると、全員、捕らえられるのを待たないで、自らの手で自決しようと同じことを考えているとわかった。

キャシアスと何人かがガウンの下の剣をつかんで抜こうとしたとき、リーナの表情と所作を注視していたブルータスは、この男は告げ口をしているのではなく謙虚に真剣に請願をしているのだと気づき、仲間には何も言わず（陰謀に加担していない者も大勢近くにいたため）、陽気な表情でキャシアスを励ました。その直後、リーナはシーザーの手にキスをして離れたが、それで長々と話していたのは彼自身に関わることだとはっきりわかった。

一七　さて、元老院議員たちが全員この場所、すなわち議事が行われる集会場に入ると、陰謀者たちは皆すぐ、あたかもシーザーに何か言いたいことがあるかのように、彼の〔空の〕椅子の周りに立ち並んだ。ある者に拠れば、キャシアスはポンペイ像に目をやって、それが生きているかのように祈りを捧げたと言う。トレボーニアス〔ノースによる注――「シーザーの生涯」

ではアントニウスに話しかけて外に足止めをしたのはディーシャス・ブルータス・アルビナス）が反対側で、元老院議員たちが座っている議場に入ろうとするアントニウスを脇へ連れ出し、外で長話をして足止めをした。シーザーが議場に入ってくると、元老院議員全員が立ち上がって敬意を表した。彼が着席すると、陰謀者たちは周りに群がり、その中の一人ティリウス・シンバー（ノースによる注――「シーザーの生涯」ではメテラス・シンバーとなっている）が、追放された兄弟の帰還を求める請願を恭しく行った。一同は彼のために共に祈るかのように振る舞い、シーザーの両手を取り、彼の頭や胸にキスをした。シーザーは当初、ただ彼らの親愛や懇願を拒絶していたが、あまりにしつこいので、乱暴に皆を押しのけた。そのときシンバーは両手でシーザーのガウンを肩から引き下ろし、シーザーの背後に立っていたキャスカが最初に短剣を抜いてシーザーの肩に打ちかかったが、あまり傷を与えられなかった。シーザーは傷を感じて、キャスカが短剣を握っていた手をつかむと、「おお、裏切り者のキャスカ、何をする？」とラテン語で叫んだ。一方、キャスカはギリシャ語で、兄弟の助けを求めた。こうして皆は次々にシーザーに走り寄り、襲いかかった。シーザーは、逃げようとあたりを見まわし、ブルータスが打ちかかろうとして抜き身の剣を手にしているのを見た。すると、シーザーはキャスカの手を離し、自分のガウンを顔の上まで上げて、襲ってくる者誰にでも襲わせた。それから、陰謀者はそれぞれがシーザーに切りつけようとしたため、互いに折り重なるようになり、一つの体にあまりにも多くの剣や短剣が振り下ろされたため、互いに傷つけ合い、ブルータスもシーザーを殺そうとして手を出したため、自分の手に打撃を受けることになり、ほかの全員も一人残らず血塗（ちまみ）れになった。

一八　こうしてシーザーが殺されると、議場の中央に立っていたブルータスは、演説をしようとして、陰謀に加わっていない他の元老院議員をとどめて、このようなことを為した理由を説明しようとした。ところが、恐れ驚いた議員たちは、我先に急いで外へ逃げ出し、誰もそのあとを追わなかった。というのも、殺すのはシーザー一人のみであり、それ以外の全員には自由を守ってもらうというのが、陰謀者たちの取り決めだったからだ。ブルータス以外の陰謀者たちは、この件を決めるに際し、アントニウスも殺すべきだと考えた。邪悪な男であり、専制政治に賛同している上、兵士たちと長いあいだ親しんで兵士らに高く評価されていて、とりわけ大いなる野望を抱いて、そのときシーザーと共に執政官として強力な権威を持っていたからである。しかし、ブルータスはこれに賛成しなかった。まず、正しいことではないし、第二に、アントニウスが改心するかもしれないと言う。アントニウスは気高い心と勇気の持ち主であるから、(シーザーが死んだとわかれば)ブルータスたちの勇気と美徳を見習って、ローマが自由を取り戻すのを率先して助けるだろうと言うのである。こうして、ブルータスはアントニウスの命を救ったが、アントニウスはそのとき変装して姿をくらましてしまった。

だが、ブルータスとその仲間は、血塗れの剣を手に、まっすぐカピトリヌスの丘へ向かって進んだ。行く途中でローマ市民に、自由を取り戻すのだと訴えた。殺人がなされたばかりで、最初のうちは町じゅうを走りまわる人々の怒号しかなく、そのせいで恐怖と騒動が掻き立てられていたが、これ以上の殺人が行われることも略奪や混乱もないとわかると、一部の元老院議員と多くの市民が大胆にもカピトリヌスの丘へとやってきた。そこで、多くの人々が次々と集まったので、ブルータスは彼らに演説をして、人々の賛同を得て、為したことを正当化したの

だった。〔……〕

一九　翌日、元老院が、テルスすなわち大地の女神の神殿で招集され、アントニウスとプランクスとシセローが参集した元老院に動議を提出し、「元老院は起こったことをすべて赦し忘れ、再び友好と和平を打ち立てるべし」と主張した。赦免するのみならず、執政官は元老院の席で陰謀者たちに栄誉を授けるという決定がなされた。この同意がなされると元老院は解散し、執政官アントニウスはカピトリヌスの丘にいる者たちを安心させるために、自分の息子を人質として送った。これを受けてブルータスとその一味は、カピトリヌスの丘から下りてきて、互いに挨拶し合い、抱擁し合った。そして、アントニウス自らキャシアスを自宅の夕食に招き、レピダスはブルータスを招いた。そのほかの者たちも親交や知己の度合いに応じた人たちにもてなされた。

翌朝、再び元老院が開かれ、まずアントニウスが賢明にも内戦の勃発を避けたことを称賛し、次にブルータスとその仲間の栄誉を称え、最後に属州支配の配分を決議した。すなわち、ブルータスにはクレタを、キャシアスにはアフリカを、トレボーニアスにはアジアを、シンバーにはビテュニアを、もう一人のディーシャス・ブルータス・アルビナスにはアルプスのこちら側のガリアを、と定められた。

二〇　そのあと、シーザーの遺言書と葬儀と埋葬の話になった。すると、アントニウスは、遺言書は公に読まれるべきだと考え、遺体もいい加減ではなくきちんと埋葬して民衆の怒りを招かないようにすべきだと主張した。キャシアスは強硬に反対したが、ブルータスはその動議を認めた。この点で、ブルータスは二つ目の過ちを犯したようだ。第一の過ちは、アントニウスを殺すべきだという仲間の陰謀者らに同意しなかったことであり、そのために、強力にして厄介な敵を救い、力を与えてしまったとして当然の非難を受けることになった。第二の過ちは、シーザーの葬儀をアントニウスの望みどおりに執り行うことに同意したことで、これですべてがご破算になってしまった。そもそも、シーザーの遺言書が公に読み上げられたとき、市民一人一人に七十五ドラクマずつ遺されていたとわかり、シーザーがティベリス川のこちら側に所有していた庭園と木立——今では幸運の女神の神殿が建っている場所——も寄贈されるとわかると、人々の中にシーザーへの愛と、その死への深い哀惜の念が生まれたのだ。その後、シーザーの遺体が中央広場に運ばれると、アントニウスはローマの古い伝統に従って、死者を褒め称える追悼演説を行い、自分の言葉が平民に共感を呼んだと見てとると、彼らの心がさらに多くを求めるように雄弁をふるった。そして、シーザーの血塗れのガウンを持ち上げて、どんなにたくさんの切れ込みがあり、穴があけられたかを皆に見せた。すると人々はたちまち怒りと叛乱とに駆り立てられて騒ぎだし、もはやじっとさせておくことはできなくなった。「人殺しどもを殺せ」と叫ぶ者あれば、広場にあったベンチやテーブルや腰掛けを持ち出してきて、かつてクロディウス〔護民官プブリウス・クロディウス・プルケルのこと。シセローを糾弾し、閥族派との政治抗争の末、紀元前五二年に殺害され、遺体を見て興奮した民衆が元老院議事堂を燃やした〕の葬儀でそうしたように、それらを山と積み上げて火を放ち、火が大きく燃え上がると、そこにシーザーの遺体を載せて、最も神聖な場所の中央で荼毘に付したのだ。しかも、火が大きく燃え上がると、あちこちから人々が燃える薪を引き抜いて、シーザーを殺した者たちの家に火を放とうと駆けだした。しかしながら、危険を察知した陰謀者たちは、賢明にも対処をしており、難を逃れた。

だが、シナという名の詩人がいて、共謀には関わりがなく、ずっとシーザーの盟友だったのだが、彼が前の晩に、シーザーに夕食に招かれる夢を見た。彼は行くのを断ったのに、シーザーがしつこく無理に彼を誘い、とうとう手を取ってどこか暗い広場へ連れ出され、ひどく怖かったのだが、意思に反してついて行かざるを得なかったという夢だ。この夢のせいで、一晩じゅう熱が出たが、それにも拘わらず、翌朝、シーザーの遺体が葬儀のために運ばれたと聞くと、葬儀に参列しなければと思って家を出て、大騒ぎをしている民衆の中へ入っていった。そして、誰かが彼の名前シナを呼んだため、民衆は〔暗殺直後に〕シーザーを悪しざまに言う弾劾演説をしたシナとまちがえて、激怒して襲いかかり、直ちに中央広場で彼を殺してしまった。

二一　アントニウスの変貌に続いて起こったこの事件に、ブルータスとその仲間は何よりも怯えた。彼らはローマを逃れて当初アンティウムの町に留まったが、そのときは民衆の怒りが少し収まったら帰還するつもりだった。相手は、気まぐれで、すぐに煽動されて態度を変える大衆のことだし、元老院もブルータス側についてくれたので、すぐに望んだとおりになるだろうと考えていたのである。元老院は、哀れな詩人シナを八つ裂きにした連中については捜査しなかったものの、松明を手にして陰謀者の家々に火を放った者たちを捜し出し、逮捕したのである。〔……〕

二二　さて、このような状況下で新たな変化が起こった。若きオクテイヴィアス・シーザーがローマへやってきたのである。彼はジュリアス・シーザーの姪の息子であり、シーザーの遺言書により、その養子として財産相続人となっていた。養父ジュリアス・シーザーが殺されたとき、彼は留学先のアポロニア〔現アルバニア〕にいて、パルティアと戦争するつもりだったシーザーの指示を待っていた。しかし、シーザーの訃報を耳にして、再びローマへ戻ってきたのである。平民の人気を得るために、養父の名シーザーを自分に冠して、養父が市民に遺した金を市民に分配した。これはアントニウスを激怒させたが、金の力によって父のもとで従軍した兵士らの大多数を傘下に収めたのだ。〔……〕

二七〔……〕オクテイヴィアス・シーザーは、軍隊をローマ近くまで進めると、自ら回顧録に記しているように弱冠二十歳という青二才であったにも拘わらず、元老院に自分を執政官に選出するように有無を言わせず迫った。執政官になると、彼は直ちに裁判官を指名して、ローマで最も気高い最重要人物だったシーザーを法や裁判もなく殺害した咎でブルータスとその仲間を訴追した。そして、ルーシアス・コーニフィシャス（ルキウス・コルニフィキウス）にブルータスを告発させ、マーカス・アグリッパにキャシアスを告発させた。こうして被告らは断罪された。裁判官たちは有罪判決を下すように強制されたのである。布告官が（判決後の慣習どおりに）布告のための椅子ないし演壇へ行って、大声で「ブルータス」と呼ばわり、裁判官の前に自ら出頭するように召喚したとき、見守る人々は人目もはばからずに嘆息し、その場にいた気高い市民たちは頭を垂れたが、一言も言おうとはしなかった。その中で、〔元老院議員〕パブリアス・シリシアス（プブリウス・シリキウス）の目から涙が落ちたため、その直後、死刑宣告者の名簿に名を記された。その後、オクテイヴィアス・シーザー、アントニウス、レピダスの三人は同意を取り交わし、ローマ帝国の属州を自分たちで分け合い、ローマの気高い市民二百名を死罪とする「公権剝奪と排斥命令」(bills of proscription and outlawry) を制定した。その中にはシセローも含まれていた (among that number Cicero was one)。〔……〕

二九〔……〕人々は、キャシアスのことを戦争に極めて長けているものの、その他の点では恐ろしく短気で残酷であり、寛容さではなく威嚇して人を支配しようとすると噂した。反面、仲間とはかなり打ち解け、大っぴらな冗談を言うこともあった。ところがブルータスはまったく逆だった。というのも、その美徳と勇敢さは人々に大いに愛され、高貴な人々からも尊敬され、誰からも、敵からさえも憎まれることがなかったからだ。彼は驚くほど姿勢が低く優しい人物で、高潔で、決して怒ることなく、快楽や欲望に耽ることもなく、常に正しい心を持ち、いかなる悪や不正に屈することもなく、専らそれゆえに名声を得ていた。〔……〕アントニウスは公に何度も次のように言ったと言われている——すなわち、シーザーを殺した連中のなかで、暗殺を名誉ある行為と考えて行ったのはブルータスだけであり、ほかの暗殺者たちは何らかの悪意か嫉妬によって彼の死を策謀したのであると。これにより明らかなのは、ブルータスは自軍の力よりも自らの美徳を頼りにしていたことであり、それは彼の書簡からもわかる。その身に危険が迫ったとき、ブルータスはポムポニウス・アッティカスに手紙を書き、今回の件は望むかぎりうまくいったのだと記した。というのも、彼は祖国を戦争によって自由にするか、名誉ある死によってこの束縛から解放されたいと記したのである。しかも、他のことはともかく、生きるにせよ、死ぬにせよ、自由を手にしたことは確かなのだから。〔……〕

三〇〔ローマを逃れて別々に軍を集めていた〕ブルータスとキャシアスとがスミュルナ〔イオニア地方の港町〕の町で再会したとき、ブルータスはキャシアスにキャシアスが貯めた大金の一部を貸してくれと頼んだ。ブルータスが自分で集めた資金は、全海域を掌握できるよう夥しい艦隊を購入するために使い切っていたためである。キャシアスの仲間は、この要請に従わないように説得し、「キャシアスが臣下の恨みを買いながら倹約して集めた資金を、ブルータスが自分の兵士に寛大に与えて、キャシアスを出しにして人気取りをするのはおかしい」と言った。それにも拘わらず、キャシアスは全額の三分の一をブルータスに与えた。〔……〕

三四　その頃、ブルータスはキャシアスにサルディス〔120ページの注1参照〕の町へ来るように求め、キャシアスはやってきた。ブルータスは、彼が来るのを知って、友人全員と共に迎えに行った。そこで、両軍の兵士らはどちらも武装したまま、二人をエンペラー〔プルタルコスの原語は「インペラトル」すなわち「最高司令官」〕と呼んだ。さて、二人の人間がどちらも大勢の仲間や大勢の隊長を抱えて大事に関わるときにはよく起こることだが、この二人のあいだにも不満ゆえの言い争いが起きた。そこで何はともあれ、二人きりで小さな部屋へ入り、誰も入らないように命じて、ドアを閉じた。そこで、二人は互いに不満をぶつけあい、大声で激昂し、罵り合い、ついにはどちらも泣きだした。部屋の外にいた仲間たちは、中の大声を聞き、怒鳴り合っているのに驚いて、大ごとにならなければよいがと心配した。しかし、誰も入ってはならないと命じられていた。

　ところが、マーカス・ファウォニウスという男が――〔小〕ケイトーが生きているあいだはその追随者であった味方で、智慧や分別ではなくある種の狂気と狂態を以て哲学者を自認している男であったが――入ってはならぬとの制止を破って部屋に入ろうとした。ファウォニウスは過激で性急な男であり、何でも突然やり始め、相手が元老院議員でもお構いなしなので、とんでもない思いつきにとり憑かれると、止められなかった。さて、この男は冷笑的なキュニコス派（犬儒学派とも）のような大胆な物言いをするが、おかしなやつだと笑われることが多く、その大胆さは人を傷つけることはなかった。このファウォニウスが、そのとき、ドアを守る人たちがいたにも拘わらず、部屋に入ってきて、嘲笑するような、からかうようなそぶりをわざとしながら、ホメロスの詩〔『イリアス』第一歌二五九〕にある老ネストル〔アガメムノンとアキレウスの喧嘩を諫めたギリシャ軍将軍〕の台詞を朗誦してみせた。

　年寄りの言葉を聞こう。
　亀の甲より年の劫。

キャシアスはこれに笑いだしたが、ブルータスは彼を部屋から追い出し、犬と呼び、「偽犬儒学者め」と言った。しかしながら、この闖入で口論は終わり、二人は別れた。〔……〕

三五　その翌日、ブルータスは、サルディス人からの訴えを受けて、ローマの元法務官でブルータスの部下だったルーシアス・ペッラ〔ラテン語発音では「ルキウス・ペッラ」〕を、名誉なき者として断罪した。彼は公金横領で訴えられ、有罪とされたのだ。この処分をキャシアスは大いに不服とした。キャシアス自身は、同様の不正を働いて有罪となった二人の仲間に対して（つい最近）内々の警告だけですませて無罪放免とした上に、以前の職務にそのまま就かせていたのだ。そこでキャシアスは、ブルータスを大いに非難し、「物事を大げさに言い立てるより、少々のことには目をつぶるべき状況にあって、君はあまりに正直に厳しくやりすぎる」と言ったのである。ブルータスはこれに反論し、「我々がジュリアス・シーザーを殺した三月中日を思い出すべきだ」と述べた。シーザー自身は国のものを盗んだりくすねたりすることはなく、その権威と影響力を以て、不正な利益を得る者たちを生み出し、保護しただけなのだと。かりに正義と平等を棚上げにしてよい真っ当な理由があるなら、仲間の不正に目をつぶるのではなく、むしろシーザーの仲間が国に損害を与えた不正を許しておくべきだったのではないか。「というのも」と、ブルータスは言った。「シーザーの仲間の不正に目をつぶっていても、臆病者と言われればすむが、自分の仲間の不正を許すなら、ここまで苦労し、危険を冒してきたのもむなしく、不正な者として訴えられても仕方がない」と。

三六　ところが、アジアからヨーロッパへ渡ろうとしていたとき、ブルータスに不思議な予兆が現れたという噂が広がった。ブルータスは警戒心の強い人で、食事を控えめにして、なおかつ常に仕事に忙殺されていたため、あまり眠らなかった。日中に眠ることはなく、夜間も一人きりになって、皆が休むまでは休まなかった。しかし、戦時は、さまざまな案件や見通しを考えるのに忙しかったため、夕食後少しまどろんだのちは、一晩じゅう重要な仕事を処理する習慣になっていた。そして、その仕事も片付いて暇ができると、百人隊長や副官や将官が規則どおりにやってくる夜番の第三刻（午前三時）まで読書をしていた。こうして、ヨーロッパへ渡る直前、ある夜とても遅く（全軍は静まり返っていた）、彼が自分のテントで小さな蠟燭をつけて重大事を考えているとき、誰かがやってくる物音がしたと思い、テントの入り口に目をやった。すると、驚くべきことに、不思議で巨大な人影がこちらにやってくるが、一言も発することがない。ブルータスは大胆に「誰だ」と尋ねた。「神か、人か、何の用だ？」と。霊は答えて、「私はおまえの悪霊だ（I am thy evill spirit）、ブルータス。おまえは私にフィリッピの町で会うだろう」と言った。ブルータスは恐れることなく、「では、そこでまた会おう」と答えた。

三七　霊は直ちに消え去り、ブルータスは部下を呼びつけたが、「何の音も聞こえず、何も見ませんでした」という返答だった。そこでブルータスは、それまでどおりに考えごとに戻った。夜が明けると、ブルータスはキャシアスのもとへ行き、その夜に現れた幻影の話をした。〔……〕二人が軍を進めると、二羽の鷲が驚くべき勢いで飛び来たりて先頭の軍旗二本の上にそれぞれ止まり、ずっと軍に付き従った。兵士らは餌を与え、フィリッピの町の近くまで来たが、戦闘の前日になって二羽とも飛び去ってしまった。〔……〕

三九　オクテイヴィアス・シーザーはその軍を塹壕の内側に集めて、神々への供養と勝利への祈りのために、兵士それぞれに、僅かの穀物と五ドラクマを与えた。ブルータスはこの悲惨さと吝嗇ぶりを嘲って、まず全軍を集めてから、清めの儀式をローマの伝統に則って行い、各部隊に供養のための去勢した羊を配布し、兵士それぞれに五十ドラクマ銀貨を与えた。こうしてブルータスとキャシアスの兵士たちのほうが、敵の兵士たちよりも意気軒昂で、その日の戦いを勇敢に戦ったのである。

ところが、この浄めの儀式を忙しく執り行う際、キャシアスにいくつかの凶兆があったと言われている。杖を捧げ持つ下士官の一人が、生贄の際に頭に冠する花冠を逆向きにしていたのである。〔……〕さらに、死肉を食らう鳥が夥しく目撃されたとも言われている。〔……〕このため、エピクロス派の説を信じていたキャシアスの心も影響を受け、その兵士たちもひどく恐怖を感じたのだった。〔……〕

四〇　ブルータスは夕食の時ずっと、大きな希望ある者のように陽気な表情をして、哲学を語ってその賢明さを示し、食後に寝室に下がった。だが、キャシアスは、メッサーラの伝えるところでは、僅かの仲間とテントで夕食をとり、食事中ずっと、いつもの彼とはちがって、とても悲しそうに物思いに耽っていた。食後メッサーラの手を取ると、（友情を示すときにいつもそうするように）その手をぎゅっとにぎりしめ、ギリシャ語でこう言った。「メッサーラ、君には言っておく。証人になってくれ。僕がわが国の自由を（偉大なるポンペイと同様に）戦争という賭けに出して危険に曝すのは不本意でしかない。だが、元気を出し、勇気を持とう。運命の女神を信じないのはよくないことだからね。この作戦がまちがっているとしても、幸運を信じようじゃないか」メッサーラが記すには、キャシアスは、この最後の言葉を言うと、別れの挨拶をし、「明日はキャシアスの誕生日だから、夕食に来てくれ」とメッサーラに言ったという。翌朝、夜明けと共に、戦闘開始の合図がブルータスとキャシアスの陣営に掲げられた。それは深紅の軍衣だった。二人の将軍は、全軍の中央で話し合った。キャシアスが先にこう言った。「神々のご加護がありますよう、ああ、ブルータス。今日という日に戦いに勝利し、今後ずっと共に静かに暮らせますよう。しかし、人間の為すことは如何に重要なことでもどうなるかわからぬように神々が定めたもう以上、今日の戦いが我々の期待とはちがった結果となったとき、もう会えることはあるまい。そうなら、君はどうするつもりだ、逃げるのか、死ぬのか？」ブルータスは答えて言った。「まだ若く、世間の経験も積んでいなかった頃、私は（どういうわけか）ある哲学の行動原則を信じていて、そのせいでケイトー（カト）が自殺したのを大いに非難したものだ。神々に対しても、正しい行為ではないし、神々しい行為でもない。人間としても、勇敢とは言えない。神の摂理に従うことをせずに、神が我らにお与えになるものをじっと忍耐して受け取るのではなく、尻込みして逃げてしまう行為だからね。だが、こうして危険の真っ只中にいると、考えが変わった。というのも、この戦いが我々にとって吉と出ぬように神が思し召すなら、もう希望は持てない。もう一度戦争をしようとするよりは、この悲惨な現世を去って、わが運命を甘受するよ。なにしろ私は、あの三月の中日に、もっとすばらしい世の中に生きようとして、母国のために命を棄てたのだからね」キャシアスはこれを聞くと笑い出し、ブルータスを抱擁して言った。「それじゃあ、その意気で敵に突撃しようじゃないか。俺たちは勝者となるか、ならなくとも勝者を恐れはしない」この話の後、友人同士で戦闘の順番について話し合うことになった。ブルータスは、キャシアスに対し、自分に右翼を率いさせてほしいと願い出たが、年長でもあり戦歴の長いキャシアスのほうが相応しいだろうと皆は考えていた。だが、キャシアスは右翼を譲ったのみならず、（最強の軍団を率いていた）メッサーラもブルータスと共に右翼に配した。そこでブルータスは早速完璧な装備の騎兵隊を出発させ、歩兵隊もすっかり突撃準備ができていた。

四一　〔……〕右翼を率いていたブルータスは、戦闘開始の合言葉を記した小さな命令書を将官や隊長に送り、ブルータス自らも馬に乗って全軍に声をかけ、励ました。この方法で合言葉を理解した者は殆どおらず、大部分はそれを教えてもらうのを待ちきれずに、大いに気炎をあげて突撃を始めてしまった。その混乱で、部隊はひどく分散し、分裂してしまった。〔……〕

四二　シーザーの軍勢に対して横ではなく真正面から突撃したブルータスの軍勢は、白兵戦で敵の三個部隊を全滅させ、敵をやすやすと追い散らした。逃げる敵を追って、ブルータスともども敵陣へとなだれ込んだ。ところが、勝ち誇るブルータス軍には思いもよらないことが、逃げるシーザー軍の注意を引いた。すなわち、ブルータス率いる右翼が敵を追って飛び出してしまったために、残された左翼が剝き出しになってしまっていたのだ。そこへ敵は猛攻撃をかけた。勇猛な反撃に遭って全力を尽くしても中央突破はできなかったものの、キャシアスのいる左翼を打破することができた。というのも、左翼では、右翼がどうなってしまったのか情報がまったくなく、大混乱を極めていて、そのために敵に追われて陣営で略奪をされるままとなってしまった。シーザーもアントニウスもその場にいないままでの攻撃だった。というのも、アントニウスは最初の攻撃を逃れて近くの沼地に隠れたと言われており、オクテイヴィアス・シーザーについては、陣地を出たあと、どうなってしまったのか誰にもわからなかったのである。しかも、自分の血塗(ちまみ)れの剣を見せて、「シーザーを殺した」と言って、その顔かたちや年齢を描写する兵士たちさえいたのだ。

しかも、先走ったブルータス軍の中隊は、抵抗していた敵を逃走させて、大虐殺を行い、ブルータス軍は全面的な勝利を得たが、他方でキャシアス軍は完敗だった。ところが、ブルータスはキャシアスも自分と同じように勝っていると思ってキャシアスを助けに行かず、キャシアスのほうも自分と同様にブルータスも負けているだろうと思って援軍を待たなかったという失態が、二人を破滅させた。〔……〕

四三　キャシアスは何よりも、ブルータスの部下たちが合言葉も待たずに、突撃命令も受けないままに敵に突撃をかけるのを見て激怒した。しかも、敵を倒したあと、すぐに略奪に走り、残りの敵を包囲するのを怠ったのも、キャシアスを悲しませた。しかし、キャシアス自身も将軍としての勇猛さや先見を以(もっ)て指揮をとることができずにぐずぐずしているうちに、敵の右翼に囲まれてしまった。すると、キャシアスの騎兵隊がすぐに逃げ出し、命からがら海のほうへ逃げたのだった。さらに歩兵たちが逃げるのを見たキャシアスは、それを止めようとして、逃げている旗手から旗を奪うと、足許(あしもと)にそれを突き立ててみせた。いろいろ苦心したが、キャシアスは自らの護衛隊の統率をとることすら困難になった。このためキャシアス自身も、僅かの味方と共に逃げざるを得なくなり、小さな丘へ登ってそこから平原で起こったことを見ようとした。ところが、キャシアスは目が悪いため自分ではよく見えず、見えたのは（それもかなり苦労して）敵がキャシアスの陣地を荒らす様子だった。そしてまた、ブルータスがキャシアス援護のために遣わした大勢の騎兵隊が駈けてくるのを見たが、それを追いかけてくる敵軍と思ってしまった。それでもキャシアスは部下のティティニアスを派遣して確認させた。ブルータスの騎兵隊は遠くにティティニアスを認め、キャシアスの親友の一人と知って、歓声をあげた。ティティニアスと親しい者たちは馬を下りて、彼と抱擁した。それ以外の者たちは馬に乗ったまま取り囲み、勝利の歌を歌い、馬具を叩いて戦場じゅうに歓声を轟かせた。これが裏目に出た。というのも、キャシアスは、ティティニアスが敵に捕らわれたと誤解して、こう言ったのである。「親友が目の前で生け捕りになるのを見るとは、長生きをしすぎた」と。そして、誰もいないテントに、こんなときのために従えていた解放奴隷のピンダラスを連れて入った。この奴隷は、クラッサスが殺された呪われたパルティアの戦い以来、連れてきた男だった。あのときはパルティア人に殺されなかったキャシアスだったが、今、上着を頭の上へあげ、自分の喉をピンダラスに曝すと、首を討つように命じた。こうして首は体から切り離されて発見された。しかし、そのあとピンダラスの行方はわからなかった。このため、奴隷は主人の命令を受けずに主人を殺したのではないかと言いだす者もいた。やがて、誰もが、こちらにやってくる騎兵たちを認め、大急ぎでキャシアスのもとに駈けつけたティティニアスが勝利の冠を戴いているのを見た。だが、ティティニアスは、仲間の嘆きの叫びと涙によって、誤解ゆえに将軍キャシアスに起こった不幸を知ると、自らの剣を抜いて、自分がぐずぐずしていたのがいけないのだと一千回も罵ってから、戦場で直ちに自害したのだった。

四四　一方、ブルータスもやってきて、キャシアスの敗退を知ったが、陣営近くまで来るまではその死を知ることはなかった。そうしてキャシアスの死を嘆いたのち、彼ほど気高く勇敢な男をローマは二度と生み出すことはできないという意味で、ブルータスは彼を最後のローマ人と呼び、その遺体をタソスの町へ送った。陣営内で葬儀を執り行えば大混乱となることを危惧したのである。次にキャシアスの兵士らを招集して、再度鼓舞し、兵士らがその所持品をすべて失って困っているとわかると、それぞれに二千ドラクマを代償として与えると約束した。兵士らはブルータスの演説を聞いて、大いに元気づけられ、その大いなる寛大さに驚き、四人の司令官のうち戦闘に敗れたことがないのはブルータスだけだと褒め称え、大歓声をあげて彼を見送った。真実をいえば、ブルータスには勝算があったのである。というのも、彼はこれまで少数の部隊で、刃向かう敵を追い散らしていたからだ。もし部下の全員がしっかり戦い、大勢が敵陣に突っ込んで掠奪にかまけるようなことがなければ、敵を一人残らず全滅させていたはずなのである。〔……〕

四七　オクテイヴィアス・シーザーとアントニウスの陣営のほうも状況はあまりよくなかった。何よりもまず食糧が欠乏していた。低地に陣を張っていたために、厳しくつらい冬を耐える覚悟が必要だった。沼地の傍の陣営だったのだ。その上、戦いの後に秋雨が大量に降ってテントじゅうが泥塗れとなり、それが耐え難い寒さで凍ってしまう。そうした窮状に加えて、海上の味方が敗れたという知らせが入った。イタリアから輸送されていた支援物資と増員の兵が、ブルータスの艦隊によって壊滅させられ、逃れた僅かの味方も飢餓状態で船の綱や帆を食うしかなかったという。そこでアントニウス側はブルータスにとってのこの吉報がブルータスに届く前に、二度目の戦いを決行すべきと考えた。というのも、この海上の戦いは、陸上での第一戦と同じ日になされたのだが、ブルータスの艦隊が勝利したという知らせは、艦隊指揮官の怠慢や悪意ではなく不運にして、二十日後になってもブルータスの耳に届いていなかったのである。ブルータスがこのことを知っていたら、長期に亘る食糧の備蓄があったのだから、第二戦を始めようとはしなかったであろう。しかも、ブルータスの陣営は冬の弊害をあまり受けず、敵の攻撃に対しても有利で強力な場所にあったのだ。〔……〕

四八　第二戦開始の前日の夜、サルディスの町で恐ろしい霊がブルータスの前に現れたと言われている。以前と同じ姿で現れ、何も言わずに消えたという。この戦いの最初からブルータスに同行していた謹厳で賢明な哲学者パブリアス・ヴォラムニアスは、この霊について何も言及していないが、ローマ軍の巨大な鷲の徽章に蜂が大量に群がっていたとか、ある隊長の腕から急に汗が噴き出し、それは薔薇の香油で、皆で拭き取ろうとしたができなかったとかいう話を記している。〔……〕

四九　〔……〕第一戦で勝因となったものは、第二戦の敗因となった。第一戦で追い立てられた敵はすぐに殺されていたが、第二戦では、敗走したキャシアスの部下は殆ど殺されず、一度負けたために怯えて猛然と逃げ、味方の部隊に合流して恐怖と混乱をまき散らしたのである。勇敢に戦う青年の一人、マーカス・ケイトー〔小カト〕の息子が殺された。疲弊し、手傷を負っていたにも拘わらず逃げ出さず、雄々しく戦い、自分の名と父の名とを大声で呼ばわりながら剣をふるったが、ついに彼自身が倒した敵兵の死体の山に彼もまた倒れ込んだのである。

五〇　ブルータスの仲間にルシリアスという男がおり、野蛮な敵どもがただブルータスのみを目指してやってくるのに気づくと、体を張って敵をとどめようとした。味方から離れたところで「自分こそブルータスだ」と言ったのである。そして、それを信じた敵に「アントニウスのもとへ連れて行け」と命じた。「シーザーには信をおけないが、アントニウスなら信頼できる」と言う。野蛮な敵どもはこれに欣喜雀躍(きんきじゃくやく)してその夜、彼をアントニウスのもとへ連行し、前もってアントニウスに連行することを通知しておいた。アントニウスは大変喜んで、連行した者たちに会いに行った。〔……〕ルシリアスはアントニウスの前に連れ出されると、ふてぶてしくこう言いのけた。「アントニウスよ、どんな敵もマーカス・ブルータスを生け捕りにすることはできない。どうか神が彼をお守りくださいますよう。ブルータスが見出(みいだ)されるときは、生きていようが死んでいようが、ブルータスに相応(ふさわ)しい姿で見出されよう。私自身については、この兵士らを騙(だま)してブルータスだと名乗ってあなたの前に出た以上、いかなる目に遭わされようとかまわない」。ルシリアスの言葉はそれを聞いた者たち全員を驚かせた。一方、アントニウスは彼を連れてきた兵士たちに言った。「同胞諸君、君たちは失敗したと思い、この男に騙されたと思っているだろうが、いいか、君たちは求めていたよりもっとよい獲物を捕まえたのだ。というのも、敵の代わりに味方を連れてきてくれたのだから。私としては、君たちがブルータスを生け捕りにしてきたら、どうしてよいのかわからなかっただろうが、ここにいるこの男のようなやつなら、敵ではなく味方として受け入れたい」。そう言うと彼はルシリアスを抱擁し、仲間として拘束したのだった。ルシリアスは、死ぬまでアントニウスに忠実に仕えた。

五一　さて、両岸を岩に挟まれ、大きな林の陰を流れる小川を渡ったブルータスは、夜になったのでそれ以上先へは進まず、付き従ってきた部下の隊長たちや何人かの味方と一緒に、岩の陰に留まった。満天の星空を見上げて、吐息と共に詩を二つ口ずさんだ。そのうちの一つをヴォラムニアスが次のように書き留めている。

　この災いの元凶となりし男を、ゼウスよ、逃さず
　罰せよ。天網恢恢疎にして漏らさず。

（ノースによる注――アッピアノスに拠れば、これはアントニウスを指す）

そして、もう一つの詩については忘れたという。ややあって、ブルータスは戦闘中目の前で死んでいった仲間たちの名を挙げて、さらに大きな溜め息をついた。とりわけ、ブルータスの副官だったレイビオー（Labio）と工兵隊長だったフレイヴィアス（Flavius）の名を口にするときは特にそうだった。〔……〕一方、ブルータスはそれほど大勢戦死しなかったと考えた。その真偽を確かめるために、スタティリアスという男が敵陣を突破して――それ以外の方法はなかったので――味方の様子を見て戻ってこようと約束した。全員無事なら松明を掲げ、急いで戻ってくると言う。スタティリアスがそこへ着くと、約束どおり松明が掲げられた。だが、スタティリアスがなかなか帰ってこないため、ブルータスは「スタティリアスが生きているなら帰ってくるはずだ」と言った。残念ながら、帰る途中で敵の手に落ちて殺されていたのだ。

五二　夜もすっかり更けた頃、ブルータスは座ったまま、部下の一人クライタスに身を寄せて何やら耳に語りかけた。相手は答えずに泣き出してしまった。そこで、ブルータスは、ダーデニアスに同じように何かを言った。とうとう、ブルータスは、ヴォラムニアスその人のとこ

ろへやってきて、ギリシャ語で話しかけ、共に学んだ勉学のためにも、彼の剣に手を添えて、それで彼を殺す手助けをしてほしいと頼んだ。ヴォラムニアスはこの依頼を断り、ほかの者も断った。その中の一人が、「ここにいないで逃げましょう」と言った。すると、ブルータスは立ち上がって「確かに逃げるべきだが、それは我らが足ではなく、手で逃げるのだ」と言った。それから、皆の手をとって、陽気な顔つきで、この言葉を言った。「わが心は喜びで満ちている。わが友皆がいざというときに私を助けてくれたからだ。わが運命を嘆きはしない。祖国のために嘆くのみだ。私について言えば、私を倒す敵よりも幸せ者だと思う。私は、勇気と雄々しさの永遠の名声を後世に遺せるが、我らを征服する敵には、どんな力や金を以てしても、それを手に入れることはできないからだ。しかも後世の人が次のように言う口に戸を立てることもできないだろう。すなわち、傲慢で不正な連中が善良な人間を殺して、不当にも圧政的権力を奪ったのだと」

　そう言うと、彼はそれぞれに何とか生き延びてくれと祈り、二、三人だけを脇へ連れて行った。その一人はストレイトー〔ラテン語名はストラトン〕であり、修辞学を共に学んだ学友だった。ブルータスはできるかぎり彼に近づき、自分の剣の柄を両手で握り、剣先に倒れ込んで、胸を突き刺した。一説では、ストレイトーが（依頼されて）その手に剣を持ち、顔をそむけているところに、ブルータスが剣先に倒れ込み、身を貫いて即死したという。

五三　ブルータスの親友だったメッサーラは、のちにオクテイヴィアス・シーザーの味方となった。そのため、そのあとすぐ、シーザーが暇な時に、ブルータスの友ストレイトーをシーザーのところへ連れて行き、泣きながら「シーザー、ご覧なさい。これが、わがブルータスに最後の務めをした者です」と言った。シーザーはそのときストレイトーを歓迎し、ストレイトーは、アクティオンの戦いに至るまで、シーザー配下の他のギリシャ人同様、忠実に仕えた。メッサーラ自身は（かつてはフィリッピの戦いでブルータス側についてシーザーの強敵であったにも拘わらず）ある日、アクティオンの戦いで勇敢に戦い、「シーザーへの深い愛情を示してくれた」とシーザーから面と向かって褒められてこう答えた。「私は常に、最も正しい最高の側を愛するのです」と。

　アントニウスはブルータスの遺体を見つけると、それを最高級の深紅の軍衣でくるませた。その後、この衣が盗まれたと知ると、盗んだ犯人を死刑に処した。ブルータスの遺灰は母サーヴィリアのもとへ送った。ブルータスの妻ポーシャに関しては、哲学者ニコラウスとヴァレリアス・マキシマスが記すところでは、自害しようとして（両親や友人たちがそうさせまいと警戒していたのだが）、燃える炭を口に投げ入れ、そのまま口を閉じて喉を詰まらせて死んだという。〔原典と仏訳にはここに「しかしながら」と逆接が入るが、ノースはそれを落としている〕ブルータスが友人たちに書いた手紙に、病気の妻を救わずに死なせてしまった不注意について不満が述べられ、彼女が長く病で苦しみ続けるよりも死を選んだと記されている〔ポーシャの自害は、フィリッピの戦いの前年の紀元前四三年夏前〕。つまり、当時ニコラウスには事情がよくわかっていなかったらしい。何しろ、この手紙（それが本当にブルータスの書いた手紙であるなら）によって、この婦人の病気や愛情、そして死にざまがはっきりとわかるのだから〔この手紙は現存しない〕」。

〔「ブルータスの生涯」完〕

ノース訳「アントニウスの生涯」抄訳

一　アントニウスの祖父はあの有名な、スラに与したがゆえにマリアスに殺された弁論家アントニウスである。父もアントニウスといい、クレタン〔クレティクス〕の名を冠した。〔……〕

四　立派な押し出しの人物であり、名門の出の風貌をしていた。たっぷりと濃い鬚、広い額、鷲鼻、そして彫刻に刻まれたヘラクレスに見られるような雄々しい表情をしていた。さて、アントニウスの家系は、ヘラクレスの息子アントンを祖とするという古い伝承があり、そこからアントニウスと名づけられたのだという。この説をアントニウスは確かなものとせんがため、何をするにしても、前述のヘラクレスの肉体との類似のみならず、その服の着方まで似せていた。大勢の目に触れるところへ外出するときは、常に腰より低い位置に服の帯を垂らし、腰には大剣を帯び、その上から粗布のマントをまとっていた。さらに、大言壮語や冗談を言い合ったり、誰とも陽気に酒を呑んだり、兵士らに交じってまるで兵士のように飲食を共にするといったような他の人なら耐え難いと思えるようなことを好んで行った。それで驚くほどの人気をつかんだのは信じ難いほどである。しかも、色恋沙汰を好んだ。それでさらに人気を得て、多くの者が彼を慕った。〔……〕

九　その一方で（シセローに拠れば）貴族たちは彼を嫌ったのみならず、そのだらしない暮らしぶりを憎んだ。夥しく宴会を開いては泥酔し、虚栄の腰軽女らを相手に途方もなく散財し、日中から眠りこけたり、夜通し呑んだ酒の酔いを醒まそうと歩き回ったりするのだ。その自宅では、宴会、踊り、仮面劇しか催されず、自らは愚かしい芝居に現を抜かし、役者や軽業師、道化師といった連中を結婚させて楽しんでいた。〔……〕

一一　〔……〕シーザーは、アントニウスとドラベッラが謀叛を企てていると告げた人に対してこう言ったと言われている。「ふん。私が恐れるのはあのように太って髪をきれいに梳かしている連中ではなく、あの蒼白い顔をした痩せた連中だ」ブルータスとキャシアスのことを言っていたのであり、二人はのちに共謀してシーザーを殺してしまう。

一二　アントニウスは、意図せずに、のちにシーザーの敵に、これより語る暗殺のきっかけと口実を与えてしまった。ローマ市民はたまたまルペルカリアと呼ばれる祭りを祝っており、シーザーは勝者の衣装で登場して、人々に演説をする演壇上の椅子に座って、走者の競技を見守っていた。競走のやり方は次のようなものだった。当日、多くの名家の若い男たち、とりわけその年の主たる官職についている青年たちが、体にオリーブ油を塗って裸で町を走りまわり、途中で出会う人たちを手にした皮の紐で戯れに叩くのである。走者の一人だったアントニウスは、この古式ゆかしい荘厳な伝統から外れて、月桂樹の葉があしらわれた冠――かつては王を表すしるしとされた、君主がつける頭飾り――を手にして、シーザーが座っていた演壇に駆け寄った。シーザーのもとへ来ると、仲間の走者たちに自分を持ち上げてもらって、この月桂冠をシーザーの頭に載せ、彼が王たるに相応しい人物であることを示そうとした。しかし、シーザーは、拒絶するかのように、それをよけて頭を遠ざけた。人々はそれに大喜びをして、拍手喝采をした。アントニウスは、もう一度冠を載せようとし、シーザーは再び拒絶し、こうしてしばらくこのやり取りが続いた。そして、シーザーが拒絶するたびに、人々は喝采した。これは驚くべきことだった。人々は王の命令に従う家臣のようにすべて甘受しているというのに、王の名前を自分たちの自由を完全に破壊するものであるかのように認めず嫌っているのだから。シーザーは怒って立ち上がり、自分のガウンを引っ張って喉元（のどもと）をはだけると、誰でもこの首を打ち落としたい者はそうするがいいと命じた。この月桂冠はのちに、シーザーの彫像の頭に飾られ、それを護民官の一人〔原典と仏訳では複数の護民官〕が引きはがした。人々はその行為を称賛し、護民官が家へ帰るのに大いに拍手して付き従った。しかしながら、シーザーは護民官たちからその官位を剝奪（はくだつ）した。

一三　この事件はブルータスとキャシアスにとってシーザー暗殺を謀る（たばかる）刺激となり、二人は計画実行のために信頼のおける友人らと相談を始めた。〔……〕陰謀者らはアントニウスもシーザーと一緒に殺すべきではないかと相談したが、これはブルータスが頑として認めなかった。すなわち、「このような大胆な行為に及ぼうというとき、法と正義を守るべきであって、そこに一切の悪事が混ざってはならない」と言うのである。しかし、アントニウスの力と、その執行官としての権威を警戒した陰謀者たちは、シーザーが元老院議場に入って、仲間たちが事に及ぶとき、誰かがアントニウスを議場の外へ留めおくことで、計画を確かにすることにした。

一四　事は計画どおりに実行され、シーザーは元老院議場の真ん中で殺された。恐怖を感じたアントニウスは、奴隷の服を身にまとって身を隠した。しかし、その後、殺人者らが他の誰も殺すつもりはなく、ただカピトリヌスの丘へ向かったことを知ると、アントニウスは息子を人質として送ってから、呼びかけに応じて丘から下りてくるように命じた。この事件当日に、彼はキャシアスを夕食に誘い、レピダスはブルータスを誘ったのだった。翌朝、元老院議会が招集され、アントニウス自身が、これまでのことはすべて水に流して陰謀者らに属州の割り当てを決めることに賛成し、さらにシーザーの定めた決議を覆さないことを命じた。こうしてアントニウスは、元老院から出るときには、これまでにない称賛と高い評価を受けるようになった。なぜなら、彼のおかげで一切の内乱の契機がなくなり、これほどの重大事による混乱を巧みに抑えた賢明な指導者だと誰の目にも映ったからである。ところが今、このちょっとした立ち回りで民衆の心をつかんだと思ったアントニウスは、ブルータスを抑えれば自分が頂点に立てると希望を持ち始め、容易に最初の考えを変えたのである。それゆえ、シーザーの遺体が埋葬の場へと運ばれると、アントニウスは、葬儀の際に名誉ある故人を称えるという古き慣習に従って、シーザーを称えて追悼演説を行った。民衆が大いに喜んでシーザーの称賛を聞きたがっているとわかると、アントニウスは演説に嘆きの言葉を混ぜ込んで、人々の感情を激しくゆり動かし、憐れと同情を掻き立てた。最後に、演説を締めくくるに当たり、全会衆の前で死者の血塗れの服を広げて見せ、剣が貫いた多くの箇所を示して、「やったのは残酷で呪われた人殺しどもだ」と言った。こうした言葉によって激怒させられた民衆は直ちにシーザーの遺体を運ぶと、中央広場から集めてきたテーブルやベンチと共に燃やしてしまった。それから、火がつくと、松明を手にして殺人者の家へ走っていぶりだして戦おうとした。

一五　このためブルータスとその仲間は、安全のため、町から逃げ出した。〔……〕

一六　ローマがこのような状態になったとき、若きオクテイヴィアス・シーザーがローマにやってきた。前述のジュリアス・シーザーの姪〔原典では「姉」と誤記されているのが、アミヨ訳で正された〕の息子である。遺言により正式なシーザーの後継者とされ、偉大な大叔父が死んだときはアポロニアの町に滞在していた。この青年は到着するとまず、遺言によって自分を正式な継嗣とした亡き父シーザーの友としてアントニウスに挨拶しに行った。〔……〕この青年はアントニウスの彼に対する侮蔑的な態度を見て取ると、アントニウスの敵であるシセローらのもとへ行き、その援助を得て元老院を味方につけ、自ら人民の人気を勝ち得て、各地各属州に散っていた亡きシーザーの古き兵士を集め出した。これを恐れたアントニウスは、カピトリヌスの丘で彼と会談し、仲直りをした。〔……〕

一七　一方、当時ローマ最大の権威と評判を持つ実力者だったシセローは、万人がアントニウスに反対するように運動し、その結果元老院はアントニウスを国家の敵と宣言した。〔……〕

一九　オクテイヴィアス・シーザーは、シセローが国家をかつての自由へと戻そうとして全力を尽くしていると見てとると、シセローを頼るのをやめた。自分の仲間をアントニウスのところへ差し向け、再度和解をし、ここに於いて三人（すなわち、シーザーとアントニウスとレピダス）は、小さな川で囲まれた小島で会合し、三日そこに滞在した。大概のことはすぐに同意がなされ、三人はローマ帝国を自分たちへの遺産であるかのように三分割した。だが、なかなか同意がなされなかったのが、誰を死刑に処するかという点であった。三人とも敵を殺して自分の身内は守りたかったからである。しかし、とうとう、敵に復讐してやりたいという貪欲な欲望に負けて、三人とも血縁への敬意や友情のありがたさを蔑ろに踏みにじった。シーザーは、アントニウスの求めにシセローを差し出し、アントニウスは自分の母方の叔父であるルーシアス・シーザー〔ラテン語名ルキウス・カエサル。紀元前六四年の執政官〕を見捨てた。そして二人は、レピダスがその実の兄ポーラス〔ラテン語名ルキウス・アエミリウス・パウッルス。紀元前五〇年の執政官で、アントニウスとレピダスを国家の敵とした元老院決議に参与した〕を殺すことを黙認した。シーザーとアントニウスがポーラスを殺すように要求して、レピダスがこれを認めたのだと伝える者もいる。私見では、これほどひどい、自然に悖る、残酷な取引はない。こうして殺人と殺人を交換するということは、相手の友人親族を殺すのと同様に、見捨てて相手に渡した仲間を殺したも同然なのだから。何の罪もない、彼らを憎む理由もない仲間に対して、邪悪で冷酷極まりない仕打ちである。

二〇〔……〕アントニウスは、シセロー殺害命令を出すとき、自分への弾劾演説を書いた右手と首も斬り落とすように命じた。殺人者らがシセローの首と右手を届けると、彼は喜悦してそれを長々と眺めて高笑いした。〔……〕アントニウスの叔父ルーシアス・シーザーは、殺されそうになって追いかけられたとき、姉〔アントニウスの母ユリア〕の家へ逃げ込んだ。殺人者たちがやってきて、部屋に押し入ろうとすると、彼女が両腕をひろげて戸口を立ちふさぎ、こう叫んだ。「ルーシアス・シーザーを殺す前に、あなたがたの司令官を産んだ私を先に殺しなさい」こうして、彼女は弟の命を救ったのである。

二一　さて、この三頭政治は、さまざまな点でローマ人にとって忌まわしい憎むべきものとなった。人々が最も非難したのはアントニウスだった。彼はシーザーより年長で、レピダスよりも力を持ちながら、国家の大事を扱うべきときに再び以前の放埒や奢侈に身を委ねたのだ。

〔……〕

二三　海を渡って戦争に突入し、アントニウスがキャシアスに対し、シーザーがブルータスに対する形で陣営をかまえたとき、シーザーはあまり戦果を得られなかったが、アントニウスは常に勝利していた。というのも、最初の戦いで、シーザーはブルータスに敗れ、陣地を失い、追手から命からがら逃げ出したのだった。ただし、本人が回想録に記しているところに拠れば、突撃を受ける前に、味方の一人が見た夢のお蔭で戦場から逃れていたのだという。一方、アントニウス軍はキャシアスを戦いで破ったが、アントニウス自身はその戦場にはおらず、部下が敵を追い散らしたあとで戦場にやってきたと記す記録もある。キャシアスは、ブルータスがシーザーに勝っていたことを知らなかったため、解放奴隷の忠実な召し使いピンダラスに「殺してくれ」と懇願して、殺された。その直後に二度目の戦いが始まり、ブルータスは負け、彼もまた自害した。こうしてアントニウスがこの勝利の主たる栄誉を得たのである。シーザーはそのとき病気だった。アントニウスは、ブルータスの遺体を戦のあとで見つけると、自分の弟のカイアスを殺したことでブルータスを非難した。マケドニアの戦いで、シセローの残酷な死の復讐として、ブルータスがカイアスを殺していたのだ。ただ、実際に手を下したマケドニア総督ホルテンシウスのほうが罪が大きいとして、ホルテンシウスを弟の墓の前で殺させた。アントニウスは自分の深紅の軍衣（すばらしく贅沢で豪華なものだった）をブルータスの遺体にかけ、自分の解放奴隷たちに命じて埋葬を執り行わせた。〔……〕

訳注：このあとアントニウスとクレオパトラとの出会いが語られていくが、それについては『アントニーとクレオパトラ』の巻で紹介することにしたい。

訳者あとがき

二〇一七年六月十六日（金）、アメリカ、ニューヨーク市のセントラルパークにあるデラコート劇場でザ・パブリック・シアター公演『ジュリアス・シーザー』（オスカー・ユースティス演出）が上演されたとき、ジュリアス・シーザー役の俳優グレッグ・ヘンリーは、幅広で長すぎる赤いネクタイと金髪のカツラをつけ、見るからに当時の大統領ドナルド・トランプを彷彿とさせる演技をしていた。そして、彼が舞台上で暗殺された瞬間、一人の女性客が「権利に対する政治的暴力の恒常化を止めよ！（Stop the normalization of political violence against the right!）」と叫びながら舞台に上がってきた。係員がその女性を舞台から下ろしたが、別の一人の男性客が「おまえらみんな、ヨーゼフ・ゲッベルズみたいなナチスだ！（You are all Nazis like Joseph Goebbels!）」と叫び出し、その客も係員が退場させ、そのあとで舞台は「自由だ、解放だ」から再開されたという。その様子は撮影され、ＢＢＣが制作した『シェイクスピアその魅力に迫る、シリーズ３』（丸善出版、*Shakespeare Uncovered*, Series 3）の『ジュリアス・シーザー』の巻にも収められている。この巻の案内役の俳優ブライアン・コックスのインタビューに答えて、シーザー役だったヘンリーは、「こっちは刺されて死んで動けないわけだから、舞台でじっと横たわっているしかないわけだよ。何が起こっているんだと思っていると、何と彼女、舞台に上がってくるんだよ」と当時を振り返って答えている。公演のスポンサーについていたデルタ航空とバンク・オブ・アメリカがスポンサーを降りるという騒ぎにまで発展したが、二〇一二年にミネアポリスのガスリー劇場でシーザーを当時のオバマ大統領に似せて『ジュリアス・シーザー』を上演したときは、これほどの騒ぎにはならなかった。二〇二〇年に『分断されたアメリカのシェイクスピア』(James Shapiro, *Shakespeare in a Divided America: What His Plays Tell Us about Our Past and Future*, Penguin Press, 2020) を上梓したジェイムズ・シャピロは、その最終章でこの事件に触れ、トランプが大統領に選ばれた二〇一七年に右派と左派の分裂が如何に大きくなっていたかを振り返る。シャピロの友人でもあるスティーブン・グリーンブラットが『暴君』を上梓したのは、事件の翌年の二〇一八年のことだった(岩波新書『暴君――シェイクスピアの政治学』河合訳)。

一八六五年四月十四日、シェイクスピア俳優ジョン・ウィルクス・ブースが、フォード劇場で観劇中だったアメリカ大統領リンカーンの背後一・二メートルの至近距離から後頭部をピストルで撃って暗殺したのは、リンカーンが共和制を廃して暴君となる危惧を持ち、ブースが自らをブルータスに擬えていたからだった。ブースは、イギリスから渡米してきた俳優ジュニアス・ブルータス・ブースを父とする有名な俳優一家の三男であり、事件前年の十一月、三兄弟はセントラルパークにシェイクスピア生誕三百年記念の像を建てる資金を集めるために、『ジュリアス・シーザー』をニューヨークのウィンター・ガーデン劇場で上演し、二千人以上の観客を集めたばかりだった。ブルータスを演じたのは当時最も名の知られていた次兄エドウィン・ブースであり、長兄ジュニアス・ブルータス・ジュニアはキャシアスを、ジョン自身はアントニーを演じた。俳優としてはあまり人気の出なかったジョンは、劇場の外で歴史に名を残そうとしたのだが、ブルータスと同様に、大衆の支持を得ることはできなかったわけである。

　このように繰り返される政治的影響をシェイクスピア自身が第三幕第一場で次のように予言していたとするなら、その叡智は恐るべきものである。

キャシアス　この先数多の時代で
この崇高な場面は繰り返し演じられよう、
未だ生まれぬ国の、未だ知られぬ言語によって。
ブルータス　幾度シーザーは舞台で血を流すことか。

　さらに言えば、「我に自由を与えよ、さもなくば死を！」というアメリカ独立戦争開始時の一七七五年にヴァージニア植民地協議会で議員パトリック・ヘンリーが述べた有名な言葉も、『ジュリアス・シーザー』に啓発された言葉と考えてよいだろう。ブルータスの言う「諸君は、シーザーを生かして、皆は奴隷として死んでもかまわないのか。シーザーが死んで、皆は自由民として生きるのを望むのではないか」には「自由か、さもなくば死を」の萌芽があると言えようし、キャシアスが「君やほかの人がこの人生をどう思っているかは知らないが、俺に限って言えば」という前置きをしてシーザーの支配下で生きるなどまっぴらだと言っているのは、パトリック・ヘンリーが「他の人たちのことは知らないが、私に限って言えば、我に自由を与えよ、さもなくば死を！」という言い方をしているのに呼応する。

　本邦初のシェイクスピア翻訳作品として本作が選ばれたのも、その政治的意義が注目されたからであろう。立憲政党員・河島敬蔵が原文の逐語訳『欧州戯曲ジュリアス、シーザルの劇』と題して『日本立憲政党新聞』に一八八三年二月二十七日から四月十一日に亘って連載したのが、シェイクスピア原文全訳の嚆矢であった。同年に坪内逍遙が院本風に仕上げた『該撒奇談・自由太刀餘波鋭鋒』を脱稿し、翌年五月に刊行した。

英米の中等教育では修辞学を学ばせるために本作がよく取り上げられてきた経緯もあり、「おまえもか、ブルータス？」の名文句によって、シェイクスピア作品の中でもよく知られている一つとなっている。

執筆年代

スイス生まれの医者トマス・プラータ（Thomas Platter　発音注意）がロンドンに旅行をした際、一五九九年九月二十一日午後二時頃に、グローブ座で『ジュリアス・シーザー』を観たと日記に記しており、これが初演であったであろうと考えられている。前年にフランシス・ミアズが出版した『知恵の宝庫』には、シェイクスピアの喜劇として『ヴェローナの二紳士』、『まちがいの喜劇』、『恋の骨折り損』、『恋の骨折り儲け』（現存せず）、『夏の夜の夢』、『ヴェニスの商人』の六作、悲劇として『リチャード二世』、『リチャード三世』、『ヘンリー四世』、『ジョン王』『タイタス・アンドロニカス』、『ロミオとジュリエット』の六作のみが掲げられており、本作への言及がないため、本作はこのときまだ書かれていなかったと考えられる。このあと『ヘンリー五世』を書き、後述するように本作を書いたのだろう。

ブルータスの苦悩は、『ハムレット』（推定執筆年一六〇〇年）のハムレットの苦悩へと続くものであり、その意味でも一五九九年執筆はまちがいないと考えられる。
初版は一六二三年のフォーリオ版であり、クォート版は一六八四年まで出版されることはなかったため、フォーリオ版が底本となる。

種本・題材

プルタルコス（英語名プルターク）の『英雄伝』（一四七〇年、『対比列伝』とも呼ばれる）のトマス・ノースによる英訳（一五八〇年、再版一五九五年）に専ら依拠して書かれている。この英訳は一五七二年のジャック・アミヨによるフランス語版を経ての重訳であり、ノースによる表現がそのまま踏襲されているところもあるため、シェイクスピア研究のためには、ギリシャ語の原典から邦訳されたものではなく、ノース訳を参照する必要がある。

シェイクスピアは、ノース訳『英雄伝』の表現をそのまま用いるところもある一方で、劇的効果を高めるために次のような改変を加えている。

一、シーザーが暗殺されたのは、史実ではポンペイ劇場に附属する集会場であり、カピトリヌスの丘にある議事堂（キャピトル）は当時改修中で使えなかったのだが、シェイクスピアは暗殺現場を議事堂に変更した（ちなみにノース訳ではキャピトルはカピトリヌスの丘を指す語として用いられている）。『ハムレット』でも、ポローニアスが、シーザー役を演じたと説明する際に「議事堂（キャピトル）でブルータスに殺されるのです」と言う。史実では、暗殺者らは血（ち）塗（まみ）れの剣を手にしてポンペイ劇場から東のカピトリヌスの丘へ移動した。

二、プルタルコスに拠（よ）れば、キャスカの最初の一撃を受けたときシーザーは「おお、裏切り者のキャスカ、何をする?」と叫ぶが、そのあとは何も言っていない。『皇帝伝』を著したスエトニウスもシーザーは無言で死んだとしているが、「息子よ、おまえもか?」(καὶ σὺ, τέκνον)と古代ギリシャ語で言ったとする説も紹介している。*Et tu, Brute* というラテン語は、一五九五年の『ヨーク公リチャードと善良な王ヘンリー六世の真の悲劇』でも使用されており、すでに人口に膾炙していたと思われるが、本作により後世に知られるようになった(84ページ注1参照)。

三、例によって時間の短縮が行われている。冒頭のシーザーのローマ凱旋は紀元前四五年十月のことだが、これを紀元前四四年二月十五日のルペルカリア祭と同日に設定。史実ではシーザーが暗殺された三日後に遺書が発表され、五日後に葬儀が行われ、五月にオクテイヴィアスがローマ入りを果たすが、これをすべて三月十五日のこととしている。史実では第三幕と第四幕のあいだに八か月、第四幕と第五幕のあいだに十一か月の歳月が経過するが、それほどの時間の経過を感じさせない。フィリッピ(フィリパイ)の戦いは二度に亘って戦われたが、これを一つにまとめている。

作品解釈

シェイクスピアの時代に於いて、ジュリアス・シーザーと言えば、スーパーヒーローの一人だった。『リチャード三世』第四幕第四場で、リチャードが王妃エリザベスの娘を娶ろうと画策して「征服者を征服するあの子こそ唯一の勝利者、シーザーのシーザーとなる」という表現を用いることからも、ジュリアス・シーザーは「征服者」「勝利者」として称賛されるべき偉人と看做されていたと言えよう。ジュリアス・シーザー亡き直後のオーガスタス（アウグストゥス）・シーザーの時代の古代ブリテンを舞台とする『シンベリン』では、さすがのシーザーもブリテンまでは「来た、見た、勝った」とはいかなかったと述べられる。

十四世紀以降「九偉人」（Nine Worthies）と定められた九人のうちキリスト教以前の英雄三人は、『ハムレット』で言及されるアレグザンダー大王、『トロイラスとクレシダ』で描かれる英雄ヘクトル、そしてジュリアス・シーザーだった。ちなみに、「九偉人」の芝居は、シェイクスピアの喜劇『恋の骨折り損』のなかで演じられている。当時、シーザーに材を採った芝居が多数書かれていたのも当然だろう。本作の前後に書かれた芝居で、作中にシーザーが登場する劇には次のようなものがあった。

一五九四〜六年、作者不詳『シーザーとポンペイ』二部作・海軍大臣一座によりローズ座上演（現存せず）。
一五九五年頃、作者不詳『シーザーとポンペイの悲劇、あるいはシーザーの復讐』オックスフォード大学生により同大学トリニティ・カレッジにて上演。
一五九九年、シェイクスピアの本作、宮内大臣一座上演。
一六〇五年、ジョージ・チャップマン作『シーザーとポンペイの戦』（上演不詳）
一六〇七年、サー・ウィリアム・アレグザンダー作レーゼドラマ『ジュリアス・シーザー』
一六一一年、ベン・ジョンソン作『カティリナの陰謀』国王一座上演。
一六二〇年、ジョン・フレッチャーとフィリップ・マッシンジャー作『偽る者』国王一座上演（ポンペイ側から寝返ってポンペイの首をシーザーに差し出したローマ人セプティミアスを主人公とした悲劇）。

元老院派と組んだポンペイとの戦いに焦点を置いた劇が多かったなかで、ブルータスの視点から物語を描いたところにシェイクスピアの特徴がある。本作が、シーザーがポンペイを倒して凱旋するところから始まるのも、多くの観客が海軍大臣一座の『シーザーとポンペイ』を観ているだろうと想定して、それに続く話を書こうとしたためかもしれない。

『ヘンリー六世』第二部第四幕第一幕では、引かれ者のサフォークが「ジュリアス・シーザーは私生児（バスタード）ブルータスの剣によって倒され、大ポンペイは野蛮な農民の手によって殺された。そして、このサフォークは海賊どもに殺されるのだ」と言う。この台詞（せりふ）がシェイクスピアの手によって書かれたものかどうかははっきりとわからないが、少なくとも、当時の世間の目には、ブルータスを英雄視する向きはなかったようだ。ダンテの『神曲』「地獄篇」最終の第三四歌では、地獄の魔王が噛（か）み砕く三人の罪人とは、イエス・キリストを裏切ったイスカリオテのユダのほか、本作に登場するブルータス（ブルトゥス）とキャシアス（カッシウス）である。ダンテの思想に於いては、ブルータスが守ろうとした共和政は自由の象徴ではなく、神から地上の支配を委託されたローマ皇帝こそが人々の幸福を守る英雄だったらしい。しかし、シェイクスピアの考えはちがったようだ。

本作でも言及される伝説的執政官ルキウス・ブルトゥス――すなわち、貴族コラタインの妻ルークリース（ルクレーティア）をローマ王子タークィン（セクストゥス・タルクィニウス）

が凌辱した事件を契機に、王族を追放して共和政ローマを確立した伝説のブルータス――については、シェイクスピアがその詩「ルークリースの凌辱」（初版一五九四年）で描いたわけだが、劇作家トマス・ヘイウッドがそれをもとに同年『ルークリースの凌辱』と題する劇を上演し、狂気を装うブルータスがタークィンを倒して自らも果てるという展開にしてみせた。この上演をシェイクスピアも観たかもしれず、復讐のために狂気を装う主人公が王座にある者を倒した末に自らも果てるという筋は、自作『ハムレット』に影響を与えた可能性もある。

今、「狂気」という言葉を用いたが、現代日本では「狂気」は差別を含意するため使用すべきでないという考えがあるものの、シェイクスピアに於いて、狂気は誰でもが陥り得る精神状態を指していたことをここで断っておく必要があるだろう。正気とされる行動原理から逸脱することが「狂う」ということであり、何かに取り憑かれてしまっている状態、たとえば恋愛なども一種の狂気と言えたため、シェイクスピアは恋と狂気を結びつける表現を多数の作品で用いている。その一方で、当時のロンドンに精神病患者を収容するベドラムという施設があって、そこに収容された患者は治療どころか虐待を受けていたのも事実である。患者のなかには退院して物乞いをすることを許される者もおり、これが『リア王』で「ベドラムのトム」として表象された。『十二夜』では狂人扱いされた執事マルヴォーリオが地下に閉じ込められてしまうが、それというのも、当時の医学の未発達ゆえに、「狂気」は、治療されるべき精神疾患としてではなく、むしろ悪魔に憑かれた状態として恐怖と共に捉えられていたからである。『ジュリアス・シーザー』にも「狂人」や「気が触れる」といったことへの言及があるが、その言葉が惹き起こす恐怖や否定の感情が重要なのであり、現代人の精神疾患の理解とはかけ離れていたことはお断りしておかなければならない。

話を元に戻せば、共和政のために王者（覇者）を廃するという点で、伝説のブルータスと本作のブルータスは重なっており、二人のブルータスは公の利のために私情を殺して自らの信念を貫こうとする点に於いて英雄たるに相応しい資質があると言えるであろう。この国の王者として君臨する大きな存在を倒すのが正義なのか否かと悩むブルータスの葛藤が、シェイクスピア最大のヒーローであるハムレットの逡巡と繋がっていくことを考えても、ブルータスは本作の主人公と言うべきであろう。「おまえもか、ブルータス？」と呼ばれるブルータスは最大の裏切り者であるが、同時に英雄でもあり、高潔で立派な人物でありながら、政変に失敗して果てなければならないという大きな矛盾を孕んだ人物なのである。この矛盾こそ、シェイクスピアが描きたかったものなのではないだろうか。

本作の主人公は誰かという問題は、これまで喧しく論じられてきた。タイトル・ロールであるシーザーが主人公だと考えると、劇半ばで殺され、後半に亡霊として一度しか登場しないシーザーが本当に主人公と言えるのかという問題が生じる。しかし、前述のように、ブルータスの二面性を含めて彼の葛藤を描こうとした作品なのだと考えれば、本作の主人公はブルータスだと言える。フォーリオ版の題名は *The Tragedie of Ivlivs Cæsar* であるが、通常「悲劇」と訳される Tragedy には、もともと「重要人物の死や没落を高尚な文体で描く物語ないし物語詩」（OEDの定義）という意味があり、「ジュリアス・シーザーが斃れる物語」と解釈すればよく、斃したブルータスの葛藤がドラマの主軸となっているのである。

シーザーを斃すべきか否かという「あれかこれか」の悩みは、直後に書かれるハムレットの悩みへと発展する。ブルータスの——

> 恐ろしい行為を実際にやってしまうまで、
> 最初にそれを思いついてから辿りゆくすべての道筋は、
> まるで幻覚（ファンタズマ）、いや、まさに悪夢だ。（第二幕第一場）

——という言葉は、「行為」に至るまでの道筋で数多の思考ゆえに流れがそれて「行動という名前を失う」というハムレットの第四独白の瞑想とかなり重なる。「ファンタズマ」とは、「心で捉えられた実体のない像」と解せるが、これは『マクベス』で——

> 目の前にある恐怖など、
> 恐ろしい想像と比べたら大したことはない。
> まだ殺人を想像しただけなのに、その思いは
> この体をがたつかせる。思っただけで
> 五感の働きがとまってしまう。あると思えるものは、
> 実際にはありもしないものだけだ。（第一幕第三場）

——と表現される「想像」と繋がる。思い描いただけの「心像」なのだが、それを具現化することで人は行動していくのである。

マクベスとちがって、ブルータスはハムレットと同様に「どちらがより気高いのか」と悩み、正義を行おうとして葛藤する点、そして二人ともストア派哲学を実践しようとする点で共通する。ハムレットが激情に身を任せがちになるのに対して、ブルータスは己の感情を制御し、理性を恃むところが強い。その分、ブルータスのほうが、哲学を正しく実践していると言えよう。言い換えれば、ハードボイルドに冷徹に行動できていると言える。ハムレットはそれができずに、ストア派哲学実践者のホレイシオを褒め称える。しかし、人間である以上、最愛の人が死んだときに落ち着いてはいられないのであり、ポーシャの死に際してブルータスがキャシアス相手に見せる激昂が彼の人間性を劇的に垣間見せている。ハムレットでは、オフィーリアの死に接して、レアーティーズとつかみ合う場面に相当する。

しかし、この劇で、理性的で気高いブルータスは、感情的な策士のアントニーに倒されてしまう。ブルータスの敗因は、理性を頼るあまり、他の人々にも理性があると信じた点にあると言えるのではないだろうか。散文でローマ市民に訴えかけるブルータスの演説は理を解くのに対して、韻文で訴えるアントニーの演説は群集心理を大いに利用して、人々の感情を掻き立て、ついには暴動を起こさせる。二つの演説の対比は散文と韻文のちがいによるとさえ言えるため、この翻訳ではそうした文体の持つリズムに注意して訳出した。

本書を丁寧に読み込むと「名誉あるブルータス」が信奉するストア派哲学の独善性が見えてくる。この哲学は、他者から目を背けて自分の心の働きに意識を集中するため、自分の精神をコントロールするには最大の効果を発揮する一方で、他者に働きかける力を持たないのである。人を動かすのは酒飲みの遊び人との定評があるアントニーのような男だったりするところに皮肉がある。

また、ブルータスを陰謀に引き込むキャシアスの存在も大きい。第一幕第二場の最後のキャシアスの独白からわかるように、彼はブルータスの高潔さを歪めるのである。なかばイアーゴーのように相手の心に入り込み、相手を動かしてしまう巧みさがある。ブルータスは自分の頭で考えて正義を行ったつもりでいるが、実はシーザーを殺すべしとした彼の理屈は破綻している。第二幕第一場で、シーザーが野心に走ることを恐れるブルータスは、「今の彼では、その根拠となるものが何もない」と認めており、あえて、孵ったら悪さをするかもしれない蛇の卵と看做して卵のうちに殺してしまおうと考えるのだ。これでは罪を犯さないうちに罰するという『鏡の国のアリス』の不条理と何ら変わりがない。

名誉を重んじ、人望も厚く、気高く徳高いブルータスは、一体どこで道を誤ったのか。そもそもどのような理も殺人を正当化し得ない点は措くとして、まず第二幕第一場で、マーク・アントニーも一緒に殺すべきだとするキャシアスの意見を退けたのが最初の誤りと言えよう。「我々の行うのは殺人ではない」と理を説いたはよいが、アントニーなど大した人物ではないと完全に見くびっており、彼の力を見誤っていた。次に第三幕第一場、シーザー暗殺直後にアントニーに追悼の言葉を言うことを許したこと。このときも、キャシアスが止めたのに、ブルータスは理を説いてキャシアスの意見を退けた。そして三つ目は、第四幕第二場、フィリッピの戦いに於いて、敵が進軍してくるのを待つべきだとするキャシアスを否定し、こちらから進軍すべきだと説得してしまう。三度ともキャシアスの反対意見を退けており、キャシアスが三度目に譲歩してブルータスに敬意を表して立ち去った直後に、シーザーの亡霊がブルータスの前に現れるのである。あたかもブルータスの運命が決したことを告げに来るかのように。

恐らく本作の中で最もシェイクスピアらしい筆致は、亡霊登場前の、ブルータスとその従者ルーシアスとのあいだの何気ない会話に認められるのではないだろうか。すでに衛兵二人は眠りにつき、ルーシアスも楽器を演奏しながら眠ってしまうという穏やかな展開になっているのは、もちろんその直後の亡霊登場の緊張を強めるために、観客の緊張を緩めておく趣向ではあるが、そのやり取りのなかに、ブルータスが捜していた本をガウンのポケットに見つけるという小さな事件がある。それに関する会話から、本がなくなったことでルーシアスが疑われていたことがわかり、ブルータスが「悪かった、ルーシアス」と謝るのである。人間である以上、誤りは誰にでもあり、日常生活では素直に謝罪ができるブルータスではあるが、政治家として自らが誤りを犯していると気づくことができない。正義を信じ、理を過信して、状況を正しく判断できなかったところに彼の誤りがあったと言えるのかもしれない。

上演

一五九九年夏にオープンしたグローブ座の旗揚げ公演となったのではないかという説が有力である（ただし、『ヘンリー五世』ではないかとする説もある）。初演時から評判をとったらしく、翌一六〇〇年のベン・ジョンソン作『癖者揃わず』（*Every Man out of His Humour*）に「おまえもか、ブルータス？」のほかに「分別なんて、野獣のもとに逃げ去ったからね」という台詞があり、一六〇〇年の作者不明の劇『ドディポル博士の智慧』にも「なるほど理性は野獣のもとに逃げ去った」とあるのは、第三幕第二場のアントニーの台詞――「ああ、分別よ、おまえは野獣のもとへ逃げ去り、人間は理性を失ってしまった！」を踏まえてのことであろう。

初演時にブルータスを演じたのは、看板役者のリチャード・バーベッジであり、シーザー役はフォールスタッフなどの愉快で鷹揚（おうよう）な役を得意とした太ったトマス・ポープだと推察できる（河合著『ハムレットは太っていた！』白水社刊参照）。

痩（や）せたキャシアスを毛嫌いする台詞があることから、シーザーは太った人物として表象されていたことがわかる。もちろん、詰め物などを使えば、太った役者でなくとも太った人物は演じられるものの、どうやらシェイクスピアは太った役者に当て書きをしたらしい。ちなみにポープは一六〇三年に亡くなり、その後継者として入団したジョン・ローウィンは、フォールスタッフ役者として知られていた。ローウィンの体格がかなりよかったことは、その絵が残っていることから判明している。

トマス・ポープがシーザー役だったとするなら、翌年初演の『ハムレット』でポローニアスを演じたのもポープだったと推察できる。彼が舞台上で「ブルータスに殺される」と告げると、ハムレットは「そんなにどでかい牛（キャピタル）を議事堂（キャピトル）で殺すとは」（訳では「神殿で死んでんのか」とした）と洒落（しゃれ）るが、そこにもポープの体格への言及が入っている。そしてポープは、再びバーベッジ（ハムレット役）に舞台で殺されることになる。ちょっとした楽屋落ちだ。ついでに言えば、この数年前、バーベッジはハル王子役で、ポープ演じるフォールスタッフを楽しくからかいながら、最後には冷たい仕打ちをしている。

シェイクスピアは、本作を、古代ローマの衣装ではなく、エリザベス朝の衣装を着用して上演することを想定して執筆している（28ページ注1）。それは、古代ローマにはなかった時計が鳴り（57ページ注6）、古代ローマではできない「読み止しの本のページを折る」といった言及がある（139ページ注8）のと同様の時代錯誤だと指摘されてきたが、シェイクスピアは時代考証を気にせずに、エリザベス朝文化を通しての古代ローマを描いたと言うべきであろう。史実を自在に枉げて劇化する手法を見ても、シェイクスピアが描こうとしたのは過去をそのままに表象する時代劇ではなく、歴史に材を採った新たな虚構世界なのだとわかる。

これまで何度も上演されて親しまれてきた作品であり、最近の上演に関して言えば、日本では彩の国シェイクスピア・シリーズの二〇一四年の蜷川幸雄演出版――阿部寛がブルータス役、藤原竜也がアントニー役、横田栄司がシーザー役、吉田鋼太郎がキャシアス役、松岡和子翻訳――が映像化され、市販されている。また、二〇二一年の森新太郎演出は、オール・フィーメール版でかなりのインパクトがあり、ブルータス役の吉田羊がその演技で第五十六回紀伊國屋演劇賞の個人賞に、演出の森が第四十七回菊田一夫演劇賞に輝いた（松井玲奈がアントニー役、シルビア・グラブがシーザー役、松本紀保がキャシアス役、福田恆存訳）。

二〇一八年には、ニコラス・ハイトナーとトニー・グレック＝スミス共同演出のナショナル・シアター・ライブ『ジュリアス・シーザー』（ベン・ウィショーがブルータス役、デイヴィッド・コールダーがシーザー役、デイヴィッド・モリシーがアントニー役）で、キャシアスに女性のミシェル・フェアリーが配されるという新しい試みがなされ、ブルータスとキャシアスの友情に新鮮な光を投げかけ、成功していた。

さらに二〇一九年三月、フィリダ・ロイド演出のドンマー劇場公演では、女性刑務所を舞台としたオール・フィーメール版となっており、ブルータス役のデイム・ハリエット・ウォルターが迫力の演技を見せ、アントニー役のジェイド・アヌーカ、シーザー役のジャッキー・クリューンらと見事なアンサンブルを見せた。ちなみにこの公演は『ヘンリー四世』『テンペスト』と合わせて、ロイド演出のドンマー劇場オール・フィーメール三部作の一つである。

映像作品としては、マーロン・ブランドがアントニーを、ジェイムズ・メイソンがブルータスを、ジョン・ギールグッドがシーザーを演じたジョゼフ・L・マンキーウィッツ監督映画（一九五三年）、チャールトン・ヘストンがアントニーを、ジェイソン・ロバーズがブルータスを、ジョン・ギールグッドがシーザーを演じたスチュアート・バージ監督映画（一九七〇年）などの映画のほか、舞台を現代アフリカに設定したグレゴリー・ドーラン演出のRSC公演（二〇一二）やドミニク・ドロムグール演出のシェイクスピアズ・グローブ公演（二〇一四）なども映像化されて市販されている。

最後に、シェイクスピアに限らず、英米文学者であれば『オックスフォード英語辞典』（OED）を常時使用するのは当然であるのでこれまで特に断らずにきたが、翻訳に当たって、OEDが『ジュリアス・シーザー』からの用例を挙げてその語義を示した六百四十四件について、検索機能を用いて割り出し、すべてチェック済みであることを念のためにお断りしておく。

二〇二三年五月

河合祥一郎

本書は訳し下ろしです。

新訳(しんやく) ジュリアス・シーザー

シェイクスピア　河合祥一郎(かわいしょういちろう)＝訳

令和５年 ６月25日　初版発行

発行者●山下直久

発行●株式会社KADOKAWA
〒102-8177　東京都千代田区富士見2-13-3
電話　0570-002-301（ナビダイヤル）

角川文庫 23701

印刷所●株式会社暁印刷
製本所●本間製本株式会社

表紙画●和田三造

●お問い合わせ
https://www.kadokawa.co.jp/（「お問い合わせ」へお進みください）
※内容によっては、お答えできない場合があります。
※サポートは日本国内のみとさせていただきます。
※Japanese text only

ISBN 978-4-04-113721-5　C0197

◇◇◇